100% SOSTENIBLE
100% RESPONSABLES
100% COMPROMETIDOS

ASÍ HEMOS HECHO ESTE LIBRO

Salvo casos excepcionales, trabajamos con una empresa papelera que funciona con biocombustibles locales y se abastece de los bosques cercanos, que gestiona de forma estrictamente sostenible. Ha implantado voluntariamente el Reglamento de la Unión Europea de Ecogestión y Ecoauditoría, y WWF la considera una de las fábricas más sostenibles del mundo.

Allí fabrican el papel interior y exterior con el que se ha hecho este libro, con unas emisiones certificadas de 365 kg de CO_2 por tonelada de papel: un 50 % menos que la media europea y un 75 % menos que la media española. En otras palabras: uno de los papeles más sostenibles del mercado (además de tener las certificaciones FSC, PEFC, ISO9001, ISO14001 y EU Ecolabel).

Uno de los mayores problemas ecológicos a la hora de fabricar papel (y de hacer libros) es el consumo de agua: la media europea está entre 10 y 15 litros por kilo según la European Enviromental Agency. La fabricación del papel interior y exterior de este libro ha consumido solo entre 3 y 4 litros por kilo de papel.

Queremos eliminar todos los materiales de origen fósil de nuestros libros y de nuestro trabajo. Por eso este libro no está plastificado (si lo estuviera, su tirada habría consumido más de 500 m² de plástico).

El transporte del papel desde la empresa papelera hasta la imprenta se hace, en buena medida, en trenes de larga distancia, e imprimimos a menos de 300 km de nuestra oficina, todo lo cual nos permite reducir notablemente las emisiones contaminantes.

Una vez fabricados los libros, los envíos que dependen de nosotros se realizan mediante una mensajería con una de las flotas eléctricas más importantes de España (no es perfecto, lo sabemos, pero supone un primer ahorro de emisiones). Además, el 100 % del personal es contratado y cobra un sueldo fijo, no por entregas (algo fundamental para garantizar formas de conducción más seguras para los trabajadores y más sostenibles para el planeta).

Toda la energía utilizada para editar este libro es 100 % energía verde renovable y certificada. Además proviene de una cooperativa de la que nuestra editorial es miembro, de modo que consumimos la energía que previamente producimos en instalaciones solares, eólicas o de biomasa.

Todos los recursos económicos utilizados para editar este libro estaban depositados en la banca ética, y allí llegarán también los beneficios (¡esperemos que los haya!). De este modo garantizamos que este dinero solo revertirá sobre proyectos sostenibles, con un interés social, cultural y medioambiental, sin inversiones en la economía de las energías fósiles.

Si quieres más información sobre estas cuestiones puedes leer el apartado «Compromisos» de nuestra página web o escribirnos a info@erratanaturae.com.

BIRDGIRL
MI FAMILIA, LAS AVES Y LA BÚSQUEDA DE UN FUTURO MEJOR
MYA-ROSE CRAIG

TRADUCCIÓN DE SILVIA MORENO PARRADO

errata naturae

PRIMERA EDICIÓN: octubre de 2023
TÍTULO ORIGINAL: *Birdgirl*

© Dr MC Birdgirl Limited, 2022
© de la traducción, Silvia Moreno Parrado, 2023
© Errata naturae editores, 2023
C/ Sebastián Elcano 32, oficina 25
28012 Madrid
info@erratanaturae.com
www.erratanaturae.com

ISBN: 978-84-19158-49-9
DEPÓSITO LEGAL: M-20863-2023
CÓDIGO IBIC: DN
ILUSTRACIÓN DE CUBIERTA: Mick Manning
MAQUETACIÓN: Eztizen Uriarte
IMPRESIÓN: Kadmos
IMPRESO EN ESPAÑA – PRINTED IN SPAIN

Los editores autorizan la reproducción de este libro, de manera total o parcial, siempre y cuando se destine a un uso personal y no comercial.

ÍNDICE

INTRODUCCIÓN 9

CAPÍTULO 1
Mi familia y otras aves 14

CAPÍTULO 2
Mi pequeño gran año 31

CAPÍTULO 3
Shakira 62

CAPÍTULO 4
El huésped inesperado 84

CAPÍTULO 5
Mi temporada en Sudamérica 109

CAPÍTULO 6
El ave dinosaurio 146

CAPÍTULO 7
Raíces   174

CAPÍTULO 8
Ni una palabra de los chimpancés   191

CAPÍTULO 9
Viaje al fin del mundo   213

CAPÍTULO 10
«California Dreamin'»   232

CAPÍTULO 11
Aquí hay dragones   258

CAPÍTULO 12
La isla continente   277

EPÍLOGO   301
AGRADECIMIENTOS   313

INTRODUCCIÓN

No recuerdo cuándo empezó mi obsesión por los pájaros; me da la impresión de que llevo toda la vida observándolos. Dado que mis padres me llevaron a mi primer avistamiento con solo nueve días, es normal que tenga esa sensación. Las descomunales estanterías de nuestra casa están repletas de títulos como *Alcaudones*, *Suimangas*, *Pájaros carpinteros* y *Chotacabras*, guías con preciosas ilustraciones de aves de todos los rincones del planeta. De niña, y antes incluso de aprender a leer, me apoyaba esos libros en el regazo para escudriñar las ilustraciones; las recorría con el dedo y me imaginaba que estaba acariciando las suaves plumas de un colibrí, atisbando una pita en una selva umbría o disfrutando de los rayos del sol reflejados en el plumaje dorado del pergolero regente. Después, copiaba los dibujos en mis cuadernos al tiempo que planeaba largos viajes de pajareo con mi familia a lo largo y ancho del mundo.

Cuando yo nací, mamá, papá y mi hermana mayor, Ayesha, eran ya una conocida familia de pajareros, joven y moderna, frente a los arquetipos de hombre blanco de mediana edad con impermeable que proliferaban en aquella época. Mamá también destacaba por otros motivos: es bangladesí, de Sylhet, y el círculo de pajareo no era precisamente famoso por su diversidad étnica. Éramos tan «peculiares» que en 2010 salimos en un documental de la BBC titulado *Twitchers: A Very British Obsession* [Pajareros: una obsesión muy británica]. Las aves me llevaron a la campiña británica y luego más lejos, a recorrer todos los continentes con mis padres, en los que descubrí no solo aves raras, endémicas y magníficas, sino también las consecuencias de la degradación de los hábitats en las personas y la vida salvaje. Fui testigo de la pérdida de biodiversidad causada por el cambio climático, el sector maderero y las plantaciones de palma aceitera, entre otras formas de sobreexplotación de la tierra.

Convertirme en activista política y medioambiental supuso, por tanto, una progresión natural, sin lugar a dudas inspirada por un ave: el diminuto correlimos cuchareta, cuya población estaba disminuyendo de forma drástica por la pérdida de hábitats en su lugar de cría, Siberia. Uno de los motivos de tal decrecimiento era el calentamiento global, que se sumaba a la desaparición de las marismas —provocada por el ser humano— de China y Corea del Sur, donde las aves se detienen para coger fuerzas durante su migración. Las trampas también constituían un grave problema para el correlimos, pues, por desgracia, solía caer en las que los habitantes pobres de Myanmar y el sur de Bangladés ponían para otras zancudas, más grandes, que les sirven de alimento. Se trataba, ni más ni menos, de un microcosmos de los problemas medioambientales a los que se enfrenta el planeta.

En el verano de 2011, la población mundial de correlimos, formada por doscientos ejemplares, pesaba menos que un solo cisne. Los científicos creían que, sin intervención humana, era muy probable que la especie se extinguiera al cabo de diez años. Como parte de un esfuerzo desesperado por mantener una población de reserva (un arca, por así decirlo), un equipo de conservacionistas trasladó trece ejemplares jóvenes de correlimos desde la tundra siberiana hasta los humedales protegidos de Slimbridge, en Gloucestershire, a tan solo una hora de mi casa, cerca de Bristol. La población en cautividad aumentó el año siguiente, cuando se llevaron desde Rusia catorce huevos que lograron eclosionar en Slimbridge. Recuerdo bien el momento en el que me enteré de la noticia; fue extraordinario y conmovedor, la prueba de lo que puede conseguirse cuando las organizaciones mundiales por la conservación trabajan juntas.

Gracias a los conocimientos adquiridos con la cría de esta población en cautividad, los conservacionistas desarrollaron una técnica llamada *headstarting*, que consiste en recoger e incubar los huevos y, cuando estos eclosionan, alimentar a los pollos a mano hasta que están listos para su suelta en condiciones seguras. Este proceso ayudó a aumentar en un veinte por ciento el número de polluelos que sobreviven cada año, y, desde 2015, se han devuelto a la naturaleza ciento ochenta correlimos. En la actualidad, se calcula que la población ronda los mil ejemplares.

En 2015, tuve la suerte de viajar a la isla de Sonadia, en Bangladés, como parte de un proyecto internacional para contabilizar la población migratoria. El correlimos mide solo catorce centímetros de largo y uno de sus rasgos más característicos es un gracioso pico en forma de cuchara que le sirve para rebuscar entre el lodo y el cieno, en las pozas de playas, marismas y otros humedales poco profundos, a la caza de los pequeños invertebrados de los que se alimenta. Todos los inviernos, abandona su remoto lugar de cría, en el extremo nororiental de Rusia, para emprender una migración de ocho mil kilómetros siguiendo el litoral de Rusia, China y Corea del Sur, hasta llegar a Myanmar y Bangladés.

Cuando nos subimos a una lancha motora rumbo a las marismas de la isla de Sonadia para empezar el recuento, mamá y yo teníamos una sola pregunta en la cabeza: ¿la cifra de esos visitantes invernales estaba aumentando o disminuyendo? Era un día tórrido y una capa brillante se extendía sobre la tierra. ¿Aquello que divisaba a lo lejos era un correlimos? ¡Sí! Allí estaba, con su extraño pico, su vientre blanco y esponjoso y sus alas moteadas de marrón y gris. Era raro ver al ave en carne y pluma, sabiendo que había llegado al destino de su épico viaje.

Y yo podía sumarme a ese proyecto. El año anterior, había puesto en marcha mi blog, Birdgirl, en el que hablaba de las muchas aves que había avistado por todo el mundo; entonces añadí a mis páginas una entrada sobre la desesperada situación del correlimos y, una vez en Daca, aproveché el eco cada vez mayor que tenía en redes sociales para dar a conocer el problema a través de la televisión y la prensa nacional de Bangladés, así como a la diáspora bangladesí en el Reino Unido. Me embarqué en una campaña de por vida para llamar la atención sobre las consecuencias del cambio climático y la destrucción de nuestro entorno natural, las aves, la tierra y las personas.

Las aves son al cambio climático lo que el canario a la mina de carbón. El proyecto internacional en favor del correlimos cuchareta resulta aún más pertinente cuando se recuerda que el aumento previsto de un metro en el nivel del mar dejaría bajo el agua no solo la isla de Sonadia, sino también casi el veinte por ciento de Bangladés, uno de los países con mayor densidad de población del mundo, antes de 2050. Una catástrofe para el correlimos y el ser humano por igual. Pero... si salvamos al correlimos, también salvaremos al resto de especies de mamíferos, peces e insectos que comparten su precario hábitat.

Cuando tenía dieciocho años, en 2020, me invitaron a compartir escenario con Greta Thunberg, la activista climática sueca, en el encuentro de Jóvenes por el Clima que se celebró en Bristol, Bristol Youth Strike 4 Climate. Lejos quedaban ya las marismas de la isla de Sonadia y, con el paso de los años, también había pulido mi mensaje y mi manera de plantearme el activismo. Aunque los proyectos de conservación de nuestras aves y vida salvaje siguen siendo prioritarios para mí, ante un público de cuarenta mil personas hablé sobre quienes no tienen voz: expresé mi preocupación por los pueblos indígenas expulsados de sus tierras ancestrales en nombre de la conservación, por las injusticias que se han infligido en el sur global en nombre de la acción contra el cambio climático. Encontré mi propia voz cuando era adolescente y, aunque al final el trayecto ha durado mucho más de unos cuantos años, es un viaje en el que pretendo seguir embarcada.

Por desgracia, y ante el telón de fondo de mi creciente activismo, mi vida familiar era difícil. Durante gran parte de mi infancia, mamá lidió con una grave enfermedad mental, por la cual alternaba periodos de depresión y de manía, mientras mi padre buscaba frenéticamente formas de hacerla sentir mejor. Las aves acudieron a nuestro rescate una y otra vez, un vehículo para la sanación que nos sacaba de nuestras vidas con estallidos de colores y asombro nuevos y nos daba el sostén para hacer frente a las dificultades que se nos presentaban.

Mi paso a la edad adulta no ha sido nada fácil, pero espero ser capaz de trasladar, a lo largo de estas páginas, que todo empezó con las aves. No existe nada comparable al instante en el que aparece el ave que estás buscando. Quizá lleves horas esperando, con la vista fija en un cielo lúgubre, helada hasta la médula por culpa del viento o empapada de sudor bajo el calor sofocante de una selva, sin siquiera espantar a los molestos mosquitos por miedo a asustar a tu ave. Es un momento feliz, de celebración, de «qué maravilla» y «pero mira eso». Y no hay nada mejor que compartir esos minutos con gente con tus mismos intereses, es como cuando tu equipo de fútbol marca el gol de la victoria en una final de copa. Se suceden los abrazos, los vítores, las sonrisas de oreja a oreja y las carcajadas. Y es una sensación que dura ese día, el siguiente y muchos más. Avistar un ave solitaria que, contra todo pronóstico, se ha apartado de su ruta migratoria para pasar una temporadita en una tierra nueva y extraña es una experiencia única, un nirvana, una criatura espléndida que se queda grabada a fuego en la memoria para siempre.

CAPÍTULO I
Mi familia y otras aves

FAISÁN DORADO

El faisán dorado, originario de los densos bosques de montaña de China Occidental, es muy apreciado desde tiempos antiguos por su belleza, lo que ha motivado su exportación a todo el mundo. Se han encontrado asentamientos de poblaciones salvajes de estas aves que, tras escapar o ser puestas en libertad, se han establecido en diversos puntos del planeta: Reino Unido, Estados Unidos, Canadá, México y varios países europeos y sudamericanos más, así como en Australia y Nueva Zelanda. Hay testimonios de 1740 que apuntan a que fue la primera especie de faisán que se llevó a Norteamérica. Algunos historiadores han aventurado que quizá el propio George Washington tuviera unos cuantos en Mount Vernon.

Mis padres se conocieron en una discoteca *underground* de Bristol llamada The Tube, un homenaje a la psicodelia de los años sesenta. Era marzo de 1995 y del techo abovedado de aquel sótano caían gotas de condensación cuando establecieron contacto visual a través de una muchedumbre de cuerpos en movimiento. El edificio vibraba al ritmo de «Venus», de Shocking Blue, y el montaje visual (un fragmento en bucle de una grabación original del grupo) proyectaba imágenes parpadeantes en sus rostros.

Se pusieron a charlar en un rincón apartado de la sala. Mi padre, Chris, se presentó a mi madre, Helena, diciendo que era electricista y que trabajaba en una granja de pollos. Ella imaginó que sería el diamante en bruto entre sus amigos universitarios. Hasta más tarde no se enteró de que mi padre estaba citando la letra incomprensible de una canción de The Specials, algo que ha seguido haciendo hasta la fecha. Tenía veintisiete años y un historial de sabotaje de caza, lucha por los derechos de los animales y activismo medioambiental; también era, sobre todo, pajarero.

Cuando le pregunté qué le había atraído de mamá, me dijo: «¿Has visto alguna vez una foto de tu madre con esa edad?». Guardo muchas fotos de mamá de joven: ojos oscuros, delgada, larguísima melena, negra y lisa. También de mi padre; casi siempre con jersey negro de cuello alto y chaqueta negra. Una melena larga y rubia enmarca su bonito rostro. No fue solo su «pinta» lo que atrajo a mamá, también le encantó su confianza en sí mismo y que le sostuviera la mirada mientras ligaba con ella.

Aunque hubo chispas en su primer encuentro, mis padres no lo han tenido fácil.

Mi madre lleva luchando contra la enfermedad mental desde la adolescencia, pero no recibió el diagnóstico oficial de trastorno bipolar hasta después de cumplir los cuarenta. Sufrió la primera sobredosis a los quince años y, cuando llegó a la universidad, estaba bastante mal. Alternaba entre episodios de manía y depresión, y se pasaba semanas saliendo todas las noches y luego varios días metida en la cama.

Durante uno de estos episodios maniacos, conoció a su primer marido; en mitad de otro, se casó con él, en secreto, en Sheffield.

Mamá, que había nacido en una familia musulmana bastante estricta, disfrutó al principio de la independencia que le daba la universidad, pero la combinación de esa libertad recién adquirida y la manía fue tóxica. Empezó a salir demasiado. Mi abuelo, que, a diferencia de otros miembros de la comunidad bangladesí, creía en una buena educación, mandó a sus cinco hijos, incluidas las tres chicas, a estudiar a la universidad. Aunque quería que mamá triunfara en la vida, también pretendía que se casara con un hombre «adecuado», y eso implicaba un matrimonio concertado. Como a muchas jóvenes musulmanas, a mamá le costaba asumir ese choque de culturas. Al final de curso, sus notas se resintieron. Se había enamorado de un inglés y la manía había dado paso a una depresión profunda.

En segundo, convencida de que la expulsarían de la universidad y de que poco después la casarían, se tragó un puñado de pastillas y cayó en un sueño profundo del que no conseguían despertarla. Tras un lavado de estómago, se recuperó lo suficiente para casarse en secreto con el inglés.

Por supuesto, sus padres montaron en cólera, pero ya no había remedio. Mamá dejó los estudios de Matemáticas y Filosofía y empezó a barajar la posibilidad de dedicarse al derecho. Cuando se enteró de que estaba embarazada de mi hermana, Ayesha, se matriculó en un instituto de su ciudad, cursó y aprobó un par de asignaturas específicas (Derecho y Política) y, con sus buenas notas bajo el brazo (y una niña recién nacida), fue a entregar en persona su currículum a cincuenta bufetes de abogados, tras lo cual acabó consiguiendo trabajo de asistente jurídica. Después se matriculó en Derecho. Así es mi madre, en resumen: si se le mete algo en la cabeza, no para hasta conseguirlo. ¿Que si estaba en una fase maniaca en aquella época? Sin lugar a dudas.

Cuando se dio cuenta de que había cometido un error al casarse, ya había empezado la carrera. Volvió a casa de sus padres, dispuesta, como madre divorciada que era, a ganarse su sustento y el de su hija.

En 1994, se fue de casa de mis abuelos con mi hermana, que tenía cuatro años, y se instaló al otro lado de la ciudad, en Clifton, una parte de Bristol que se había puesto de moda. Para ella no supuso ningún problema trabajar a jornada completa, estudiar por la noches y cuidar a una niña pequeña, sin renunciar a salir de marcha; tenía unas reservas desenfrenadas de energía y sus padres estaban lo bastante cerca para hacer de canguros.

En la época en que conoció a papá, seguía batallando y pasando regularmente de juerguista temeraria a loba solitaria, atrapada en una depresión profunda.

Cuando papá entró en su vida, mamá no se imaginaba que la introduciría en un mundo que iba más allá del interior turbio y sudoroso de un local de moda sesentero. Conocería a unas criaturas que transformarían su relación con la naturaleza.

Claro que eso ocurrió más tarde; en aquel momento, en aquella discoteca bajo tierra, cuando los amigos de mamá se enteraron de la extraña pasión de aquel joven por la observación de aves le dijeron: «Ándate con cuidado, Chris es pajarero». Por supuesto, mamá no sabía lo que era aquello (pensó que se trataría de alguna forma coloquial de llamarlo drogadicto, pero, al menos para ella, resultó ser mucho peor). Aunque no llegó a interponerse del todo en su relación, desde el principio le dejó claro a papá que tendría que ir solo a pajarear. «¡Soy bangladesí, y los bangladesís no miramos pájaros!», le espetó.

A primera vista, cabría pensar que las vidas de mis padres no podrían haber sido más diferentes.

Mi madre, bangladesí, nació y se crio en Bristol, y la observación de aves, el montañismo, el senderismo, el excursionismo y todas las demás actividades que asociamos al «aire libre» no formaron parte de su infancia.

En 1955, con diecinueve años, el padre de mi madre, mi *nanabhai*, bengalí de Sylhet, emigró al Reino Unido sin un céntimo en el bolsillo. Trabajó de camarero en un próspero restaurante indio de Oxford, una ciudad abarrotada de universitarios ricos. Cuando decidió que estaba listo para abrir un negocio propio, eligió Bristol, también rebosante de estudiantes adinerados en la que, sin embargo, no había restaurantes indios. Tres años más tarde, se inauguró el Taj Mahal, el primer local de comida india del suroeste británico.

En 1961, volvió a Bengala Oriental para casarse con mi abuela, mi *nanu*. Nunca se habían visto antes de la ceremonia, pero regresaron al Reino Unido convertidos en marido y mujer. *Nanu*, vestida con un fino sari de algodón y una chaqueta de punto, pisó por primera vez el país durante uno de los inviernos más fríos de los últimos años, con el suelo cubierto de una espesa capa de nieve.

Para los cánones occidentales, el suyo era un hogar musulmán bastante tradicional; para los del sur de Asia, era más bien progresista. Mis abuelos estaban encantados con que sus hijas estudiaran, inspirados por el ejemplo de Indira Gandhi, que había asistido a la Badminton School de Bristol en la década de 1930. Este afán no era muy habitual en las familias bengalís, ni siquiera en una época tan reciente como los años ochenta. Mi abuelo hacía largos turnos en el restaurante; se levantaba al alba para ir a comprar a los mercados de fruta y verdura. Metió a sus cinco hijos en un colegio privado, consciente del valor del éxito académico para la clase inmigrante. Conocía demasiado bien lo que pasaba entre las comunidades bengalís del este de Londres, en las que los hijos dejaban los estudios a los quince años para trabajar en el restaurante familiar y a las hijas adolescentes se las mandaba a Bangladés para buscarles maridos adecuados. Mis abuelos no tuvieron una vida fácil; sus ambiciones se vieron obstaculizadas por el panorama político hostil en el que nacieron sus hijos.

En la década de 1950, la discriminación racial no era ilegal y aún se veían carteles del tipo ENTRADA PROHIBIDA A NEGROS, IRLANDESES Y PERROS en las ventanas de hostales, pubs y pisos en alquiler. *Nanabhai* no era ajeno a las provocaciones de los racistas que entraban a su restaurante los fines de semana en busca de pelea. Pero prefería las concentraciones de protesta a liarse a puñetazos en plena calle. Tengo una foto suya, de 1963, en la marcha de Bristol contra la discriminación racial de una empresa de autobuses. Cuesta creer que, cuando mis padres ya habían nacido, una empresa (en este caso, Bristol Bus Company) todavía pudiera negarse a contratar a trabajadores negros y asiáticos. La ciudad se unió para boicotear los autobuses de esa compañía y la norma acabo derogándose. Muchos creen también que influyó en que se aprobara la Ley de Relaciones Raciales de 1965, que prohibía el racismo en espacios públicos y que, un año después, se ampliaría para ilegalizar la discriminación laboral y de vivienda.

A finales de la década de 1970, varios miembros de National Front, partido fascista de extrema derecha, se pasearon por delante de la casa de mis abuelos coreando «Si eres blanco, te apuntas un tanto». La familia estaba aterrorizada y a los niños se les ordenó que no se acercaran a las ventanas. Episodios como este y la lucha pública de mi *nanabhai* contra la discriminación fueron el contexto en el que se formó la conciencia política de mi madre y mis tías. Desde los primeros años de la adolescencia, se opusieron abiertamente a la opresión de la población no blanca en Sudáfrica a través del *apartheid*.

Así pues, cuando mamá se sacó por fin el título de abogada, recurrió a su experiencia para señalar el sesgo racial dentro de su sector. Se incorporó en 1996 a un bufete en el que, contándola a ella, solo había dos trabajadores que no fueran blancos. En los años siguientes, tuvo un papel fundamental en el fomento de la diversidad étnica dentro de la empresa. Antes, se rechazaban las solicitudes de empleo de quienes no contaran con un título de alguna universidad de élite o tuvieran un nombre «raro». El bufete estaba abarrotado de hombres blancos con traje. Mamá contrató a asistentes jurídicos de todas las procedencias, con lo que consiguió demostrar a los socios que ni el color ni el lugar donde se hubieran graduado eran obstáculo para sobresalir en el sector.

Papá nació en Rainhill, en el condado de Merseyside, en 1968. Mi abuelo trabajaba en los laboratorios de Imperial Chemical Industries (ICI), por entonces una de las principales empresas del noroeste del país. Era una persona polifacética, intelectual y deportista. Mi abuela era de clase obrera, menos segura de sus capacidades académicas, pero lo bastante lista para ir a la escuela secundaria. Estuvo un tiempo trabajando en una compañía de seguros, aunque, como las mujeres de su tiempo, lo dejó cuando se quedó embarazada. A Penny, la hermana pequeña de papá, le encantaban los caballos y dar largos paseos con la familia, mientras que papá disfrutaba más, por lo general, sin más compañía que él mismo.

Desde una edad temprana, se encontraba más a gusto fuera de la casa que dentro. Tenían un jardín grande, con una valla de dos metros por la que trepaba para escaparse al bosque cercano. Había puesto en el jardín un comedero y una casita para pájaros, que nunca llegó a ocuparse, salvo un año en el que un chochín macho se pasó varios días construyendo un nido esférico en su interior, solo para que la hembra acabara rechazándolo.

En su séptimo cumpleaños, le regalaron una guía para identificar aves europeas, y con ella consiguió identificar a su primer pardillo en el jardín de los vecinos de al lado. Había nacido su pasión por la observación de aves.

En vacaciones, la familia acostumbraba a ir de acampada al Distrito de los Lagos, Gales y el suroeste de Inglaterra, por lo que la campiña formó una parte tan importante de su infancia y adolescencia como los actos políticos para mamá.

Cuando tenía diez años, la familia se trasladó al norte de Yorkshire, donde su amor por la naturaleza se desarrolló en toda su plenitud. A partir de ese momento, dedicaron los fines de semana a hacer senderismo por los páramos, a subir a los impresionantes riscos de arenisca de los Wainstones o al emblemático pico de Roseberry Topping, en forma de cono truncado, con sus vistas panorámicas de la planicie de Cleveland. En sus excursiones por el pintoresco litoral de Yorkshire, entre la bahía de Runswick y Staithes, pasaban por pueblecitos de pescadores cobijados entre abruptos acantilados, por calas y playas. Papá, con las páginas de su guía grabadas a fuego en la memoria, acaparaba los prismáticos y apuntaba a los páramos, los bosques, los campos, colinas, ríos y lagos buscando aves.

Las nuevas aves no se hicieron esperar. Estaba el lagópodo escocés, omnipresente en el brezal del páramo, con el chirrido de sus alas y esa vocalización tan peculiar, que suena como un «vete, vete, vete» al echar a volar. Costaba creer que ese pájaro de aspecto rechoncho pudiera alcanzar velocidades de más de cien kilómetros por hora cuando trataba de huir de un depredador o, con más frecuencia, de un arma de fuego. El lagópodo escocés se considera un ave de caza y en el Reino Unido se abate cada año a alrededor de medio millón de ejemplares. Aunque el páramo parece natural, en muchos lugares está sometido a una intervención exhaustiva para aumentar la población de lagópodos, mientras se erradican otros animales y aves que se alimentan de ellos (por ejemplo, mediante la caza ilegal de ciertas aves en algunas zonas).

Los chorlitos dorados europeos, unas aves inteligentes cuyo plumaje estival se caracteriza por sus tonos centelleantes, emitían su «piuuu» aflautado desde montículos rodeados de brezo.

El nombre del fulmar viene de dos palabras del nórdico antiguo que significan «sucio» y «gaviota». En la costa, surcaban los acantilados con las alas rígidas y una mirada inocente, los ojos abiertos como platos, disimulando su capacidad de arrojar un vómito fétido sobre cualquier ser o cosa que se acercara demasiado a sus lugares de anidamiento, entre las ruidosas gaviotas tridáctilas que graznaban su nombre[1] desde las colonias costeras que forman en las paredes rocosas.

Papá escribió a mano su primera lista de aves cuando tenía diez años: ¡había visto y catalogado noventa y ocho especies! Pero sus ambiciones se redoblaron durante unas vacaciones familiares en Corfú. Nada más llegar, empezó a identificar especies que solo había visto en sueños: la curruca cabecinegra, de ojos rojos; el roquero solitario, de tonos cerúleos; y la golondrina dáurica que anidaba en el balcón del hotel y, a primera vista, parecía un cruce entre nuestro avión común y una golondrina, pero que al examinarla más de cerca resultaba ser un ave distinta. Fue un viaje emocionante, una experiencia nueva y diferente para él; conforme sumaba pájaros a su repertorio, su amor por la observación de aves fue creciendo hasta ocupar todos sus ratos libres.

Antes de conocer a mi padre, mamá y mi hermana no habían mostrado interés alguno por las aves, ni siquiera por la naturaleza. Mamá, bangladesí de segunda generación criada en Bristol, siempre se había considerado una chica de ciudad. Lo más cerca que había estado del pajareo durante su infancia era cuando iba con su familia al parque para jugar al críquet o cuando espantaba a las gaviotas que se acercaban a su bolsa de patatas fritas en las excursiones a la playa (aunque ahora reconoce su fascinación por los diminutos gorriones que acudían en tropel a su jardín para comerse las sobras de arroz que les dejaba mi *nanu*).

Cuando mi madre se dio cuenta de lo que implicaba para su relación estar saliendo con un aficionado a la observación de aves, ya era demasiado tarde. Estaba enamorada. Aun así, no lo acompañaba en sus expediciones antes del alba a los lugares que

---

[1] El nombre común de estas aves en inglés, *kittiwake*, se debe a su canto, una especie de «kitti-wa-ak». (Todas las notas son de la traductora).

le indicaban los avisos del busca, y donde imaginaba que él pasaba horas de pie bajo la lluvia para avistar un ave solitaria que se había desviado de su ruta natural. No iba desencaminada.

Los fines de semana, Ayesha y papá desaparecían rumbo al lago del valle del Chew o los montes cercanos. Su primera salida fue al embalse de Cheddar para ver un falaropo picogrueso, una pequeña limícola arrastrada por los vientos, de color gris y blanco y con una máscara negra. Esta ave cría en la tundra ártica y pasa el resto del año en alta mar, por lo que las raras veces en que, sin quererlo, llega a un embalse tierra adentro, es muy dócil, pues en la mayoría de las ocasiones se trata de su primer encuentro con un ser humano. Ayesha se enamoró de esta avecilla que daba vueltas como un trompo en la superficie del agua, filtrando el lodo para sacar los invertebrados que hay debajo y comérselos.

Mamá estaba empezando a sentirse un poco apartada. Su hija y su nuevo novio la habían abandonado, por lo que dejó que la arrastraran a su siguiente aventura. «Vale, os acompaño. Solo una vez, para saber a qué viene tanta emoción».

La primera excursión familiar para observar aves tuvo lugar un frío día de marzo de 1997, con destino al centro de interpretación de los humedales de Welney, en Norfolk, en busca de un porrón coacoxtle. Este pato buceador americano no se había visto nunca antes en el Reino Unido. El despertador sonó de madrugada (solo seis meses antes, mamá habría estado llegando a casa a esas horas). El juego había empezado. Mi madre se pasó el viaje de ida durmiendo en el coche y hasta dio alguna cabezada en el puesto de observación, que, para ser sinceros, no estaba tan mal: tenía alfombra y ventanas con paneles de cristal; sin duda, el más lujoso del país, según papá. ¿Qué mejor lugar para su primer avistamiento?

Papá, Ayesha y los otros aficionados que se habían ido congregando en aquel templo del pajareo apuntaron con los prismáticos a los humedales que los rodeaban, una serie de campos anegados con algunos destellos de agua, parte de la llanura aluvial de Ouse Washes, de mucho mayor tamaño y situada entre los ríos Old Bedford y New Bedford. Mamá se impacientaba. ¿Aquello era observar aves? ¿De verdad? ¿Dónde estaba el ave? No había rastro de ella. Se habían levantado en mitad de la noche y habían cruzado medio país solo para pasar horas mirando una ciénaga, y encima en vano. Quizá el porrón coacoxtle había hecho lo más sensato: volver a su hogar, en Norteamérica, dijo en voz alta.

Se equivocaba: el porrón coacoxtle echó a volar y se dejó ver al otro lado del lago. Su característico pico, largo y negro, y su cabeza de color castaño sobresalían de un cuerpo gris claro enmarcado por las plumas negras de su pecho y cola. Un pato majestuoso, escoltado por una bandada de sus serenos primos europeos, los porrones comunes.

Mi hermana —la primera en verlo— se lo señaló, solícita, a los demás aficionados, que estaban desesperados por vislumbrar aquel recién llegado a nuestras costas. Fue narrando cada uno de los movimientos del ave mientras esta se abría paso entre la bandada de porrones comunes hasta que, al final, todo el mundo logró avistarla.

Mamá empezaba a entenderlo, motivada por la emoción de los demás, por la euforia de Ayesha al ser la primera en divisar el ave, por el evidente orgullo de papá.

Varias horas después, con el avistamiento de otro pájaro, mamá pasó a formar parte de la comunidad de iniciados en este pasatiempo a menudo mal entendido y muchas veces obsesivo.

De camino a casa, papá decidió que quería hacer una parada para intentar ver un ave de la región de Norfolk: el faisán dorado. Aunque es originario de las montañas de China Central, existe una población estable de ellos en el Reino Unido, después de que los soltaran en cotos de caza. El faisán dorado es poco habitual y extremadamente tímido, y suele ser difícil de localizar hasta para un observador experimentado como papá.

El sol se hundía tras el horizonte cuando llegaron al bosque de Wayland Wood; Ayesha recuerda el crujido de las hojas secas en el suelo, el aire quieto y frío, un ciervo muntíaco ladrando no muy lejos de allí. La incursión no tenía tanto que ver con convertir a mamá al arte de la observación de aves como con la creciente desesperación de papá por encontrar al faisán dorado. Había hecho ese mismo recorrido montones de veces, siempre en vano.

Él iba delante, escudriñando el sotobosque en busca de un destello dorado; Ayesha había empezado a arrastrar los pies, agotada después del madrugón. Una vuelta al bosque era suficiente. Y para mamá también. Un siniestro silencio envolvía los árboles. Las hojas crepitaban y papá estaba enfadado, convencido de que aquel ruido espantaría a todas las criaturas del lugar, incluido el esquivo faisán. Al final, frustrado, accedió a que ellas dos se fueran y siguió buscando él solo.

Mamá y Ayesha se quedaron esperando a que papá regresara. Al cabo de varios minutos de silencio casi absoluto, oyeron algo a sus espaldas. Cuando se dieron la vuelta, despacio, mamá descubrió una criatura que la dejó sin aliento.

El faisán dorado es un estudio de colores primarios: la espalda y la cabeza cubiertas de plumas de un amarillo vivo, la parte superior del dorso de un verde oscuro e iridiscente y el pecho rojo como un camión de bomberos, en contraste con el azul de las alas. Esta explosión de colores está rematada por una espléndida cola que duplica la longitud del ave. Iba pavoneándose y escarbando entre las hojas, en busca de bayas y larvas, ajeno a las caras embobadas de mi madre y mi hermana, que contemplaban atónitas aquel espectáculo iluminado por el sol poniente.

Mamá había visto al faisán antes que papá, lo que le daba un regusto aún más dulce a aquel extraño encuentro. Ahora quería verlo todo. Ella afirma que aquel momento mágico hizo de ella una aficionada a la observación de aves y, además, prendió la mecha de esa competitividad que mis padres no han dejado de «disfrutar» desde entonces.

Mi madre se dedicó a recorrer el Reino Unido en busca de aves; fue hasta los lugares importantes de las islas Shetland, Fair y Sorlingas, entusiasmada por alcanzar a papá. Y, al compartir con ella ese amor por las aves y mientras le iba enseñando lo que sabía sobre la identificación y la importancia de esperar con paciencia, en cualquier situación meteorológica, mi padre se vio catapultado a sus primeros tiempos de pajareo.

A la temprana edad de doce años, Ayesha se convirtió en la persona más joven que llegaba al increíble hito de avistar cuatrocientas especies de aves en el Reino Unido.

Cuando papá le anunció a su familia blanca de clase media que llevaría a su nueva novia bangladesí a casa por Navidad, y encima con su hija de seis años, nadie parpadeó.

El caso de mamá fue distinto; había llevado una doble vida desde la adolescencia: se escabullía de casa para irse de juerga, salía con quien le daba la gana, sin fijarse en su origen étnico. Aunque mis abuelos maternos no eran musulmanes ultraestrictos, las discotecas y los novios no estaban bien vistos en la comunidad (por lo menos, no en público). A pesar de que era una madre soltera divorciada cuando conoció a papá, mamá aún no podía pasear por la calle con él, no fuera a verlos alguien. Las buenas chicas bangladesís no se comportaban así. La regla no escrita no era tanto «no hagas eso» como «que nadie te vea haciendo eso».

Lo irónico es que el primer marido de mamá también era un chico blanco no musulmán, pero ella se había fugado con él sin previo aviso, con lo que sus padres no habían podido oponerse. A su favor hay que decir que él luego se convirtió al Islam.

Papá, desde el principio, pensó que aquel secretismo no era bueno; no entendía la necesidad de llevar una doble vida. También le dolía mucho que mamá le ocultara, ¿acaso sus padres no habían acogido a mamá y Ayesha en su familia solo un par de meses después de que empezaran a salir? Entendía en parte el miedo que le tenía mamá a su propia familia, pero, hasta cierto punto, no era muy consciente de las diferencias que los separaban; nunca había salido con alguien de otra cultura o religión. Su primer encuentro fue como una entrevista de trabajo.

Papá estaba en una fiesta con sus colegas; mamá le había insistido en que se fuera de su piso, porque sus padres iban a pasarse por allí. Lo que ella no sabía era que a sus padres les habían llegado rumores de que Helena tenía un nuevo novio inglés y creían que ya era hora de conocerlo. Cuando papá llegó al piso de mamá, tarde y un poco perjudicado, ellos seguían allí, esperando pacientemente su regreso.

Tras responder unas cuantas preguntas formales sobre sus estudios y trabajo, mi *nanabhai* le hizo la única que de verdad importaba: «¿Te vas a hacer cargo de mi nieta?».

Mi hermana tenía cinco años cuando papá apareció en su vida. Tras su primera cita oficial, le dijo a mamá: «Lo veo guapo, aparte del pendiente en la nariz [todavía tiene el agujero]. Creo que deberíais haceros novios». Su padre no es que estuviera muy presente en aquella época, y papá aportaba una cierta estabilidad.

Dos semanas después de conocerlo, mis abuelos insistieron en que mamá y papá se casaran por el rito musulmán; ni en broma iban a permitir que mamá paseara a un «novio» por la ciudad sin un compromiso público.

La boda se celebraría en el piso de mamá, en Clifton, una tarde de domingo. Mientras mi familia materna se encargaba de los preparativos, mis padres iban tras un avetorillo común en Highbridge, en el sur de Somerset. Para mamá y Ayesha era un ave nueva, y mamá no estaba dispuesta a que sus inminentes nupcias se interpusieran en un buen avistamiento. Mientras esperaban escondidos entre juncales, los minutos no dejaban de pasar. Al final, mamá llamó a casa y pidió que la boda se retrasara una hora; no podían irse sin divisar el avetorillo.

Papá vivió muchas cosas nuevas aquel día: nunca antes había presenciado una boda musulmana, aquella misma noche conoció a los hermanos de mamá, y ahí estaba, con un sudor nervioso empapándole el cuello de la camisa, recitando pasajes del Corán en su propia boda. Por supuesto, no sabía ni una palabra de árabe, por lo que se limitaba a repetir las complejas frases que los hermanos de mamá le iban soltando, una y otra vez, hasta acertar con la pronunciación. Después, mamá se puso un *salwar kameez* blanco inmaculado y salieron todos juntos a cenar en familia. La boda «oficial» se celebró siete meses después.

Mi familia vive en una antigua casita de mineros en la falda norte de los montes Mendip. Me resulta increíble pensar que, hace doscientos cincuenta años, en mi habitación pudo haber dormido una familia de diez miembros, acurrucados en los tablones irregulares del suelo. Nuestra casa está en un camino sin salida que lleva a un espeso bosque perfumado de ajo de oso en los meses de primavera. Por las ventanas vemos una sucesión de montañas y un extenso lago. En verano, las rosas silvestres y las glicinias trepan por los muros.

Me crie en el valle del Chew, al sur de Bristol, donde disfruté de la libertad que daban la campiña y los montes Mendip. Me crié observando a los pájaros que venían a nuestros comederos o agitaban las alas en las piletas, al tiempo que aprendía a distinguir incluso las variedades pardas más pequeñas. En las tardes templadas, estaba atenta al canto del ratonero común y, por las noches, al de los cuervos. Me quedaba despierta en la cama repitiendo el «uh-uh» del cárabo común en el bosque.

Desde muy pequeña, acostumbraba a deambular por el camino y el bosque con mis amigos, explorando las sendas de los animales, las madrigueras de los tejones y las abruptas minas de ocre abandonadas. Hundía las manos en el estanque buscando criaturas interesantes y las sacaba de inmediato, con un chillido, cuando encontraba alguna. Perseguía a mariposas y abejas por el jardín, observaba a las polillas que revoloteaban en torno a nuestras bombillas y escuchaba el vago batir de las alas de los murciélagos sobrevolándome en la oscuridad. Todas las primaveras, me tumbaba en el lecho del bosque, alfombrado de campanillas; en los meses de invierno, me deslizaba por la pendiente hasta nuestra casa.

Crecí en una familia de aficionados a la ornitología, que dedicaba los fines de semana a consultar qué especies habían llegado a nuestra zona, o más lejos, tratando de avistar cualquier ave rara que hubiera decidido que las frías costas del Reino Unido eran un buen sitio para tomar tierra. Para mi familia era normal ir en coche de Somerset a Orkney y volver en un par de días. Los trayectos largos no eran ningún impedimento, ni lo feo que estuviera el tiempo. El pajareo puede parecer una práctica extrema, pero, por lo general, es más una cuestión de «haremos lo que haya que hacer».

La banda sonora de mi infancia es la serie de televisión *Fauna letal*, en la que el naturalista británico Steve Backshall va tras los depredadores más mortíferos del mundo, como el gran tiburón blanco, la mamba negra o el oso polar. Cuando tenía diez años, fui a verlo en directo, en Bristol. Tenía una pierna rota, lo que hacía que sus descabelladas aventuras resultaran aún más emocionantes. Steve nos dijo que, si queríamos ser aventureros de la naturaleza para la televisión, como él, debíamos aplicarnos mucho en el colegio y estudiar zoología, pero, mientras tanto, nos recomendaba que saliéramos al campo para aprender todo lo posible sobre la vida salvaje. No olvidé sus consejos y, pasado un tiempo, me apunté a las *girl guides* y también a los *boy scouts*, y a diversas actividades como escalada, rápel, espeleología, producción audiovisual, ilustración de la naturaleza, acampada y construcción de refugios nocturnos.

Mientras tanto, no dejaba de sacar las guías de aves de las estanterías y de empaparme de los colores y costumbres de tantas especies como pudiera procesar mi cerebro. A los seis años, leí *Mi familia y otros animales*, de Gerald Durrell, la historia de una familia caótica que vivía en plena naturaleza, y vi en ella un reflejo de mi propia vida.

La vida de las aves, la serie documental de David Attenborough, me hacía sentir en casa. La pantalla se llenaba de halcones peregrinos, ratoneros comunes, colibrís, papagayos y charranes: no era solo un banquete visual, era una lista de deseos. Estaba cayendo en el hechizo de las aves.

Pensemos en alguien que siente pasión por la música; esa persona pone música allá donde vaya: el salón, el dormitorio o el coche. Pone música para bailar, para relajarse o para animarse, según su estado de ánimo. La música es parte de su vida hasta el punto de que no es consciente de estar «escuchando». Mi pasión por las aves es un poco así; no es tanto que las perciba como que las absorbo, ya sea en los comederos del jardín, en el lago que hay cerca de casa o en una cordillera andina, y siempre me dan justo lo que necesito.

La observación de aves no ha sido nunca para mí una afición; no es un pasatiempo que pueda retomar o dejar, sino un hilo que recorre el entramado de mi existencia, tan estrechamente tejido que no hay forma de sacarlo y dejar el resto intacto.

CAPÍTULO 2
Mi pequeño gran año

ALBATROS OJEROSO
Los albatros ojerosos son monógamos y se aparean de por vida; la hembra pone un solo huevo que tanto ella como el macho incuban durante unos setenta días. Aunque los ejemplares jóvenes regresan a las colonias de cría a partir de los tres años para practicar los rituales de apareamiento (el setenta y cinco por ciento de la población mundial se encuentra en Georgia del Sur y las islas Malvinas), no empiezan a criar hasta que cumplen siete años. Son aves longevas que en libertad pueden vivir hasta setenta años.

Cuando yo tenía seis años, mamá y papá andaban muy ocupados con sus trabajos; mamá no solía aparecer hasta bien avanzada la tarde. Por lo general, al volver a casa después del colegio, me quedaba a cargo de mi hermana, Ayesha, doce años mayor que yo. Durante mucho tiempo, mi parte favorita del día fueron las horas que pasaban desde que mi hermana me recogía de la parada del autobús hasta que mis padres llegaban a casa del trabajo.

Nos sentábamos delante de la tele a comer *noodles*, *nuggets* vegetarianos y patatas fritas mientras nos entreteníamos con *Buffy*, *Embrujadas* e incluso *CSI*. Esta última serie la veíamos a escondidas, por supuesto, lo que la hacía aún más emocionante. Ayesha, a los dieciocho años, era muy guay, a pesar de que ya no le interesaban tanto las aves. Era como si me hubiera pasado el testigo y yo hubiera echado a correr con él.

Varios años después, mamá, papá y yo asistimos a sesiones de terapia familiar para tratar las consecuencias de la enfermedad mental de mamá en la familia, y nos recomendaron que, antes de empezar, mis padres hicieran una lista de los episodios más importantes de nuestras vidas, incluido el historial médico de mamá. Ese documento serviría para ahorrar mucho tiempo en las sesiones y, además, sería una especie de recopilatorio útil cada vez que a ella la derivaran a un nuevo psiquiatra. Mi madre, avezada pajarera, es muy meticulosa a la hora de hacer listas. Todo está en la hoja de cálculo «Momentos especiales: Chris y Helena» (MECH), donde figura la siguiente entrada de diciembre de 2002: «Ayesha cumple trece años y se está volviendo una niña difícil». Mi hermana era un poco rebelde, quizá no tanto como mamá, pero desde luego le gustaba la fiesta.

Con solo dieciocho años, anunció que se había quedado embarazada.

Papá estaba en Estados Unidos por negocios; era jefe de programas en una multinacional y sus días de saboteador de caza habían quedado atrás. No fue un cambio tan drástico como pueda parecer. Estudió Ingeniería en la universidad y se fue a trabajar para Hoover en cuanto acabó el máster. Lo dejó al cabo de un par de años, cuando hubo ahorrado lo suficiente para dedicarse a viajar. Se dejó el pelo largo, pensando que así sería su vida a partir de entonces: trabajar, ahorrar, viajar. Tras cortarse el pelo y volver a un empleo con horario de oficina, reparó en que le gustaba lo que hacía y los ascensos. Cuando conoció a mamá, las raíces que estaba echando se hicieron aún más profundas.

Viajaba al extranjero con frecuencia por trabajo, y estaba convencido de que Ayesha había esperado a que se marchara para soltar la bomba, temiendo su reacción. Mamá lo llamó a su habitación de hotel de Washington D. C., empezó la conversación con un «¿estás sentado?», y él cogió el siguiente vuelo de vuelta a casa.

Papá llegó el sábado, y el domingo, aún conmocionado por la noticia, nos llevó a Norfolk en busca un chingolo coroniblanco. Necesitaba «procesar» la noticia y el pajareo le venía bien para eso.

Papá ya era un observador de aves «plenamente consciente» mucho antes de que se inventara, o al menos se popularizara, eso de la consciencia plena. Disfrutaba de la complejidad y la atención que implicaba escudriñar las bandadas de aves para detectar especies diferentes que, a menudo, eran muy parecidas. Concentrarse en el menor movimiento o ruido que delataran la presencia de un ave oculta, contar y anotar el número de ejemplares presentes, maravillarse ante su gracia y belleza: todo eso lo llevaba al aquí y ahora, donde desaparecían las preocupaciones por el pasado y el futuro. Dice que lo consigue sin intentarlo siquiera. Necesitaba alcanzar otro estado mental para asimilar la noticia de Ayesha y sabía que, en cuanto estuviera al aire libre, llegaría a ese espacio sin ningún esfuerzo consciente, lo que, para papá, es un resultado natural del pajareo.

Volviendo al ave en cuestión: el chingolo coroniblanco suele encontrarse en Estados Unidos, y solo se había visto en el Reino Unido en tres ocasiones. Y, de pronto, había aparecido en Cley, no en la famosa reserva de aves, una meca para aficionados de todo el país, sino rondando por el jardín de un párroco retirado, en un pueblo cercano. Los dueños habían tenido el detalle de esparcir semillas para pájaros por un largo caminito de grava que discurría junto a la casa, y el ave se lanzaba en picado intermitentemente, para comer, desde el seto de hayas en el que estaba escondida, fardando de las sofisticadas franjas blancas de su cabeza ante los otros gorriones, sus desaliñados primos británicos, con los que estaba pasando el rato. Al final del camino, una muchedumbre de pajareros esperaba expectante su siguiente aparición.

Esa excursión supuso un momento de alivio frente a lo que implicaba la noticia de Ayesha, frente al estrés y las miles de decisiones que había que tomar.

Yo no estaba conmocionada, la verdad, sino muy ilusionada ante la perspectiva de tener una sobrina o sobrino. Ufana, decidí dar la noticia durante una sesión de «contar cosas» en el colegio. Normalmente, en estas sesiones salían uno o dos compañeros que traían algún objeto de su casa y nos contaban la historia. Se enseñaban conchas marinas y regalos de cumpleaños, acompañados del relato de unas minivacaciones o una fiesta (una niña se llevó a sus nuevos gatitos), ¡pero yo tenía que contar algo importante!

—¡Mi hermana está embarazada! —proclamé, sonriendo—. ¡Voy a ser tía!

Mis compañeros se alegraron, pero la maestra me miró confundida y un poco alarmada. Conocía a Ayesha porque había ido a la misma escuela primaria.

—¿De verdad? —preguntó—. ¿Estás segura?

El escepticismo de mi maestra cobró más lógica después, cuando nuestra casa se convirtió en un campo de batalla de peleas y rabietas. En teoría, a Ayesha le tocaba presentarse a los exámenes finales de bachillerato el siguiente verano y marcharse luego a la universidad, pero lo que hizo fue irse a vivir con su novio un mes antes de dar a luz. A mamá y papá no les gustaban mucho las respuestas evasivas que daban mi hermana y su novio al bombardeo de preguntas: «¿De qué pretendéis vivir?», «¿cómo pensáis cuidar al bebé?», «¿cuándo os vais a presentar a los exámenes?».

Aunque a ninguno de los dos le hacía especial ilusión ser abuelo a pocas semanas de cumplir cuarenta años, ¿qué alternativa tenían?

Antes de que mi hermana se fuera de casa, había sido mi segunda madre: me despertaba todas las mañanas, me preparaba el desayuno, me acompañaba a la parada del autobús y me recogía cuando me bajaba de ese mismo autobús por la tarde; muchas veces era ella también quien me acostaba. No es de extrañar que sintiera cierto cosquilleo de celos por ese bebé que llevaba dentro. Ese bebé que no competiría conmigo por la atención de Ayesha, porque ya había ganado. A partir de entonces, él o ella iría siempre por delante de mí. Me alegra poder decir que mi hermana no recuerda haber percibido en mí el menor atisbo de envidia.

También fue un año caótico en cuestión de pajareo. Cuando Ayesha se fue de casa, nuestras excursiones de fin de semana quedaron en suspenso. No había tiempo para aves, para recargar pilas; de pronto la prioridad era ayudar a Ayesha a prepararse para el hecho que daría un vuelco a su vida y, después, a cuidar del bebé. Aunque mi hermana (por mucho que, hasta cierto punto, hubiera dejado de lado la afición) seguía disfrutando de salir de vez en cuando a observar aves en familia, la realidad de su precario futuro había borrado parte de la magia.

En ese momento, mamá irradiaba una energía nerviosa; cuidar de Ayesha sin desatender su trabajo era difícil, aunque yo no me daba cuenta de lo mal que lo estaba pasando. La situación de mi hermana acaparaba las conversaciones y dejaba a mis padres sin fuerzas, y, hacia finales de año, todos, yo incluida, estábamos agotados.

—Tengo que hacer algo para mí —anunció papá.

Mientras veíamos la tele en el salón, la lluvia golpeaba las ventanas oscuras de la casa.

—¿El qué? —pregunté.
—Un gran año —respondió, mirando a mamá.
—¿En enero? —dijo mamá, asombrada—. ¿El año que viene?

—Sí.

Papá tenía la mandíbula tensa. En esa conversación se dirimía algo raro, pero yo no tenía ni idea de qué.

—Laila es muy pequeña —objetó mamá—. Solo tiene cuatro meses.

—No me voy a la luna, Helena —insistió papá—. Es un gran año, nada más.

Este anuncio cambiaría el rumbo de nuestras vidas.

Un «gran año» es un año natural en el que intentas ver tantas especies de aves como sea posible dentro de una zona geográfica determinada; en nuestro caso, sería nuestro país. Aunque papá intentó convencernos de que no era para tanto, hay quienes han comparado los grandes años con los deportes de resistencia extrema.

La idea es llevar una «lista anual» en la que anotas las especies de aves que avistas desde enero hasta diciembre, dónde y cuándo. Cada ave se cuenta una sola vez y todas son iguales; el petirrojo tiene el mismo valor que un ave que no se haya visto nunca en el Reino Unido.

Trescientos avistamientos distintos, o más, es un buen número para una lista anual en el Reino Unido, sin batir ningún récord. Es difícil, pero, si recorres las distancias necesarias, es factible, igual que ese deporte de resistencia. El país cuenta con sus peculiaridades a la hora de elaborar la lista anual. Por su situación, encontramos un número desproporcionadamente alto de especies migratorias (procedentes de Europa, África, Asia y América, entre otros lugares) en comparación con otros países. Son especies que no suelen avistarse en el Reino Unido y aparecen de repente en cualquier momento y lugar. Hay, por supuesto, patrones y sitios idóneos en determinados periodos del año; con frecuencia, en extremos opuestos del país. Y tú intentas ver todas las especies que suelen parar por ahí, algunas solo en invierno o verano o durante la migración de primavera u otoño, algunas que solo aparecen en zonas concretas. Al mismo tiempo, debes estar pendiente de los avisos de las rarezas. Antes, los pajareros los recibían casi exclusivamente a través de un busca, no hace tanto que estos se han sustituido por aplicaciones de móvil y redes sociales como Twitter. Los mensajes de otros pajareros y cuentas como, por ejemplo, Rare Bird Alert hacen que los aficionados más ansiosos salten de inmediato ante la tentación del avistamiento de un ave rara.

A los pájaros, por supuesto, les importan un pito los grandes años y, por lo general, no son de gran ayuda que digamos; salen volando, se esconden cuando los estás buscando y aparecen en lugares lejanos a horas intempestivas. A veces, se identifican *a posteriori*, por fotos que se cuelgan en internet. Y, claro, también está el clima británico, así como las dificultades logísticas de llegar a algunos de los lugares más remotos. En resumidas cuentas, hace falta ser tan obsesivo como mi padre para embarcarse en doce meses recorriendo el país en busca de aves.

Papá hacía una «lista anual» cada año, tal como iba saliendo, sin premeditación, cuando anotaba las aves que se cruzaban en su camino, pero en 2009 quería verlas todas, y eso implicaba viajar los fines de semana.

Explicó que necesitaba ese proyecto para volver a sentirse «normal». Tenía cuarenta años, insistió, no sesenta, y no estaba preparado para ser abuelo ni cuidar a Laila a tiempo completo. El año había sido difícil y él había llegado a un punto crítico.

«Lo haré contigo o sin ti. Pero lo voy a hacer», le dijo a mamá. Mientras tanto, yo intentaba, sin éxito, imaginármelo saliendo a observar aves sin nosotras.

En diciembre, preparó su propia lista de especies, desde las habituales, como mirlos, petirrojos y estorninos, hasta las más exóticas o raras, todas las criaturas debiluchas y descarriadas que acaban en el Reino Unido tras salirse de su rumbo y que él podría avistar. Su meta era el «patrón de referencia»: trescientas como mínimo. Y era un objetivo ambicioso, que lo obligaría a dedicar casi todo su tiempo libre pajareando.

Papá, una persona meticulosa, se asegura de llevar el equipo adecuado, de que el terreno es seguro y de que tiene suficiente ropa de abrigo y termos de té para los días de lluvia. Para lo que no estaba preparado era para mi insistencia en acompañarlo, noche o día, cuando lo llamaran.

¿Un año entero de fines de semana dedicados a buscar aves? Conseguido.

A mamá no le gustó aquello: yo tenía solo seis años. ¿Cómo iba a sobrellevar tantas horas en coche, salir a pajarear después de clase, no jugar con mis amigos los fines de semana? Pero yo estaba tan decidida como papá. Mamá acabó rindiéndose, casi. «Puedes hacer una parte, Mya; lo llamaremos "pequeño gran año"».

Al final, mamá reconoció que ella también estaba agotada y quería hacer el gran año con nosotros.

¿Y Ayesha? Aunque eso del gran año suena a fuerte compromiso, la aparición de aves nuevas tiene sus altibajos a lo largo de los meses, por lo que habría muchos fines de semana y noches en los que no habría nada que ver y Ayesha acapararía la atención de mis padres. Por mucho que ellos no pensaran dejarla tirada, le darían prioridad al pajareo; al menos, por un tiempo.

Justo después de medianoche, con la fiesta de Nochevieja aún en pleno apogeo, mi padre se marchó para preparar la primera salida del año. Mamá y yo nos la íbamos a perder, porque a ninguna de las dos nos entusiasmaba el madrugón. Cuando papá volvió, a la hora de comer, con más de cincuenta aves tachadas, mamá se cabreó. No tardaría mucho en verlas ella misma en cuanto se pusiera a buscarlas, pero no se trataba de eso: se le había despertado el instinto competitivo.

Empecé mi pequeño gran año la tarde del 1 de enero, un día de cielos azules y nieve de un blanco cegador. Pasamos ese primer día pajareando a pocos kilómetros de casa, señalando las especies habituales. Yo me entretenía plantando mis huellas en la nieve y pisoteando charcos helados mientras exhalaba nubes de aire cálido en el frío viento. Fuimos recorriendo campos de cultivo en Green Ore, en los Mendip, escudriñando los campos y setos, siguiendo bandadas de zorzales reales, una versión más colorida de los zorzales que nos acompañan en invierno huyendo de las gélidas temperaturas en sus lugares de cría escandinavos. Un gorrión molinero solitario y un escribano cerillo, antes muy habituales en los campos de labranza y hoy desplazados a los márgenes por las prácticas de la agricultura moderna, se acercaron a saludar.

Nos asomamos entre las ramas heladas y retorcidas del bosque en busca de grajos, pinzones y gavilanes comunes. Hasta estuvimos un rato junto al lago del valle del Chew para tomar nota de los cisnes, las barnaclas canadienses y las gallinetas comunes, y luego nos fuimos al lago Bladgon, donde divisamos más barnaclas. Las barnaclas canadienses son oriundas de Norteamérica, pero se introdujeron en el Reino Unido a finales del siglo XVII, nada menos, cuando se incorporaron a la colección de aves acuáticas que Jacobo II tenía en el parque londinense de Saint James, y ahora han proliferado por todo el país, desde los lagos de los parques de pueblos y ciudades hasta masas de agua de zonas más rurales.

A pesar de que ya me había cruzado a esas aves en multitud de ocasiones, era como si las estuviera viendo por primera vez, porque formaban parte de mi gran año. Esas criaturas tan familiares, visitantes habituales de los entornos que llevábamos recorriendo desde que tengo memoria, me emocionaron tanto como si hubieran sido aves del paraíso o maluros espléndidos.

Aunque iba sumando decenas de aves a mi lista, no se trataba de un simple ejercicio de poner cruces en casillas. Mi lista se convirtió en una recopilación de experiencias únicas, mi «diario del gran año». Ese primer día, además de casi veinticinco aves, anoté el tiempo que hacía: «Escarcha. Estoy sentada en un prado, es un país de las maravillas invernal». Conforme crecía la lista, aumentaban también mis ganas de añadir más y más, por muy cansada que estuviera, por muy frío que fuera el viento o por mucho que nevara o lloviera.

Contemplaba las aves conocidas con una mirada nueva; estaba más pendiente, dedicaba más curiosidad, consciencia y atención que nunca a identificar y diferenciar las especies. Cada avistamiento traía una alegría única. La emoción y frustración de la persecución no hacían sino contribuir al ímpetu de un viaje que duraría un año entero. Y, de camino, aprendía; me enteré de que algunas especies que yo siempre había considerado muy comunes no eran tan habituales, al parecer, en el mes de enero en Somerset. Los verderones que acostumbraba a ver el primer día del año nuevo eran ahora difíciles de vislumbrar en cualquier lugar del valle del Chew. Resultaba complicado encontrar las serretas chicas que solían visitar el lago del valle del Chew, en cambio la garceta grande y la garcilla bueyera se hallaban a tres o cuatro kilómetros de casa, mientras que, hace quince años, mis padres habrían tenido que recorrer medio país en coche para toparse con una.

Cuando estaba observando un ave muy común (un pinzón, por ejemplo), pensaba: «Si fuera una rareza arrastrada por el viento desde el continente, estaríamos obnubilados por su espectacular colorido, pero, en realidad, apenas le prestamos atención». Esa nueva percepción fue el efecto más llamativo del gran año; aprendí a apreciar las aves del día a día, a observarlas como si fueran inéditas en el Reino Unido, a estudiarlas y apuntar todo lo relacionado con ellas, los detalles más minúsculos de sus plumas, sus matices, y a admirarlas y asombrarme cada vez que identificaba una nueva. Esa lista pasó a formar parte de mi diario, repleto de dibujos, fotos, detalles y, sobre todo, de amor y respeto.

Mi emoción se disparó cuando papá dijo que al día siguiente saldríamos a buscar un búho nival. ¿De verdad? Si era cierto, sería porque se habría desviado de su ruta, porque su hábitat natural está por encima de la tundra ártica. En caso de aventurarse al sur, por lo general no se adentran más allá del norte de Escocia, y eso ya es excepcional. Al parecer, se había visto al búho en las islas Sorlingas el otoño anterior, y ahora había conseguido llegar a tierra firme, al extremo meridional de Cornualles. No necesitábamos discutirlo. El ave que queríamos ver el 2 de enero era el búho nival.

Llevo saliendo a buscar aves con mi familia desde que nací; algunas de las «lecciones» del pajareo las he asimilado por ósmosis, pero lo demás lo he aprendido de mi padre, que es el experto. Era bastante popular en el mundillo antes de conocer a mamá, y, primero con Ayesha y luego conmigo, nuestra familia se convirtió en presencia habitual de los grandes eventos de observación. Un recién llegado tardaría años en asimilar ese «saber popular» del pajareo, la historia y los conocimientos de sus antecesores, pero yo contaba con papá para acelerar ese proceso. Como cualquier ámbito, el del pajareo tiene una cultura propia. Pensemos en una niña que entra por primera vez en un museo o galería de arte; echaría a correr por el edificio dando gritos hasta que aprendiera que en ese lugar hay que comportarse de otra manera. Lo mismo ocurre con el pajareo: hay una etiqueta. Es fundamental esperar con paciencia; nadie quiere a una niña malhumorada, cansada o hambrienta, expresando su frustración.

Conocí historias de pajareos descabellados y personajes curiosos, de sus rarezas y sus triunfos. Me contaron las leyendas. «Esos cuatro son los que fueron de la isla de Fair a las Sorlingas en un día para ver un ave», decía papá, dándome un golpecito discreto con el codo. O, con admiración: «Ese tío es el que ha hecho la lista más larga del Reino Unido»; y «Ese de ahí es uno de los catorce que salieron de Tresco en helicóptero para encontrar un pájaro en Land's End».

Por supuesto, también hay que dominar destrezas prácticas. Aprendí a usar los prismáticos, a evitar el manchurrón negro que aparece en mitad del objetivo cuando te los acercas a los ojos, a enfocar, a localizar el ave en las lentes, a usar un telescopio y a montar un trípode. A los dos años, ya sabía hacer «psss, psss». Usaba ese sonido para hacer salir a un ave escondida entre la hierba. Al parecer, ese sonido extraño les provoca curiosidad y, con suerte, se asoman a investigar de dónde procede.

Sobre todo, aprendí de mi padre que las aves son una parte de un amor más amplio por la naturaleza.

Mientras tanto, el búho nival nos llamaba.

Con el cielo aún oscuro, papá me despertó. No era la primera vez que salía de pajareo al alba, y estaba preparada: me había acostado con la ropa térmica. Me llevaron en brazos, todavía amodorrada, hasta el coche. En cuanto noté el frío en la cara, me espabilé. Mamá insistía en que intentara dormirme otra vez, pero nunca he sido capaz de hacerlo en una salida; disfruto de esas horas tempranas, de contemplar la ondulación de un paisaje somnoliento en sombras.

Llegamos cuando el cielo se estaba tornando gris claro. Dejamos el coche en la carretera principal, en las afueras de la aldea de Zennor, en Cornualles, y nos alejamos del mar siguiendo un sendero que subía del valle y se adentraba en una ladera de piedras y aulagas dispersas entre la hierba, alta, seca y azotada por el viento. Hacía mucho frío. Desde la distancia distinguimos ya a un grupito de aficionados mirando por sus telescopios. ¿Cuál es el nombre colectivo de un grupo de pajareros? Alguna vez he oído «anorak», y en verdad este grupo, incluidos nosotros, parecía un anuncio de gente con parkas que no sabe divertirse, tiritando, con la esperanza de avistar un ave solitaria que tal vez apareciera, o no.

Pero allí estaba: una hembra de búho nival, más grande, corpulenta y sustanciosa que el macho, con una altura de más de medio metro, posada en lo alto de una colina, fulminándonos con sus penetrantes ojos amarillos y las afiladísimas garras clavadas en el suelo. No pude evitar pensar que aquel ave de aspecto magnífico parecía fuera de lugar; podría haberse escapado del rodaje de una película de Harry Potter. Su plumaje blanco, sobre el que destacaban gruesas franjas negras, refulgía bajo la primera luz del día. Las esponjosas plumas blancas, que le llegaban hasta los pies, se asemejaban a una especie de botas de montaña, perfectas para su hábitat ártico, pero extrañas en la hierba, sin un solo copo de nieve. Cuando la vi emprender el vuelo, casi pude sentir la vibración de sus enormes alas por encima de mi cabeza, mientras el ave trazaba su ruta en el aire. La dibujé en mi diario y escribí: «Un búho precioso». Aunque podríamos haber pasado horas mirándola y, luego, más horas recorriendo la campiña de Cornualles en busca de otras aves, en aquel momento una megaalerta sacudió los buscas de los pajareros que estábamos allí: una alarma reservada para las aves más raras entre las raras. Un silencio de estupefacción; en el norte de Inglaterra se había detectado un ave que ninguno de nosotros había visto jamás.

Aquella misma noche, ya de vuelta, no se rompió el hechizo de nuestra aventura. La casa parecía diferente, una mera parada técnica de camino a algo más emocionante. Tras un breve descanso, nos pusimos de nuevo en marcha y emprendimos el largo trayecto hasta Teeside, en el noreste de Inglaterra, donde, al parecer, una gaviota de Bering estaba reposando en los páramos industriales de Cleveland.

Mi abuela Sylvia, la madre de papá, vive en Yorkshire del Norte, al sur de Teeside, así que nos acercamos a su casa.

Cuando llegamos era más de medianoche, pero ella, más que acostumbrada a nuestras extravagancias, se figuraba que la noticia de alguna ave rara por la zona sería garantía casi absoluta de una visita inesperada. Para mí, todo eran ventajas: veía a abuela y un ave poco común.

Papá, que había pasado sus primeros años de adolescencia pajareando por la zona, se sentía como en casa entre las tuberías y los polígonos industriales medio abandonados, testigos de una industria pesada en decadencia. Dado que no era mi caso, para mí suponía un contraste enorme con respecto a la belleza del sur de Cornualles, pero, como dice papá, «¡por un ave, lo que haga falta!».

Al ave la habían ahuyentado antes con un cañón espantapájaros. Estos cañones, de uso habitual en la agricultura, son unos dispositivos de gas que se disparan para espantar a las aves inoportunas, y no cabe duda de que las gaviotas que rebuscan en el vertedero a cielo abierto se han convertido en un engorro. No había ni rastro de ella cuando llegamos, así que nos pasamos un par de horas observando a una bandada de gaviotas que hurgaba entre la basura del vertedero, esperando a que apareciera la que nos interesaba.

¡Y regresó! El ave que estábamos buscando, la gaviota de Bering, con sus patas de color rosa chicle en contraste con su plumaje monocromático, se acercó volando; a los presentes se nos escapó un grito ahogado, mitad de alegría, mitad de alivio: era la segunda vez que se la veía en Gran Bretaña.

Ayesha nos echaba de menos. Le costaba tratar con un novio que no se hacía a la idea de ser padre. Él quería jugar al fútbol y salir con sus colegas, y Ayesha no lo culpaba del todo; tenía solo veintiún años, y a ella misma a veces le pasaba igual. Una o dos veces nos confesó que se sentía un poco abandonada por nosotros los fines de semana. Mamá y papá la convencieron de que nos acompañara a Orkney, ese mismo año, para volver a pajarear en familia.

Los siguientes meses fueron de un idílico frenesí: recorrimos el Reino Unido de punta a punta buscando aves. Cuando tocaban viajes largos en coche, yo me entretenía repasando el ejemplar familiar, manoseado y un poco ajado, de la guía Collins de aves de Gran Bretaña y Europa.

En primavera, subimos la mitad de camino hasta el embalse de Haweswater, en el Distrito de los Lagos, para ver la única águila real de Inglaterra. Aquel era un paraje muy especial para papá: allí iba de acampada cada año con su familia cuando era niño, y allí fue también donde avistó la única pareja de águilas reales de todo el país, cuando acababa de asentarse. Desde la muerte de su padre, aquel era el lugar al que íbamos papá y yo para recordar al abuelo: la peculiar piedra de Brotherswater desde la que se habían esparcido sus cenizas en el lago. Fue una de las últimas veces que vimos a la hembra de águila real; descomunal, pero huidiza, posada inmóvil en los escarpados riscos que eran su hogar, completamente sola.

A finales de agosto, pasamos una semana en las islas Sorlingas, de acampada en Hugh Town, apiñados los tres en una tienda con capacidad para dos personas y media. Tomamos el ferri *Scillonian* desde Penzance, que se balanceaba como un corcho en el mar; una embarcación de fondo plano sin quilla, lo que le permitía adentrarse en las aguas poco profundas que rodeaban las Sorlingas con independencia de las mareas. Desde la cubierta, divisamos una pardela pichoneta y dos pardelas baleares.

En nuestra primera noche de acampada, nos molestaron unos ruidos procedentes del porche de la tienda, donde teníamos las mochilas. El sonido de algo revolviendo y hurgando justo al otro lado del fino tejido puso en estado de máxima alerta a mamá, convencida, por su fobia a los roedores, de que una rata enorme intentaba entrar. Si papá pensó lo mismo, no lo dijo.

Como los siseos amortiguados y las patadas estratégicamente dirigidas de papá no desanimaban al animal, al final, abrió con cuidado la cremallera de delante. No estoy segura de quién se sorprendió más, papá o el inmenso erizo. Mi padre dio un salto hacia atrás y el erizo se escabulló a toda prisa en la oscuridad de la noche.

Habíamos reservado varias excursiones en barco, vespertinas y de día entero, para ir a buscar aves marinas, como el paíño de Wilson, tan esquivo, que en verano frecuenta una pequeña zona triangular en el Atlántico, donde pesca. Era nuestra única oportunidad de verlo. Varias aves marinas de porte majestuoso iban tras el barco, siguiendo los restos de pescado, grasientos y pestilentes, que había arrojado la tripulación. El segundo día que salimos al mar, avistamos dos paíños de Wilson, diminutos y trémulos, atrapados por el viento; después de aquello, lo demás fue un regalo.

Aquel año pasamos muchos fines de semana en las islas de Escocia, «gélidas y lluviosas» según mi diario, parándonos en cualquier punto del camino. En los bosques caledonios buscamos al herrerillo capuchino y al piquituerto escocés, la única ave endémica del Reino Unido. El urogallo común macho ejecutando su baile de apareamiento y una pareja de águilas pescadoras con sus polluelos, que vimos desde el puesto de observación de la RSPB en el lago Garten, fueron lo más destacado.

Mi pequeño gran año era muy divertido y estaba disfrutando como nunca antes en mi corta vida.

Uno de los avistamientos más emocionantes se produjo en julio. Habíamos vuelto a Cornualles para una observación marina, el tipo de pajareo que menos me gusta. La clave está en el nombre. La observación marina consiste en tirarse las horas muertas junto a cabos o acantilados, a merced del viento y, casi siempre, a bajas temperaturas, esperando a que ocurra algo interesante.

Mirar cielos grises y un agua aún más gris por el telescopio o los prismáticos en busca de un ave poco habitual exige un tipo de concentración especial. Y, cuando al fin aparece algo, suele ser muy fugaz y no mucho mayor que una manchita en el objetivo. No hay apenas posibilidad alguna de identificar esas manchitas. Si estás pajareando con más gente, lo normal es que alguien grite: «¡Mirad! ¡Allí! Junto a esa ola. No, esa ola no, la más grande. A la derecha de la boya blanca…». Puede ser una experiencia frustrante, agravada por el hecho de que, al cabo de menos de un minuto, tal vez el ave desaparezca.

El mal tiempo, sin embargo, aumenta enormemente las probabilidades de éxito, dado que los vientos fuertes empujan a las aves marinas hacia la costa. Así que estás expuesta al viento frío y, muchas veces, a la lluvia con tal de ver algo interesante.

En el extremo más al suroeste de la costa de Cornualles, el cabo Gwennap, recorrimos el sendero litoral con la esperanza de que apareciera alguna pardela atlántica planeando con sus alas curvas. Aunque para mamá y para mí sería un avistamiento nuevo, yo me aburría. Estar quieta con la vista puesta en el mar, mirando nubarrones grises, no era lo que yo entendía por observar aves. Prefería moverme por el campo o el bosque, por el monte, junto a lagos y ríos, al abrigo del viento y la lluvia.

Sin embargo, papá decidió que era un buen momento para aprender cosas. «Venga, Mya, céntrate. ¿Ves Runnel Stone?».

Runnel Stone es un pináculo de granito en el mar, una milla al sur del cabo Gwennap. Antes era visible por encima del agua, pero un barco de vapor lo derribó en 1923. Ahora, una boya señala su posición y los pajareros suelen utilizarla para orientarse. Las indicaciones del tipo «tercer ave por la izquierda, a las tres en punto desde Runnel Stone» son indispensables cuando el ave no es más que un punto en el cielo.

Papá me agarró de los hombros y me colocó bien. Sabía mi opinión acerca de la observación marina, y para despertar mi interés se le ocurrió enseñarme algo. Encontrar aves grises contra un fondo de color plomizo es difícil, requiere paciencia y práctica; me iba a costar distinguir la pardela atlántica entre las demás. Con los años, he aprendido a diferenciar entre especies de alcatraces por su forma de volar. Y, cuanto más me familiarizaba con la identificación de aves comunes, mejor se me daba reconocer a una rareza entre ellas.

Al final, acabé apartándome de papá y los otros diez o doce pajareros para aventurarme a explorar y trepar por las grandes rocas dispersas en los acantilados. Cuando eso también me aburrió, regresé con el grupo de aficionados, y estaba a punto de decirles a mis padres que tenía hambre y que fuéramos al coche a por un termo de sopa cuando alguien del grupo anunció sin inmutarse: «Albatros». Era un experimentado ornitólogo marino de Cornualles que, según supe después, llevaba treinta años escudriñando el litoral de la zona. Nada conseguía alterarlo demasiado.

Pero... los albatros son extraordinariamente infrecuentes en el Atlántico norte. Son casi criaturas míticas en el folclore pajarero, por sus increíbles trayectos desde las aguas meridionales de la región antártica. Volar dieciséis mil kilómetros sin descanso es una hazaña digna de celebración y, si ese pajarero había avistado de verdad un albatros, debería estar dando saltos y agitando los prismáticos en el aire.

«¡Allí!», soltó. Tras varios segundos de estupefacción, todo el mundo se lanzó hacia sus telescopios. Dar indicaciones sobre puntos en el mar es algo dificilísimo; suele ser una mezcla de «¡a las once en punto!» o «¡al lado del barco! ¡No, del otro barco!», pero, por suerte, esta no fue una de esas ocasiones. A mí se me había esfumado el aburrimiento y contemplaba boquiabierta a un albatros ojeroso que surcaba el cielo sin esfuerzo.

Estas hermosas aves tienen unas alas largas y delgadas, de más de dos metros de longitud, que les permiten recorrer enormes distancias sobre el mar sin aletear una sola vez, pues se desplazan con las corrientes de aire, una manera sorprendentemente eficaz de viajar. Lo que hace el albatros es como saltar de un acantilado en Cornualles sin más compañía que un ala delta y acabar en los océanos meridionales de la región antártica. Planeando sobre el oleaje, lento pero seguro, se dirigía hacia nuestro grupo de catorce o quince pajareros pegados a sus telescopios.

Cada vez que pensaba que era imposible verlo mejor, el albatros se acercaba y me ofrecía una perspectiva aún más perfecta, hasta que lo tuve a solo unos cientos de metros y pude apreciar todos sus detalles. «Se acercó volando despacio en dirección a Land's End. Lo distinguía bien con el telescopio, luego con los prismáticos y al final a simple vista». Dio unas vueltas junto a los acantilados y al fin se precipitó hacia el mar con un elegante impulso, atrapando el viento bajo sus alas inmensas. Se elevó de nuevo y repitió la secuencia dos veces más antes de echar a volar en paralelo al acantilado, rumbo al siguiente promontorio, desde el que dos pajareros solitarios estaban mirando al mar. Les hicimos señas con los brazos, saltamos y gritamos para intentar llamar su atención.

Mientras el albatros se desvanecía, los pajareros dieron parte y pusieron a los aficionados de la zona en máxima alerta, pero aquel iba a ser el único avistamiento de ese día y los siguientes. Solo dieciséis personas en total reconocimos que había pasado de verdad.

Cuando añadí el avistamiento del albatros a mi lista en línea, alguien me acusó de mentir. Era imposible que una niña de siete años hubiera visto un albatros en el mar.

A finales de agosto, habíamos alcanzado la cifra mágica de trescientas especies en el Reino Unido, con el avistamiento de un pequeño patito de Norteamérica, la cerceta aliazul, en un estanque cerca de Portsmouth, en Hampshire. Ese es el punto en el que algunos flaquean. Tras alcanzar el objetivo inicial, su apetito se ve saciado y pierden el deseo de continuar, pero ese no era nuestro caso.

En septiembre ya no me acordaba de qué hacía los fines de semana antes del gran año o del nacimiento de Laila, mi sobrina. Los viernes, llegaba a casa del colegio y papá nos preguntaba a mamá y a mí a qué hora teníamos que levantarnos a la mañana siguiente. Una mañana de domingo, fuimos a Carmarthenshire, en Gales, tras un morito común. Conforme avanza el año, se hace más raro toparse con aves nuevas, y el pequeño despliegue de principios de septiembre, antes de que comience el frenesí de la época migratoria, suponía un fuerte contraste con los meses anteriores de nuestro gran año, bastante más ajetreados. La excursión en busca del morito era especialmente estresante, porque estaba invitada al octavo cumpleaños de un amigo esa misma tarde.

Al amanecer, llegamos a las afueras de Burry Port, un pueblecito costero conocido, sobre todo, por ser el escenario de la llegada de la aviadora Amelia Earhart hace más de ochenta años, lo que la convirtió en la primera mujer que cruzaba el Atlántico en aeroplano y cuya misteriosa desaparición, pocos años después, mientras trataba de circunnavegar el globo en avión, sigue sin resolverse. Aunque escudriñamos las ciénagas en medio de una espesa niebla, no había señal de ave alguna. Teníamos que marcharnos en breve y yo notaba el nerviosismo de mis padres; me habían prometido llevarme a la fiesta, pero estaban desesperados por hallar al morito.

Por fin el sol se había alzado lo bastante sobre el horizonte para disipar la mayor parte de la niebla y permitirnos ver dos ejemplares de la especie. Son unas aves grandes, de plumaje casi negro con toques de verde esmeralda y el vientre marrón. Estaban posadas en mitad del campo, comiendo con calma en las aguas lodosas con su largo pico curvo. Son nómadas por naturaleza y se dispersan desde sus colonias de cría, en el sur de

España, conforme los largos meses de verano desecan sus hábitats, circunstancia ahora intensificada por el cambio climático. Entonces, ponen rumbo al norte, hacia nuevos pastos, y lo que pierde España lo gana Gran Bretaña. Aunque no se considera un ave rara, el morito no abunda en nuestras costas, y avistarlo supone todo un acontecimiento.

Mientras volábamos por la carretera para llegar a mi fiesta de cumpleaños, llegó el aviso de que otro morito común había aparecido a apenas tres kilómetros de nuestra casa, en el valle del Chew, y encima en nuestra zona, la del lago. Mamá suspiró, papá y yo pusimos los ojos en blanco. Así era el juego: sin normas ni horarios, tan impredecible como un ave migratoria.

A finales de septiembre, emprendimos lo que terminó siendo el viaje más largo del año. Se había avistado una grulla canadiense, procedente de Norteamérica, en las islas Órcadas, frente al cabo más septentrional de Escocia continental. Mientras yo estaba en clase y mis padres trabajando, los pajareros más entusiastas habían emprendido el peregrinaje al norte; a nosotros nos tocaría esperar hasta el fin de semana. Era la tercera vez que se documentaba la presencia del ave en Gran Bretaña y para nosotros sería la primera, pero ¿conseguiríamos hacer un viaje tan largo en un fin de semana?

Mamá y papá decidieron que sí. Por aquella época, yo estaba leyendo *Little Black Bird Book*, de Bill Oddie, un divertidísimo recorrido por la comunidad de pajareros y las rarezas y obsesiones de los más fanáticos. Entendía los chistes del mundillo y ¿acaso no me encontraba inmersa en mi propio gran año? Si eso no me convertía en parte del círculo íntimo, nada lo haría.

Se planificó todo lo necesario; el ave seguía allí el viernes por la mañana y, en cuanto mamá y papá llegaron a casa del trabajo, emprendimos el largo camino hacia el norte. Por si el trayecto en coche no fuera bastante difícil para papá, embutimos también en el coche a Ayesha y a Laila, que tenía entonces trece meses. En el asiento de atrás se estaba calentito y a gusto, y las tres nos dispusimos a echar una cabezada. Doce horas después, el coche llegó a un pequeño muelle cerca de John O'Groats, la punta más septentrional de la Escocia continental, con su litoral agreste y rocoso asomándose a las aguas oscuras del estrecho de Pentland Firth, hasta nuestro destino final: las Órcadas.

Papá se acomodó para echarse un sueñecito reparador muy necesario, pero que no iba a durar mucho. A Laila, despierta y liberada del cinturón que la sujetaba a su asiento, le pareció que sería divertido ponerse a gatear por el coche, lo que incluía el cuerpo postrado de su abuelo. Tras renunciar a cualquier perspectiva de dormitar, papá sugirió que, ya puestos, por qué no ir a buscar aves, y nuestros esfuerzos se vieron recompensados enseguida en forma de araos aliblancos y éideres comunes en el puertecito.

Enseguida llegó el momento de embarcar en el ferri que iba a llevarnos a Burwick, en South Ronaldsay, la más meridional de las Órcadas. Papá no quitaba ojo del extremo sur de la isla a la que nos estábamos aproximando, no fuera a ser que la grulla decidiera echar a volar hacia el sur mientras nosotros íbamos hacia el norte. Al parecer, había hecho un par de incursiones sobre las olas los días anteriores, pero se lo había pensado mejor y había vuelto al campo, que le gustaba más. Se me hizo eterno lo que tardó el barco en atracar y nosotros en desembarcar; todos y cada uno de los pajareros que íbamos a bordo estábamos hechos un manojo de nervios. La última parte del viaje siempre es la peor: habernos acercado tanto, haber llegado tan lejos, para que al final se te escapen las aves era una posibilidad demasiado horrible para considerarla siquiera. Pero, tras un breve trayecto en coche al otro lado, allí estaba la grulla canadiense, en mitad de un prado de hierba segada.

Medía casi un metro de altura y no hacía falta telescopio, ni siquiera prismáticos, para verla. Podíamos soltar aire, relajarnos y recrearnos un rato en la contemplación de aquel ave de patas y cuello largos, con un plumaje de sutiles tonos grises y marrones resaltados por una frente de color rojo intenso. Salió el sol y todo el mundo quedó contento. Y luego llegó el momento de regresar (había un ferri que coger), aunque no antes de avistar un chorlito dorado americano, seguramente atrapado por los mismos vientos que habían traído a la grulla. Otras dos aves tachadas en la lista del año antes de que papá, agotado, emprendiera el largo camino de vuelta, rumbo al sur.

En principio, no sonaba tan complicado: unas horas de carretera, conseguir alojamiento, una noche de sueño reparador y después seguir hasta casa. Llamamos a varios lugares, pero estaban llenos, algo extraño tratándose de Escocia a finales de septiembre. Al cabo de una hora y varios intentos fallidos más, mamá preguntó en el último hotel sin habitaciones libres qué sucedía. Habíamos llegado en mitad de un festival de música multitudinario. Papá dejó escapar un gruñido: tenía un plan.

La caravana de mi abuela Sylvia también se encontraba en el extremo norte del Distrito de los Lagos; papá, además de un plan, tenía una llave. Llegamos a las tres de la mañana. Lo único que no habíamos previsto era que mi abuela había decidido, de improviso, pasar el fin de semana en la caravana. Una vez recuperada del susto inicial de que la despertaran en mitad de la noche, se mostró encantada de vernos, y Laila fue la guinda del pastel. Éramos criaturas arrastradas por el viento, igual que las aves que perseguíamos con tanto ahínco. En aquella caravana, convertida en una cama gigante, me sentí feliz: Ayesha y mi sobrinita habían vuelto a formar parte de una aventura de pajareo en familia.

Llegamos a casa el domingo por la noche, ya tarde, y al día siguiente fui a clase como si nada. Respondí lo de siempre a la pregunta de los lunes por la mañana: «¿Habéis hecho algo especial este fin de semana?».

«Pues no mucho, la verdad, *seño*». No sabía por dónde empezar.

Y así comenzó la fractura de mis dos mundos: salir a observar aves con mi familia, por un lado, y mi vida en el colegio con mis amigos, por otro. Aunque no era consciente de esa separación progresiva, me agobiaba un poco explicarles a los demás por qué mamá, papá y yo lo dejábamos todo en cuanto sonaba el busca.

Creo que es importante aclarar que, incluso para los pajareros, nuestra manera de proceder era bastante extrema en 2009. Desde la cantidad de horas que pasábamos en el coche hasta el hecho de salir pitando en busca de un ave cuando sonaba el busca, sin pensar en responsabilidades ni compromisos; fue un año de locos, dominado por la adrenalina. Tan de locos que llamó la atención de gente que estaba fuera del circuito habitual de observadores.

Aquel otoño, una productora de televisión quiso que mis padres aparecieran en un documental de BBC Four: *Twitchers: A Very British Obsession*. Mamá y papá eran bastante conocidos en el ambiente pajarero y, cuando los productores se pusieron en contacto con el equipo de Rare Bird Alert preguntando por gente interesante, los de RBA les hablaron de nosotros. Consultaron nuestra lista en Bubo (una página web en la que registras tus avistamientos), que les reveló que, hasta ese momento, estábamos entre los cinco que más aves habían visto ese año en el Reino Unido.

El primer impulso de papá fue negarse. No quería salir en la tele como un «anorak» chiflado. Llevaba en el mundillo el tiempo suficiente para saber cómo les gustaba a los medios dibujar ese panorama. «No están dispuestos a que los matices, ni siquiera los hechos, les fastidien una buena historia», dijo. «¡Y, como lea otro titular del tipo "Los pajareros acuden en bandada a ver"…!"». Además, para él, el gran año era un modo de evadirse de la vida cotidiana y no le apetecía que nadie se interpusiera entre él y la observación de aves.

Cuando papá acababa de cumplir los veinte años, hubo un breve periodo en el que se dedicaba a salir de marcha todos los fines de semana y a echarle muchas horas al trabajo de lunes a viernes. Salía de pajareo, sí; aunque, durante un tiempo, la actividad dejó de ser una afición absorbente. Un domingo por la mañana, con un poco de resaca, pero desesperado de repente por salir al aire libre, se fue al embalse de Cheddar, en Somerset. Allí sentado, sin pensar en el pasado ni en el futuro, observando aves, sin más, por el objetivo de su telescopio, notó que el dolor de cabeza se desvanecía y que lo iba invadiendo una intensa sensación de «estoy justo donde necesito estar». Se dio cuenta de que aquello era lo que le faltaba en su vida, el motivo por el que se sentía tan raro. Se quedó varias horas, recuperando el viejo entusiasmo y encontrando una nueva energía que lo impulsaba hacia la naturaleza. Fue la primera vez que asoció el bienestar con el pajareo, y desde entonces no ha dado un paso atrás.

El bienestar mental de papá había sido su principal razón para embarcarse en el gran año, y estaba seguro de que aquel programa de televisión se centraría en la competitividad entre aficionados, sin mencionar la camaradería y la emoción compartida ante un ave nueva.

«¿Cómo voy a disfrutar con un puto equipo de rodaje en la chepa?». Con eso zanjó el tema, y mamá y papá les dijeron que no a los de la tele. Sin embargo, con la promesa de que el programa se centraría en la migración otoñal y no en nosotros como familia de pajareros obsesionados, los productores insistieron. Al final, mis padres claudicaron.

Pocas semanas después, empezamos una grabación de nueve días. Mamá decidió que sería una forma estupenda de retratar un año especial; aunque papá había acabado por ceder, seguía reaccionando como si le estuvieran sacando las muelas cada vez que alguien del equipo se le acercaba.

Empezaron con una larga entrevista a cada uno. Mis padres hablaron con total sensatez delante de las cámaras e hicieron lo posible por no caer en el estereotipo del pajarero loco. A mí las cámaras, las entrevistas y la atención me deslumbraron; era lo más emocionante que me había pasado en la vida.

La primera noche, en casa, me quedé despierta hasta tarde, explicándoles a los cámaras con todo lujo de detalles por qué estaba intentando ver tantas aves ese año, cuando en realidad debería estar durmiendo. A la mañana siguiente, nos levantamos antes del alba, y yo estaba muerta de sueño y de mal humor cuando llegamos al punto de observación, un lugar bastante extraño para nuestro primer avistamiento ante la tele. Era una gravera, aún en funcionamiento, en la región de los West Midlands, que hasta la noche anterior había albergado a un carricerín cejudo. No había ni rastro de él. Empecé a protestar; estaba cansada, hambrienta, aburrida. El comportamiento habitual de una cría de siete años en el cual los productores olieron el material para una buena historia. De pronto era una niña a la que en realidad no le interesaba el pajareo, arrastrada por unos padres demasiado apasionados. Supongo que a la tele le resultaría interesante; querían una diva y yo les di una. Aun así, me lo pasé en grande, agotada o no.

Hacia finales de otoño quedan cada vez menos pájaros. Las migraciones van perdiendo fuelle y nosotros también. Ya no nos levantábamos al amanecer para recorrer el país tratando de engrosar nuestras listas. Pero, como cualquier pajarero sabe, «el grande viaja solo», lo que significa que las aves más raras no migran con las demás especies. Aparecen una vez que las otras han seguido su camino. Son esos ejemplares, arrastrados por vientos errantes, los que estás deseando avistar antes de que termine el año.

Era un jueves por la noche, a finales de octubre, y el ulular de una sirena irrumpió en el silencio de nuestra casita. Papá acababa de soltar el libro que me estaba leyendo y se disponía a apagarme la luz cuando los dos dimos un salto. Era un tono insistente y eso solo significa una cosa: una megaalerta.

Aquel mismo día, un aficionado había publicado en internet, en un foro local de pajareros, una foto de lo que le parecía un mosquitero bilistado. Era una buena observación y el pajarero tenía motivos de sobra para alegrarse de haber hecho una foto tan buena. Había continuado chateando con un amigo pajarero sobre dichas fotos, pero después se enzarzaron en la clasificación de un búho: ¿era un búho chico o campestre? Aquello, muy interesante en un contexto local, no causaba ningún revuelo en el mundo del pajareo. Aunque lo que sucedió a continuación sí que lo hizo.

El encargado de llevar el registro de las especies que se detectaban en el condado estaba haciendo un barrido final por las webs locales, para dejar constancia de los avistamientos del día, cuando se encontró con la foto del «mosquitero bilistado». Papá leyó en voz alta su comentario: «Esta ave es, en realidad, un mosquitero coronado, y es la primera vez que aparece en Gran Bretaña». Y, acto seguido, añadió: «Madre mía, ¡madre mía!».

El foro se llenó de comentarios de cientos de pajareros intentando obtener información sobre el ave y el lugar de avistamiento. El fotógrafo responsable ni siquiera se enteró de su «hallazgo» hasta que volvió a sentarse delante del ordenador, varias horas más tarde. La noticia corrió como la pólvora y los pajareros de todo el país enloquecieron.

Mientras tanto, papá se tiraba de los pelos. Mamá había salido y no respondía al teléfono, y el equipo de rodaje no dejaba de llamar, ansioso por terminar el programa con una última salida en familia. Papá intentaba no perderse ni un detalle de lo que estaba cociéndose en internet y, al mismo tiempo, iba metiendo en una mochila ropa de abrigo y tentempiés fríos para los tres, además de preparar nuestro equipo de pajareo para salir temprano, al día siguiente, hacia el condado de Durham (por suerte, el viernes era día de formación de profesorado en el colegio, así que no tenía clase). El equipo de grabación le pidió que pasáramos por Londres para recogerlos de modo que pudieran filmarnos en el trayecto hacia el norte, la gota que colmó el vaso. «Ni de broma —les dijo—. Si tantas ganas tenéis, apañaos vosotros para llegar allí».

A la mañana siguiente, al alba, nos metimos en el coche, listos para las cinco horas de viaje. El sol estaba apenas empezando a asomar cuando llegamos al sitio: una antigua cantera en la costa, junto a la ciudad de South Shields. A pesar de la hora, la zona estaba abarrotada de pajareros, desesperados por aparcar lo más cerca posible del punto en cuestión.

La cantera era un lugar perfecto: formaba un anfiteatro natural en torno a los arbustos y árboles atrofiados en los que se ocultaba el mosquitero. Nos dispusimos a esperar.

Para entonces ya se habían congregado allí cientos de aficionados que habían contado en el trabajo que estaban enfermos o se habían tomado el día libre. Había un chico, mayor que yo, que sin duda había hecho novillos; cuando apareció el equipo de televisión, se tapó la cara con la capucha y trató de confundirse entre la multitud. Muy listo.

Despuntó el día y los minutos transcurrieron en silencio, como si fueran horas, hasta que oímos el grito. Había varios aficionados apostados por encima de la cantera, con una buena panorámica de los arbustos. Avanzamos en silencio, nos asomamos y apuntamos con los prismáticos. Y, entonces, apareció. El pajarito verde y amarillo, que había llegado volando a South Shields desde Extremo Oriente, se puso a revolotear entre las ramas más altas. Su peculiar cabeza rayada y su pecho blanco liso lo identificaban como un mosquitero coronado. Aquel bailarín diminuto ejecutaba giros en el aire ante un público fascinado. El ave que estábamos esperando parecía dispuesta a recompensarnos por nuestra paciencia. Planeaba entre los árboles y se precipitaba hacia los arbustos, lo que le daba un aire aún más teatral al espectáculo. Se oían los suspiros de alivio y alegría procedentes de la nutrida concurrencia, que se empujaba con suavidad para conseguir la mejor vista posible con el telescopio cada vez que el pajarillo se dejaba ver. Un conocido pajarero se encendió un puro para celebrarlo. Un avistamiento eufórico: todos los presentes habían conseguido ver una rareza.

«¡Lo he visto volar!», le dije a la cámara.

Eso es lo maravilloso de este mundillo, la alegría compartida por un ave especial. Somos un grupo muy sociable, y es habitual encontrarse con caras conocidas en los sitios más destacados, caras que con el tiempo se acaban convirtiendo en amigas. Hoy en día, la comunicación fuera del sitio de observación es mucho más fácil, gracias a las redes sociales y a los foros dedicados al pajareo.

Hay varios tipos de aficionados. Están los que lo dejan todo sin reparar en gastos ni tiempo; son los incondicionales, alrededor de un centenar de personas enormemente volcadas, aunque los menos acérrimos se cuentan por miles. Nosotros no éramos de los incondicionales y, aunque desde fuera cabría pensar que estábamos obsesionados, no llevábamos un estilo de vida que nos permitiera salir zumbando cada vez que saltaba una alerta.

El pequeño mosquitero fue el ave ideal, el último gran avistamiento perfecto del año, y la guinda del pastel para el documental.

La recepción del programa de la BBC, un año después, fue de lo más positiva, aunque vino acompañada de una parte mala.

El cometido original del equipo era centrarse en la migración otoñal y los millones de aves que partían de nuestras costas en busca de un hábitat más acogedor, en el sur, para los meses de invierno. Pero al final se centraron en las personas y exprimieron al máximo cualquier tipo de rivalidad entre pajareros: quién había visto qué, cuándo lo había visto y, sobre todo, quién había sido el primero.

El estreno del documental fue mi primer encontronazo con la parte tóxica de las redes sociales. Los foros de pajareo más conocidos se llenaron de comentarios de gente preocupada por el bienestar de la niñita de siete años harta y con cara de enfadada. Les inquietaba que se me estuviera privando de una infancia «normal» por culpa de la insistencia de mis padres en arrastrarme de una punta a otra del país para que ellos pudieran satisfacer su obsesión. Al fin y al cabo, decían, cuando cumpliera diez años estaría «a otras cosas». Mamá se preguntaba si la reacción habría sido menos violenta en caso de que yo hubiera sido un niño. Un niño les habría recordado a los aficionados varones que conocieron en su infancia. Quizá por eso cueste tanto aceptar que una niña sienta un interés real por la observación de aves. Esta actitud negativa se quedó en las redes, menos mal. A estas alturas, todos los pajareros del Reino Unido habían visto el programa y, sobre el terreno, la acogida fue cálida y amable.

El programa despertó el interés de mis profesores, que insistieron en ponerlo en clase. Y yo me quedé allí, avergonzada, oyendo mi propia voz chillona saliendo a todo volumen del televisor. Mis amigos sabían que me encantaba observar aves, pero aquello era distinto: yo, en una pantalla enorme, hablando del tema. Les miré de reojo para comprobar si estaban tan consternados como yo. Se reían del breve corte en el que se me veía dormida en el coche. Me dio vergüenza; fue una sensación nueva y bastante incómoda.

En mi séptimo año de vida conseguí avistar trescientas veinticinco especies y aún soy la única niña del mundo que ha hecho un gran año, algo que, por supuesto, no habría sido posible sin mis «obsesivos» padres, pero el gran año me había despertado el ansia de ver cuantas aves pudiera, costara lo que costara.

Aunque la sensación de triunfo, de haber alcanzado mi objetivo, fue agridulce. En noviembre, mamá estaba agotada. Se había volcado por entero en el gran año. Y, si bien papá pensaba que el bajón se debía a trabajar a tiempo completo, a pajarear a tiempo completo y a ser abuela, enseguida quedó claro que aquello era algo más que mera fatiga. El gran año había terminado y podíamos volver a la normalidad. A ninguno se nos pasaba por la cabeza que 2010 fuera a ser aún más difícil.

CAPÍTULO 3
Shakira

COLIBRÍ PICOESPADA
El colibrí picoespada, a diferencia de otras aves, utiliza las patas, en lugar del pico, demasiado largo en su caso, para acicalarse las plumas. Estos colibrís han evolucionado junto a una especie concreta de pasionaria, cuyo tubo de la corola tiene la misma longitud que su pico. La flor depende exclusivamente de ellos para la polinización y, a cambio, el ave recibe un néctar de gran calidad al que solo él puede acceder.

En lugar de venirse abajo, mamá se recuperó. Cuando llegó el Año Nuevo, era imposible imaginar que hubiera sido algo distinto de una madre ajetreada, animada y feliz. Era la primera en levantarse, ponía el desayuno y se deshacía en sonrisas y mimos antes de montarse en el coche y conducir hasta el despacho. Aunque yo antes no había sido consciente de sus cambios de humor (mamá era mamá, estuviera en el monte con los prismáticos, eufórica, o tumbada en la cama mirando al techo con tristeza), ya tenía la edad suficiente para notar algo distinto en la casa: papá parecía más feliz cuando ella no estaba cansada, y eso significaba más pajareo los fines de semana para la familia.

Durante un tiempo, pareció invencible. La montaña de casos que se le acumulaban la obligaba a llegar cada vez más tarde a casa y, por las noches, volvía a sentarse delante del ordenador para continuar trabajando. Pero, con tanto trasnochar y madrugar, no le quedaba apenas tiempo para recuperarse, y enseguida se hizo evidente que no dormía. Papá sabía que esa era siempre la primera señal de que estaba al borde del colapso. Las noches de insomnio traían ataques de pánico que, a su vez, intensificaban su frenesí. Pero a mamá se le daba muy bien dejarme claro su amor: se colaba en mi habitación sin hacer ruido si llegaba muy tarde y algunas noches, incluso, me despertaba para darme algún regalito. Aunque no pasábamos mucho tiempo juntas, nunca me sentí desatendida.

Esa energía en principio inagotable se le acabó en febrero de 2010. Una mañana era toda alegría y a la siguiente, de pronto, cayó en un estado de letargo y apenas levantaba la cabeza de la almohada para desearme que me fuera bien en el colegio. De pequeña, yo llevaba el pelo recogido en una trenza y, a veces, tenía que sacudir a mi madre para despertarla y que me peinara. Si no lo conseguía, me iba a la escuela con una torpe cola de caballo que no molaba nada. Eran pequeños incidentes como ese los que me advertían de que le sucedía algo malo.

Yo tenía ocho años, papá me había recogido en la parada del autobús y mamá estaba en la cama cuando llegamos a casa. Estábamos a principios del verano de 2010 y a mamá acababan de darle una baja en el trabajo por estrés, ansiedad y depresión.

Al igual que otras tardes, fui a sentarme a su lado mientras papá preparaba la cena. De esa época conservo un recuerdo: miro a mamá, que está echada en la cama, con la cara vuelta hacia la ventana, iluminada por la luz dorada del sol que inunda la habitación. ¿Cómo quedarse ahí, pensé, cuando había tanto que ver, tanto que hacer? ¿Estaría siempre así: animada, feliz y, en esencia, siendo mamá una semana, un mes o un año, y abatida, dispersa y triste el siguiente?

Al principio, entraba dentro de la lógica: acabábamos de terminar un gran año y el embarazo y bebé de Ayesha la habían extenuado, física y mentalmente; cómo no. No dejaba de repetir que necesitaba descansar un poco y que enseguida volvería al trabajo. Resultaba confuso, pero, a aquellas alturas, era ya bastante habitual.

En la lista MECH dice que, en julio de 2010, «H. se coge una baja en el trabajo. H. empieza a tomar antidepresivos, Citalopram 20 mg».

También pone: «Ayesha y Alex se casan».

En mi recuerdo, la boda fue divertida. Me junté con un montón de primos y vi a mi hermana casarse. Laila, a punto de cumplir dos años, estaba encantada de ser dama de honor. Mamá, sin embargo, apenas lo recuerda. Puesta de Valium, estaba desconectada de todo y de todos. Mantuvo conversaciones farragosas en las que apenas era capaz de controlar sus propias palabras.

Tras esa breve escapada, se metió en la cama y de ahí no se movió, aunque no perdía la esperanza de volver al despacho esa semana o la siguiente, o la de después. En casa había más motivos de preocupación, aparte de mamá: un par de meses antes, habían despedido a papá. Desde hacía varios años, vivíamos del sueldo de mamá, ya que el de papá se destinaba a la hipoteca; en lo económico, todo iba bien, mis padres eran gente ahorradora y la indemnización de papá y la paga por enfermedad de mamá bastaban para mantenernos.

De todas formas, mi padre llevaba mucho tiempo pensando en «marcharse». Su puesto de jefe de programas era, como el de mamá, demasiado absorbente, y le pareció una gran idea hacer un parón antes de plantearse otra manera de abordar el trabajo:

un puesto más flexible, algo que tuviera que ver con las aves, la naturaleza, el medio ambiente.

El descanso de papá, ese que llevaba planeando y esperando tanto tiempo, quedó en un segundo plano, pues le tocaba cuidar de mamá y de mí. Pasaron años hasta que me confesó lo contrariado que se sintió entonces: el «interludio» que tanto ansiaba había desaparecido de un plumazo.

En esa época prácticamente no salía de casa: me llevaba a la escuela y me recogía en la parada del autobús por la tarde. Aunque yo echaba de menos a Ayesha, él era la única persona que parecía entender lo que le pasaba a mamá. Cuando papá me reveló, por fin, que estaba enferma, me prometió que se repondría. Y yo lo creí, tanto a él como a ella. A los ocho años, tampoco cuentas con muchas más referencias; si tus padres te dicen que todo va a salir bien, ¿cómo no creerlos? Mamá se curaría, se reincorporaría al trabajo, vendría con nosotros a pajarear y, en general, volvería a ser mi madre.

Además de comprobar que no me faltase nada, papá también debía sacar a mamá de la cama, asegurarse de que se aseara y vistiera, de que comiera algo, cualquier cosa, y de que no tratara de hacerse daño. Y aquello le pasó factura. El agotamiento no tardó en llegar, y yo no podía ayudarle.

En verano, el valle del Chew es un paraíso para los amantes de la naturaleza. Solo había que mirar por la ventana de la cocina para sentir la llamada de las montañas. En esa época, papá y yo nos calzábamos las botas cuando llegaba del colegio y salíamos una hora o dos a observar aves o, simplemente, a deambular por el bosque que había al final del camino. Y, cuando él pensaba que no podía dejar a mamá sola, rellenábamos los comederos del jardín.

Mi razonamiento era que, si se asomaba por su ventana, vería petirrojos, chochines e incluso una bandada de jilgueros.

Aunque, desde luego, son encantadores, su nombre colectivo deriva, en realidad, del inglés antiguo *c'irm*, que describe su gorjeo[2]. Estas preciosas aves, de exuberantes destellos amarillos y rojos, son hoy visitantes habituales de muchos comederos de jardín, pero no siempre fue así. En la época victoriana, las capturaban para meterlas en jaulas. ¡Ser bonito y, además, cantar bien tiene sus desventajas! Una de las primeras campañas impulsadas por la RSPB iba dirigida en contra de este comercio de aves silvestres. Quizá esas criaturas diminutas y perfectas motivaran a mamá a reunirse con nosotros.

A pesar de los esfuerzos de papá por consolarla, mi madre no mejoraba, y ninguno de los dos sabía qué hacer; por entonces, los dos confiaban en que fuera un mero agotamiento laboral, en que el trabajo hubiera acabado con sus energías.

Nuestras vacaciones de verano se acercaban: un viaje a Ecuador que se había previsto, reservado y pagado a comienzos del año, cuando mamá todavía estaba trabajando y animada ante la perspectiva de viajar a otro país para pajarear. Pero, dado que mi madre estaba enferma y mi padre exhausto, dudaban de si seguiría siendo buena idea.

A ninguno de los dos se le ocurrió otra mejor.

Sería mi primer viaje a Sudamérica y, aunque no nos lo habíamos planteado como un viaje curativo, papá pensó que quizá le daría a mamá un objetivo positivo, algo a lo que aferrarse, algo que desviara su atención de sí misma y su depresión durante un breve espacio de tiempo. A lo mejor era el impulso que necesitaba para dar un giro. Él creía que el gran año había sido un éxito

---

[2] El término que se utiliza en inglés para designar a una bandada de jilgueros es *charm*, que también puede significar «encanto, hechizo». La lengua inglesa cuenta con una fascinante relación de nombres colectivos específicos para determinadas aves, como, literalmente, «parlamento de grajos», «murmullo de estorninos», «museo de picocanos», «conspiración de cuervos». Resulta muy esclarecedora, a este respecto, la obra *An Unkindness of Ravens: A Book of Collective Nouns*, de Chloe Rhodes (Michael O'Mara Books, 2014).

enorme. ¿Acaso no había pasado todos los instantes libres de su vida en la naturaleza, con las aves, instando a mamá a hacer lo mismo desde el momento en que se conocieron? A ella le había venido muy bien, y a lo mejor volvía a funcionar.

«Probaré lo que sea —afirmó ella—, lo que sea».

Por si no tuvieran bastante en que pensar, también les preocupaba yo. ¿Cómo llevaría una niña de ocho años el intenso itinerario ornitológico que papá había confeccionado de manera tan meticulosa? No se trataba de un mero pasear por las estribaciones de los Andes; íbamos a movernos de refugio en refugio por el norte de Ecuador. A mí lo único que me importaba era estar con ellos, sin interrupciones, mientras buscábamos especies raras.

«En cuanto empecemos a ver aves, nos parecerá que todo esto queda lejísimos», le aseguró papá a mamá.

Mis padres se entienden mejor el uno al otro cuando están pajareando, eso era así entonces y continúa siendo así ahora. Comparten un lenguaje especial que les permite ahorrarse cosas como: «Vaya, mira ese pájaro, maravilloso, ¿verdad?». Lo saben y punto. Supongo que papá esperaba que parte de esa magia los acompañara hasta las selvas de Ecuador.

En cuanto se decidió que el viaje seguía en pie, algo cambió en mamá. Íbamos a estar fuera tres semanas, sin parar de observar aves; era como empezar de nuevo un gran año. A mí me encantaba verla fuera de la cama, vestida y contenta de sentarse conmigo y hojear la guía de aves de Ecuador de Robert Ridgely y Paul Greenfield para confeccionar nuestra lista de objetivos. Papá, a fuerza de buscar los sitios más apropiados para localizar aves y memorizar las especies raras y exóticas que más le apetecía avistar, había vuelto casi a ser él mismo; por fin empezaba a disfrutar su «tiempo de descanso».

Mamá, previsora, siempre mete en la maleta una cantidad irracional de cosas cuando nos vamos de viaje. Ropa térmica en un clima cálido: tachado; doscientas guías de identificación de aves: tachado también. Esta vez, además, había que llevar un quintal de libros: si mis padres pretendían «disfrutar» del viaje y evitar las posibles pataletas de una niña de ocho años aburrida por los desplazamientos en coche, mi maleta tenía que ir llena de libros hasta la mitad, por lo menos. (Y de *noodles* para emergencias: era muy quisquillosa con la comida).

—Tal vez este viaje nos venga de maravilla —dijo papá con optimismo, cargando el equipaje en el coche.

—O fatal —suspiró mamá.

—Sea como sea —sentenció él, cerrando el maletero—, llevamos mierdas de sobra para hacerle frente.

No dormí ni un solo minuto de las doce horas que duró el vuelo, incapaz de apartar los ojos de mis guías, escrutando las aves tropicales, imaginándomelas posadas en las copas de los árboles, en las exuberantes junglas que había visto por televisión. En Ecuador hay casi mil seiscientas especies de aves, lo que supone el quince por ciento de la población aviar del planeta. Desde los Andes hasta la Amazonia, es uno de los destinos favoritos para el pajareo mundial. Ante esa abundancia de aves raras y emblemáticas, además de sus cordilleras, junglas, volcanes y el ecuador a horcajadas sobre las cálidas aguas del mar, me sentía a punto de entrar en el paraíso.

Saqué la libretita que había llevado conmigo para este viaje, y decidí hacer una lista más: mis imprescindibles de Ecuador. Por estas aves, me prometí, renunciaría a comer y a dormir. Mientras mamá y papá dormitaban, uno a cada lado, elegí tres que me despertaban una sensación extraña en el pecho: emoción mezclada con anhelo. En los años siguientes, esa misma sensación acabaría definiendo los instantes de embeleso cada vez que una nueva rareza se cruzara en mi camino.

Las alas de color verde iridiscente del colibrí picoespada me resultaron fabulosas, un brillo metálico sin par en la naturaleza.

El pico en forma de espada, tan cómicamente largo, parecía habérsele añadido a última hora, quizá para que le fuera más fácil alimentarse. Y luego estaba la enorme arpía mayor, una de las aves de presa más grandes, de garras afiladas como cuchillas y una envergadura total de dos metros. Con una altura de más de noventa centímetros, su mero tamaño, añadido a su inquietante cara pálida, me provocaba escalofríos de miedo. Y, por último, el gallito de las rocas peruano, con ese plumaje en la cabeza y el pecho tan llamativo, de un naranja tan abrumador, que inundaba sus rasgos faciales salvo por sus extraños ojos de mirada fija. Eran unas aves especiales. Subrayé sus nombres, me apunté los detalles y, por si acaso, traté de dibujarlas. Si perdía mi guía de aves, me tocaría identificar a estas fantásticas criaturas sin más ayuda que la de mis bocetos.

Pasaban pocos minutos del mediodía cuando salimos del aeropuerto de Quito; estábamos en Ecuador y, de pronto, me sentía agotada. Mamá se había quedado frita en cuanto el avión despegó y no se despertó hasta que aterrizamos. Papá había ido dando cabezadas, muy bien aprovechadas, solo interrumpidas para comer e ir al baño. Y ahora estaba al cien por cien, sin darle importancia a mi repentino cansancio; ¡tenía muchas aves que ver! Insistió en que la diferencia horaria jugaría a nuestro favor en Sudamérica; a partir de ese momento, nuestros relojes internos nos despertarían temprano, algo ideal para salir de excursión al alba. No me daría tiempo a echarme una siesta, porque íbamos directos a las montañas para emprender la búsqueda.

Los circuitos organizados de observación suelen ser la mejor manera de avistar muchas especies sin gastarte una fortuna ni tener que inventarte desde cero tu propio itinerario en un país desconocido. Pero nosotros habíamos decidido hacerlo por libre, sin más compañía que la de un guía local, Andrés. Mis padres no estaban seguros de que mamá fuera a sentirse a gusto con un grupo grande y esa opción les pareció la mejor. Pero a Andrés le cambió la cara cuando me vio en el aeropuerto. Estaba cansada, protestando por el calor y enfadada porque no me hacían mucho caso: papá no había levantado la vista de sus libros de aves y mamá estaba ocupada charlando con Andrés. En su grupo anterior había un niño de mi edad que se había pasado todo el viaje aburrido y quejumbroso. Antes de salir del Reino Unido, papá le había convencido de que yo era tan fanática como cualquier otro aficionado al pajareo mundial. Y ahora Andrés estaba igual de convencido de que papá no tenía razón.

El veinte por ciento del territorio de Ecuador, un poco más grande que el Reino Unido, está formado por parques y reservas nacionales. En relación con su tamaño, es el país del hemisferio occidental con mayor tasa de deforestación anual. Según los expertos, sus grandes prioridades deberían ser frenar el ritmo de deforestación y mejorar los sistemas de tratamiento del agua. En la actualidad, Ecuador se enfrenta a la expansión de actividades de minería a gran escala en zonas de alta biodiversidad, con enormes cantidades de especies endémicas y en territorios indígenas. La permanente crisis económica y su dependencia de los combustibles fósiles seguirán alimentando, probablemente, los enfrentamientos con comunidades que solo quieren proteger sus territorios.

Existen, sin embargo, muchas organizaciones no gubernamentales (ONG) que trabajan en Ecuador; por ejemplo, Birdlife International, Rainforest Trust Conservation Action Fund y FCAT Ecuador. Esta última, constituida por población local y científicos, se dedica a la conservación de la biodiversidad en los Andes tropicales, uno de los hábitats más diversos, y a la vez más amenazados, del planeta.

Los Andes conforman un paisaje inmenso en el que todo tiene un tamaño descomunal: las montañas, los bosques, los ríos, los valles y los cielos. Cuando te planteas ir a Ecuador (país «dividido» en dos partes por la línea del mismo nombre), no se te ocurre que pueda haber días fríos, noches más frías, lluvia heladora ni viento. La altitud es lo que hace que el clima sea tan extremo; también hay días bonitos, despejados y con sol. En las zonas más altas, casi puedes saborear el aire enrarecido; a veces, notas la sensación, menos agradable, de que a los pulmones les cuesta conseguir oxígeno, que suele ir acompañada de un dolor de cabeza en forma de zumbido ligero y constante.

El paisaje también cambia drásticamente de cumbres áridas y abiertas hasta distintos tipos de bosque, que se dan al ir descendiendo por las laderas. Hay un punto óptimo (por ejemplo, el refugio Wildsumaco Lodge, en las estribaciones orientales), a unos dos mil setecientos metros, donde la cantidad de especies de aves alcanza un nivel máximo. Allí es posible divisar enormes bandadas mixtas de tangaras con diversos hormigueritos, furnáridos y hasta trepatroncos, viviendo en armonía. Por supuesto, todos los nichos están ocupados por diferentes especies, por lo que «se deben» visitar las distintas alturas y hábitats. Al bajar por las pendientes andinas, el clima se torna más cálido y húmedo.

Varias horas después de aterrizar, ya íbamos serpenteando montaña arriba en el todoterreno que habíamos alquilado. Los Andes ecuatorianos, con una vertiente oriental y otra occidental, se sitúan en torno a la planicie central de Quito. Muchas aves viven en sus faldas. Además de su microclima, la extraordinaria altura de esta cordillera constituye una barrera natural para muchas especies pequeñas, lo que da pie a la especiación, que es lo que ocurre cuando las poblaciones de aves evolucionan en especies distintas en cada una de las laderas.

De las nubes bajaban, dispersas, ráfagas de nieve; el cielo estaba lleno de aves marrones. ¿Dónde se encontraba el plumaje espectacular de las criaturas sudamericanas de mis guías?

Cansada y un poco frustrada por las aves indistinguibles de color café que veía por las ventanillas, había decidido también no refunfuñar cuando por fin aparcamos en Papallacta, una aldea situada en una sierra árida, a tres mil trescientos metros. Desde el coche, con su aire acondicionado, el paisaje parecía un desierto reseco, pero, aunque el cielo estaba azul y despejado y el sol brillaba con fuerza, hacía tanto frío como para tener que llevar dos jerséis.

Mamá, papá y el guía, indiferentes al polvo y las piedras, salieron en desbandada del coche y empezaron de inmediato a identificar las aves marrones. De la fatiga de mamá no había ni rastro, como tampoco del ave nacional de Ecuador: el cóndor andino, un tipo de buitre del nuevo mundo con una envergadura formidable. Era la única ave de mi lista principal que teníamos alguna posibilidad de ver aquel día. Después de unas cuantas horas, bajo el sol del final de la tarde, hambrientos y cubiertos de polvo hasta las cejas, caminamos fatigosamente hasta el coche, con las piernas cansadas, los ojos secos e irritados de tanto mirar por el telescopio, y ni un atisbo del cóndor.

De vuelta en el todoterreno, pusimos rumbo a nuestro refugio, al que llegamos al final de la tarde, aún con luz. Un montón de pájaros disfrutaban entre graznidos de un último festín vespertino antes de ir a posarse, bien provistos de calorías para pasar la noche.

El refugio Guango Lodge estaba bastante por debajo de Papallacta y, en solo pocas horas, el paisaje se había transformado de la árida extensión de la sierra a la fértil selva que nos rodeaba, aunque todavía no habíamos conseguido librarnos del mal de altura. El frío nocturno nos obligaba a llevar ropa térmica. Nuestro refugio, en mitad de las montañas boscosas, era rústico, con cabañas de madera y un salón central rodeado de coloridos comederos para colibrís en el que, durante los días siguientes, tomaríamos sopa y chocolate caliente, los dos platos imprescindibles de los Andes ecuatorianos.

Yo estaba deseando meterme en la cama, con mi almohada blandita, y dormir al menos ocho horas o hasta el amanecer, lo que ocurriera más tarde. Pero mamá insistió en que comiera antes. Fui arrastrando los pies detrás de ella hasta el comedor. No había visto ni una sola ave de mi lista y, en ese momento, estaba tan cansada que me daba igual. Abrí la boca para pedirle que fuera más despacio, que me esperara, cuando un estallido de color en movimiento captó mi atención.

A estas alturas, podría pensarse que yo era ya una entusiasta total de la observación de aves. Acababa de terminar mi primer gran año y llevaba pajareando desde que tenía nueve días, pero recuerdo el instante exacto en el que las aves se convirtieron en el centro absoluto de mi mundo, y fue justo ese, en el primer día de nuestro viaje, cuando menos pendiente estaba.

Lo que me hizo detenerme en seco no fueron los llamativos comederos rojos y verdes colgados de las ramas de los árboles cercanos, sino los colibrís, que volaban raudos entre ellos en su búsqueda constante de alimento. Me quedé sin respiración.

A la luz del ocaso, emitían destellos turquesa brillante, verde esmeralda y violeta aterciopelado oscuro. Me seguía fascinando que pudieran existir esos colores en la naturaleza. ¡Y qué alas! Se movían a tal velocidad que apenas eran visibles, con un suave zumbido; me recordaron a las abejas cuando sobrevuelan un campo de margaritas en verano. Ninguna foto de una guía podía trasladar la extraordinaria intensidad de sus tonalidades, su velocidad ni su embrujo. ¿Cómo iba un fotógrafo a captar la cualidad etérea de esas criaturas diminutas que parecían vivir en otra dimensión, indiferentes, en su frenética actividad, a este mundo?

A los colibrís no pareció importarles que Andrés se les acercara para acariciarles con ternura las suaves plumas del lomo mientras bebían de las fuentes, ni que mis padres estuvieran intentando hacer lo mismo. Me olvidé del cansancio y de la cena y me quedé contemplando los pájaros hasta que me arrastraron a la cama, donde los vistosos cuerpecillos de los colibrís inundaron mis sueños.

A la mañana siguiente, fui directa a los comederos, ansiosa por empezar a identificar los colibrís. Estaba en el paraíso, dándole sorbitos a mi chocolate caliente y tomando notas. Me daba igual el resto de Ecuador, allí tenía todo lo que necesitaba. Mientras observaba sus cuerpos febriles centelleando a la luz del sol, me llamó la atención un estallido de color nuevo y diferente, y me acerqué. Era un ave minúscula, un único borrón verde iridiscente. Le brillaban las plumas bajo los destellos de luz que se colaban entre las copas de los árboles. El colibrí picoespada estaba ofreciendo un espectáculo solo para mí.

¿Cómo era posible que ese pájaro volara? Tenía un pico inconcebiblemente fino y más largo que el cuerpo, y aun así se movía con gracia, aleteando como un juguete mecánico. Era un colibrí igual que los demás, pero único en su especie. Aunque necesitaba adoptar una postura distinta al resto para sostener su largo pico, al mismo tiempo resultaba elegante y se balanceaba en el aire con la misma dignidad que sus primos.

En ese preciso instante, mientras lo observaba defender su territorio de las otras especies, decidí que adoraba a los colibrís.

Al final salió volando y yo me quedé allí, con mi bebida fría, inmóvil: estaba gestando una idea. Después les anuncié a mamá y papá que pretendía ver todas y cada una de las trescientas setenta y cuatro especies de colibrís que hay en el mundo. Era una declaración muy osada viniendo de una niña de ocho años, y terminó abarcando no solo los colibrís, sino al resto de especies de aves, donde fuera y cuando fuera. Mis padres recibieron la noticia con entusiasmo y ahí empecé un viaje de pajareo que no ha flaqueado jamás.

Descansada, con el estómago lleno y motivada, el ritmo de nuestra aventura estaba ya marcado. Mi sed de aves desconocidas era inmensa y cada nuevo avistamiento me impulsaba a esforzarme más para ver más. No importaba que tuviera ocho años, mi aguante se equiparó enseguida al de mis padres (y, a veces, llegó a superarlo). Andrés dejó de poner mala cara cuando yo abría la boca y, en un par de ocasiones, llegó incluso a reírse de mis chistes malos.

El segundo día, la llegada a la selva con mamá, papá y Andrés fue una experiencia sobrecogedora. De inmediato me sentí abrumada por la cantidad asombrosa de aves que revoloteaba entre los árboles. ¿Por dónde empezar? Había muchísimas y no paraban de moverse. Apenas alcanzaba a centrarme en una cuando otra ocupaba su lugar en los árboles, en el suelo o en el aire.

—No pasa nada, Mya —me tranquilizó papá, apartándose de la cacofonía que nos rodeaba—. Antes de que nos vayamos, serás capaz de distinguirlas todas, pero empezaremos por las más comunes. ¿Cuál es esa de ahí?

Papá tenía razón; solo necesitaba tomármelo con más calma.

—¿Una tangara? —aventuré.

Papá asintió. Conté doce tangaras.

—Y ahora vamos con esta de aquí.

De ese modo, despacio, de forma metódica, conseguí identificar un montón de aves, poniéndoles nombre y atribuyéndolas a un grupo de especies, antes de pasar a la siguiente.

En los días posteriores, me negué a echarme la siesta porque para mí no tenía sentido dormir mientras hubiera luz del sol. Dedicaba esas horas a leer, a perderme en *La colina de Watership* o en libros de Jacqueline Wilson o Michael Morpurgo, protagonizados por animales, no por seres humanos. Si no estaba leyendo, merodeaba por los comederos de colibrís y, a veces, trataba de acariciarlos, como había hecho Andrés, aunque siempre huían despavoridos, asustados por el descaro de una niña de dedos pringosos que cometía la osadía de tocarlos.

Al cabo de pocos días, se hizo patente que a mamá le costaba concentrarse. Tardaba en detectar aves que los demás distinguíamos a la primera. Papá y Andrés dedicaban unos minutos muy valiosos a señalarle el lugar exacto entre los árboles, cosa que no resulta nada fácil en plena selva. Las indicaciones del tipo «mira la hoja verde a la izquierda de la rama de color claro… no, esa no, la de encima» eran habituales. La frustración de mamá empezó a afectar al ritmo relajado de nuestra pequeña partida, poniendo a prueba el aguante de papá, y eso que tiene más paciencia que un santo.

Andrés, sin embargo, mantuvo la calma; conocía bien todos los tipos de observador de aves, desde los británicos, tan discretos en sus elogios, que ante el ave más extraña musitaban un «qué pájaro tan bonito», hasta los estadounidenses, más expresivos, que reaccionaban con un «guau» o un «impresionante».

Por otra parte, no servía de nada tratar de parar a mamá; seguía decidida a ver lo que pudiera, a pesar de su creciente enfado. Las expediciones al alba continuaron, pero fue una salida nocturna lo que lo puso todo patas arriba. Papá había previsto una excursión a la selva a medianoche, con Andrés, para intentar avistar la lechuza de Roraima. Mamá se quedaría en el hotel conmigo; papá convino en que, si me tiraba la noche entera buscando un búho casi tan mítico como Hedwig, a la mañana siguiente estaría para el arrastre. Sin embargo, yo ya me olía allí una aventura y nadie conseguiría relegarme.

La lechuza de Roraima es una especie tan rara y difícil de ver que ni siquiera Andrés había conseguido avistarla nunca. Aunque no perdía la esperanza; ¡quizá en aquella ocasión…! Así que, a medianoche, nos metimos otra vez en el todoterreno, rumbo a la densa jungla.

Hasta entonces, el avistamiento de lechuzas, como el de aves marinas, no era mi favorito. Como no consentía en dormir la siesta, llegaba a las salidas nocturnas con poca energía, pero las reticencias de papá («una niña de ocho años necesita dormir») me habían vuelto beligerante. Yo era pajarera, formaba parte de una familia de pajareros, estábamos juntos en aquello.

Al cabo de varios kilómetros, aparcamos en la cuneta y nos adentramos a pie en la jungla. No había luna ni estrellas; nuestras posibilidades de avistar un ave rara en un bosque negro eran más bien pocas. Yo empezaba ya a pensar en mi almohada blandita cuando nos sobresaltó el rítmico gorjeo (¡no graznido!) de la lechuza de Roraima.

Papá y Andrés apuntaron de inmediato con sus linternas hacia los árboles, rastreando las ramas más altas, centímetro a centímetro. Ante una luz fuerte, los búhos tienden a comportarse igual que los ciervos ante los faros de un coche: en lugar de salir volando, es mucho más probable que se queden paralizados. Además, aunque se camuflan de maravilla entre los árboles, el brillo de sus ojos cuando les da la luz es lo primero que te ayuda a detectarlos. Mamá y yo nos quedamos un buen rato esperando. El búho no apareció. Su canto se fue haciendo más débil hasta confundirse entre la cantinela de ranas e insectos, y nuestra emoción inicial se convirtió en frustración. Todavía lo oíamos, pero no lo veíamos. Papá continuó escrutando la oscuridad y yo decidí volverme al coche, a un par de metros de allí, para esperar hasta que se dieran por vencidos y nos fuéramos a dormir. La luna salió entre las copas de los árboles del otro lado de la pista e iluminó la carretera vacía.

«¡Mya! Ven aquí», susurró mamá, corriendo tras de mí, con papá y Andrés pisándole los talones. El tímido canto de la lechuza de Roraima estaba ya más cerca de nuestro grupito y no querían que me lo perdiera. El gorjeo fue haciéndose más fuerte, conforme se movía hacia la carretera. Hacia mí.

En aquel momento, los faros de un camión alumbraron la carretera y nos dejaron atrapados, inmóviles, en su resplandor, que avanzaba en nuestra dirección. Al girarme vi a papá y Andrés protegiéndose los ojos de las luces; detrás de ellos, más arriba, algo salió volando del follaje. Levanté la mano despacio y señalé la silueta blanca y silenciosa que atravesaba el cielo, por encima del camión. Mamá dejó escapar un grito ahogado y me agarró el brazo. Papá y Andrés, que aún estaban tapándose los ojos con la mano, se lo habían perdido.

Entre tanto, el camión seguía con su traqueteo, retrasando el intento desesperado de mi padre de cruzar la carretera para continuar la búsqueda. Por desgracia, el búho había dejado de cantar y no iba a aparecer por mucho que las linternas apuntaran hacia las ramas oscuras y la maleza; la lechuza de Roraima se había marchado.

Al final, de camino al coche (papá y Andrés arrastrando los pies, abatidos; mamá y yo disimulando la alegría), los hombres reconocieron su derrota. Papá es un pajarero asombroso, con una capacidad sorprendente de detectar un ave escondida, pero, por primera vez, yo había visto algo extraordinario y él no. Me di cuenta, por su forma de sonreír, de que mamá estaba igual de ufana que yo; se le había pasado el enfado.

La excursión a la jungla amazónica es lo que mejor recuerdo del viaje a Ecuador. Bajando por el río Napo, camino al centro de interpretación de la naturaleza donde íbamos a alojarnos, me sentía como en una película de Indiana Jones. El centro era un proyecto de ecoturismo creado por la población indígena local para conseguir fondos destinados a la protección del entorno y a servicios tales como escuelas y hospitales. En una iniciativa de conservación descomunal, habían dejado de cazar en sus tierras tribales para crear un hábitat acogedor para aves y fauna salvaje. Muchos pueblos indígenas de la Amazonia se ganan la vida con la explotación forestal, la extracción de petróleo o el ecoturismo; esas son sus opciones. Quienes se decantan por el ecoturismo dependen de que haya extranjeros que visiten el país; si dejan de acudir, no les quedará otra que recurrir a la explotación forestal, que, según se dice, tendrá unas consecuencias en el clima mucho peores que el transporte aéreo.

Oteé con los prismáticos entre las grietas que dejaba la espesa vegetación, cuyas ramas cruzaban el río, cuan ancho era. Jamás habría imaginado su inmensidad ni que sus muros de hojas rebosaran los sonidos de la vida salvaje.

Observamos a los martines pescadores y las garzas levantarse de los postes que ocupaban en las orillas del río para sumergirse en el agua y darse un festín con los pececillos que nadaban plácidamente por ahí.

El centro de interpretación de la naturaleza se encontraba sobre las aguas quietas y azules del lago Añangu, en mitad del espeso verdor de la selva. Sobre la techumbre de paja de nuestro refugio, una bandada de oropéndolas en equilibrio nos dio la bienvenida entre los estallidos de frenética actividad con los que se dedicaban a tejer las cestas colgantes de sus nidos, que pendían de manera precaria de los extremos de las ramas.

Mamá y papá fueron a echarse la siesta; a esas alturas, ya estábamos sincronizados con el ritmo de las aves. En la Amazonia, están más activas entre las cinco y las diez de la mañana, cuando han acumulado calorías suficientes para dormir unas horas y protegerse del sol. Vuelven hacia el final de la tarde para otro ratito de ajetreo, antes de posarse para su descanso nocturno.

Mientras mis padres dormían, decidí dedicarme a explorar, pendiente siempre de la huidiza arpía mayor. En su lugar me encontré un grupo de hoazines que se movía con gran estrépito por la ribera, gruñendo y gimiendo entre la baja cubierta vegetal. Era como si me hubiera adentrado en el mundo perdido de los dinosaurios. Así sería, seguro, el *Archaeopteryx* hace ciento cincuenta millones de años. Su largo cuello sostenía una cabecita de piel azul, sin plumas y con unos aterradores ojos marrones, coronada por una cresta roja. Los ejemplares jóvenes conservan unas garras en los extremos de las alas que usan para moverse entre las ramas; los hoazines no vuelan muy bien que digamos. En el aire húmedo y pegajoso flotaba un olor desagradable; nuestro guía me aclaró luego que los lugareños llaman a esos pájaros «pava hedionda» por la pestilencia que les sale del buche, que es donde guardan la comida antes de digerirla. En estas aves el buche, en el que las bacterias fermentan las hojas que han ingerido con el consiguiente hedor, es especialmente grande. Con su sistema digestivo de rumiante, son un poco como vaquitas con alas.

Comenzamos la tercera y última semana de nuestro viaje y seguía sin haber rastro de la arpía mayor, y, aunque papá no dejaba de decirme que todavía no era demasiado tarde, a mí me costaba no caer en el desánimo. Íbamos de camino a Paz de las Aves, que ni de lejos era famoso por sus arpías mayores. El refugio Tandayapa Bird Lodge está situado en el bosque nublado andino, envuelto en nubes cargadas de humedad que recorren el dosel arbóreo y las cumbres de las montañas, un lugar mucho más parecido a la Tierra Media que a la nuestra.

Los tororoís son unas aves rechonchas, conocidas entre los pajareros como «merodeadoras», por lo general de color marrón y empeñadas en quedarse acurrucadas en sus hábitats, también marrones, lo que las hace muy difíciles de ver e identificar. Ángel Paz tenía un santuario de estas aves muy cerca del lugar donde nos alojábamos; evidentemente, era famoso por sus tororoís, no por sus arpías mayores, así que yo no tenía muchas esperanzas puestas en esa etapa de nuestro periplo aviar.

Antes de convertirse en un enclave tan importante, el santuario de aves de Ángel fue una granja particular que él y sus hermanos heredaron. Ángel se enamoró de los tororoís que se congregaban en sus tierras, y convirtió su parte en una reserva de naturaleza y santuario de observación de aves, mientras que sus hermanos talaron las suyas para dedicarlas al ganado.

Al final, el santuario se hizo famoso entre los pajareros de todo el mundo, lo que le valió un éxito mucho mayor que si hubiera optado por la ganadería.

Paseando por el antiguo bosque, nos topamos con seis especies distintas de tororoí, incluida la más rara, el tororoí gigante, un ave de carácter legendario y rarísima de ver. Como indica su nombre, el tororoí gigante es un miembro de gran tamaño de la familia de los tororoís, y puede oscilar entre veinticuatro y veintiocho centímetros de longitud.

Ángel Paz llevaba años cuidando a estas aves y había llegado incluso a bautizarlas. Y lo raro es que respondían a sus nombres. El tororoí gigante era María. Segundos después de que Ángel la llamara, María, de color marrón y con un llamativo vientre cobrizo, salió de entre los matorrales, se plantó en el camino, delante de nosotros, y hundió la cabeza en el montón serpenteante de gusanos que Ángel le había llevado.

Pero el tororoí que yo tenía más ganas de ver, y el último que pasó a saludarnos, era el ponchito ocráceo. En lo profundo del bosque, tras horas de espera y observación, un ave, no muy distinta de un polluelo de petirrojo, se acercó a las ramas inferiores de un gran árbol, que en su parte más alta estaba empapado por la sempiterna niebla en movimiento. Ángel la llamó en voz muy baja, «Shakira», y el diminuto pajarito, una pelota de pimpón con cabeza y plumas, se acercó cauteloso a la mano extendida para recoger su premio en forma de gusano. Era una preciosidad en miniatura, desde la garganta de color ocre hasta la barriga blanquecina. Había algo hipnótico en su forma de moverse, de balancear el cuerpo de un lado a otro mientras comía. Yo quería cogerla para sentir el latido de su corazón, pero Shakira no estaba dispuesta a acercarse a ninguno de nosotros. Solo tenía ojos para Ángel.

Ángel había llamado así a ese ponchito ocráceo por Shakira, la cantante colombiana que se hizo famosa en el mundo entero por la canción «Hips Don't Lie» y, claro, por su peculiar contoneo de caderas al bailar.

Aunque Shakira fue uno de los platos fuertes del viaje, la arpía mayor se nos escapó. Me pasé las horas muertas sentada en las distintas torres de observación sobre los árboles de los refugios que visitamos, con la esperanza de verla, pero ninguna se cruzó en mi camino, y las torres de observación eran, por lo general, lugares precarios, una combinación de cuerdas y pasarelas chirriantes. Varias veces perdí los nervios en aquellas plataformas de las alturas, imaginando que un tablón podrido cedía a mi pisada y yo me precipitaba hacia el bosque cubierto de nubes que se extendía debajo. Tendrían que pasar nueve años más hasta que viera mi primera arpía mayor.

A pesar de ese momento memorable que supuso el viaje a Ecuador, el año 2010 fue difícil. El viaje le vino bien a mamá en general, sí, y, en los últimos días, empezó incluso a hablar de volver al trabajo. Yendo de un refugio a otro, en busca de los pájaros, resultaba fácil olvidar que alguna vez ella había estado triste o papá sobrepasado. La presión de la vida cotidiana había desaparecido; al menos, durante un tiempo.

Las cosas buenas que trajo el viaje no se esfumaron de inmediato. Mamá había hecho muchos progresos; sus ganas de ver aves bonitas le habían despejado la cabeza en cierta medida y esa claridad se mantuvo. Un día papá, que se dio cuenta de lo mucho que había mejorado, hizo un anuncio importante. A partir de entonces, cambiaríamos nuestra forma de vivir. Se acabó el gasto innecesario; si lo que nos mantenía unidos como familia era viajar, dedicaríamos todo lo que tuviéramos o hiciéramos a repetir experiencias como la de Ecuador. Mamá no era la única a la que le había sentado bien estar fuera: papá necesitaba el descanso tanto como ella. Y a mí no iban a dejarme atrás, ¿verdad?

Papá estaba poniendo las vivencias por encima de las posesiones; ese iba a ser su mantra. Elegía el pajareo consciente por encima del sufrimiento. El pajareo mundial es un asunto serio y, ya se esté en la selva o en la sabana, hay tanto que buscar, tanto en lo que centrarse, tanto que esperar que, literalmente, no queda tiempo para pensar en nada más. De esa manera, mamá iría recuperándose poco a poco y papá recobraría el espacio mental que necesitaba para ayudarla.

Al volver de Ecuador, empezamos a vivir con mucha austeridad y a ahorrar hasta el último céntimo para nuestros viajes. Aun siendo una niña, entendí que, ya fueran grandes o pequeñas, marrones, de colores, engalanadas o sin plumas, había algo en las aves que nos hacía, aunque fuera unos instantes cada vez, levantar la vista de nuestras vidas y mirar hacia el cielo.

CAPÍTULO 4
El huésped inesperado

PICATARTES CUELLIBLANCO

El picatartes cuelliblanco vive en las selvas tropicales que bordean el litoral de África Occidental. También se lo conoce como pavo calvo, por su extraña cabeza, sin plumas y de color amarillo y negro, o ave de roca, dada su costumbre grupal de adosar sus nidos, que tienen forma de cuenco, a salientes rocosos y paredes de cuevas. Su hábitat de la selva africana se está destruyendo a una velocidad insostenible y su población está menguando con gran rapidez. En 2003, y tras una ausencia de cuarenta años, volvieron a detectarse ejemplares de picatartes en Ghana. El trabajo que lleva desarrollándose desde entonces con la comunidad local ha permitido garantizar la protección de la colonia; la población de aves es cada vez mayor y la propia comunidad está obteniendo sus beneficios, gracias al cobro del acceso y el servicio de guía, además de la nueva escuela, cortesía de los fondos de conservación. El picatartes come, sobre todo, insectos. Una de sus técnicas para alimentarse consiste en seguir por la selva a grandes enjambres de hormigas guerreras e ir eligiendo las que se apartan de la colonia durante su avance.

Aunque el optimismo de papá era justo lo que mamá necesitaba, no surtió gran efecto en su estado actual. En aquellos primeros meses fríos de 2011, le preocupaba que ninguno de los dos estuviera trabajando. Según una nota de la lista MECH, en noviembre le aumentaron la dosis de Citalopram a 40 mg. Seguía de baja en el bufete. Mientras tanto, papá se erigió en cuidador principal, tanto mío como de mamá, y asumió las tareas prácticas que antes se repartían, a la vez que ayudaba a mamá a pasar por una crisis de salud mental que ninguno de los dos entendía. Al mismo tiempo, intentaba protegerme de los peores excesos de lo que estaba sucediendo y asegurarse de que mi rutina fuera lo más equilibrada posible. Yo no era consciente de lo mal que se habían puesto las cosas.

En enero, una de esas mañanas en las que estaba más activa, mamá nos anunció que necesitaba ir a Bangladés para visitar a su familia. Un cambio de aires, el cariño de tías y tíos y una buena dosis de sol servirían, quizá, para accionar el interruptor de su cabeza, y así volvería renovada y repuesta. Papá y yo iríamos una semana después. Él quería quedarse luego un poco más, porque iba a participar en un proyecto para salvar al correlimos cuchareta, que en ese momento invernaba en Bangladés.

Cuando papá y yo llegamos a Daca, esperando ver alguna mejoría en mamá, ella parecía bastante contenta, pero su familia no decía lo mismo. Al parecer, había estado borde y agresiva con sus hermanos y ahora ellos también estaban preocupadísimos por ella. Como no dormía, a veces deliraba, y a cada rato aseguraba a voz en grito que era la mejor abogada del mundo. Había estado ayudando a un pariente con su testamento y, además, buscándole a papá unas clases de bengalí para cuando llegara; ninguno de esos proyectos llegó a buen puerto. Papá se presentó en un aula vacía y el testamento no llegó a redactarse nunca.

¿Estaría en condiciones de subirse a un avión cuando acabara la semana? Todo el mundo confiaba en que, con papá allí, mejoraría. Y, en cierta medida, su presencia, y la mía también, cambió algo: al menos conseguía dormir un poquito.

Dedicamos unos días a visitar sitios juntos y, por supuesto, a ver aves, y a papá le pareció que se había restablecido lo suficiente para hacer el viaje de regreso; él se tomaría unos cuantos días más («el correlimos cuchareta te necesita», le dijo mamá).

Así que mamá y yo regresamos sin él.

Y, durante un día o dos, todo fue bien. Yo me acostaba a las ocho y, por la mañana, al levantarme, mamá andaba ya trajinando por la casa. Ni se me pasaba por la cabeza que no se hubiera acostado. Pero, cuando Ayesha y Laila vinieron a casa con nosotras, «solo para estar pendiente de mamá», me percaté de que algo pasaba.

Un día, al volver del colegio me encontré a mamá jugueteando con unos amuletos de metal que contenían rollitos de papel. Eran *tabiz*, unas oraciones especiales de los musulmanes para protegerse de la magia negra y la posesión. Metió uno debajo de su almohada y se colgó otro del cuello con una fina cadena de oro.

—Me los ha dado tu *nanu* —afirmó mamá—, para ver si así me pongo buena.

—¿No sabes qué son, Mya? ¡Sirven para espantar al *yinn*! —explicó mi hermana.

Las dos se echaron a reír.

—¿Te ayudarán a dormir? —pregunté, confundida.

Eso era lo que yo entendía: si mamá no dormía, estaría triste o muy contenta, nunca «normal», sin más.

—A lo mejor —dijo mamá, con una sonrisa.

Así era como mi *nanu* le mostraba a mamá su preocupación. No llegaba a comprender lo que era la enfermedad mental, pensaba que se trataba de un «defecto» que solo acarrearía vergüenza para nuestra familia. Prefería creer que mamá estaba poseída por un demonio al que poder expulsar antes que tacharla de «loca».

Ayesha acabó volviendo a su casa y entonces mamá y yo nos quedamos solas. Por las mañanas me mandaba al colegio con un par de libras para comprarme el almuerzo, en lugar de con las fiambreras habituales de comida casera. Mamá estaba a tope, hablaba a toda velocidad, saltaba de un tema a otro. Nunca la vi acostarse ni levantarse de la cama. Un día oí a Ayesha decirle a papá por teléfono que, desde que regresamos de Bangladés, mamá se metía en Facebook de madrugada todas las noches, prueba de que no dormía en absoluto.

Como aún no le habían diagnosticado el trastorno bipolar, mis padres carecían de herramientas para describir lo que le ocurría, ni idea de que moverse entre zonas horarias distintas, sumado a las alteraciones del sueño, podía desencadenar un episodio extraño y exagerado de la enfermedad.

Hasta la adolescencia no supe que aquel episodio fue un precursor de la catastrófica crisis nerviosa que sufriría unos meses después. Cada vez la asaltaban pensamientos más oscuros, más compulsivos, a pesar de los cuidados de mi hermana; mamá creía que el cannabis podría venirle bien para calmarle los nervios, y después aseveró que no, que mejor la cocaína o quizá, incluso, la heroína. Por supuesto, aquello acabó en nada. Una semana entera de pensamientos descontrolados culminó en una nueva obsesión: quería clavarse un cuchillo de cocina. Estaba desesperada por aliviar de algún modo el ruido constante que le inundaba la cabeza.

Hoy, mamá es más que consciente de que pasó por un episodio psicótico o «mixto», en el que los enfermos de trastorno bipolar sufren a un tiempo de manía y depresión. Se trata de un estadío extremadamente peligroso; mamá visualizaba, con total nitidez, la violencia que deseaba infligirle a su propio cuerpo.

Mientras tanto, papá había llegado a una zona remota de Bangladés para empezar su observación de aves y contaba con alojarse en casa de unos parientes de mamá. Resultó que la familia se había marchado. No había hoteles y con su precario bengalí no iba a conseguir gran cosa de los lugareños. Llamó por teléfono a mamá, que lo asustó con su discurso inconexo; al final, mi *nanu* le solucionó el tema del alojamiento. Pero la incoherencia de mi madre lo había dejado inquieto y, después de una noche y sin haber visto ave alguna, volvió a Daca con la idea de tomar el primer vuelo de regreso. Mamá había reservado todos los billetes a través de una agencia bangladesí de bajo coste, y no confiaba mucho en que fuera capaz de cambiarle el vuelo. En esa ocasión, fue Ayesha quien acudió al rescate. Y quien confirmó que mamá estaba enferma.

El día que volvió, papá llevó a mamá a su médico de cabecera, que le redujo la dosis de Citalopram pensando que su «episodio» era un efecto secundario del fármaco.

Aunque mamá no tenía nombre para lo que le sucedía, sí recuerda que en el año 2000 se había sentido exactamente igual. Diez años atrás, le habían prescrito un fármaco similar, Seroxat, que también pertenece al grupo de los llamados «inhibidores selectivos de la recaptación de serotonina» (ISRS), para tratarle la depresión. Aquel antidepresivo se anunciaba por entonces como un fármaco milagroso. A los pocos meses de tratamiento, mamá intentó suicidarse. En aquella ocasión, ese delirio se consideró también un efecto secundario de la medicación. Poco a poco, y teniendo que aguantar un síndrome de abstinencia atroz, se desenganchó ella sola del Seroxat. Hoy se sabe que estos fármacos pueden desencadenar episodios maniacos o «mixtos» en personas afectadas de trastorno bipolar.

A mamá la asediaban de nuevo pensamientos suicidas y, a pesar de que le habían bajado la dosis, la idea de quitarse la vida seguía rondando por su cabeza.

En la primavera de 2011, la compañía con la que mamá había contratado su seguro médico en el trabajo le pidió que se sometiera a una valoración psiquiátrica privada. Durante la consulta, ella explicó que a veces se sentía invencible, y otras, desesperanzada. El psiquiatra sugirió que los síntomas maniacos podían haberse desencadenado por culpa de los ISRS.

—¿Cómo va a ser eso —preguntó—, si ya no los tomo?

—Cuando se han sufrido episodios maniacos como efecto secundario de los ISRS, es imposible volver a meter el genio en la lámpara —le explicó él—. Sin duda, padece usted un trastorno bipolar.

Pero aquel no era su médico, y mamá quería un diagnóstico oficial. Él le aconsejó que pidiera cita con un psiquiatra privado, sin embargo, cuando mamá fue a ver a su médico de cabecera, este se negó. No creía que necesitara una consulta privada, por lo que no estaba dispuesto a derivarla.

A esas alturas, papá estaba otra vez agotado. Sabía que mamá mejoraba cuando nos íbamos por ahí los tres juntos. Ella no estaba bien pero, tuviera lo que tuviera, papá también creía que, con algo en lo que centrarse, un objetivo que atrajera su atención, se sentiría mejor.

¿Era una irresponsabilidad planificar un viaje con mamá así de enferma? Quizá. Mi familia materna, desde luego, creía que no andaba muy acertado, con *yinn* o sin *yinn*. Pero él, desesperado, reservó unas vacaciones familiares de pajareo en Ghana para el mes de enero.

Enseguida me dediqué a sacar las guías de aves de las estanterías para empezar a elaborar mi lista de Ghana. No importaba que aún faltaran más de seis meses para el viaje; me puse a tomar notas y hacer dibujos de un ave extraña y difícil de ver, el picatartes cuelliblanco, nuestro principal objetivo. También había barbudos y batis, cálaos y turacos, ¡muchas especies nuevas!

Mamá estaba sumida en una depresión, pero he de reconocer que prefería ese estado al de «mamá maniaca». No entendía que se trataba de una depresión; para mí, estaba más tranquila, menos alterada. Salía de casa por las mañanas creyendo que se quedaba remoloneando en la cama después de levantarse lo justo para hacerme la trenza y desearme que me fuera bien en el colegio. No sabía que se pasaba el día entero acostada, porque, cuando volvía de clase, ella ya se había levantado y deambulaba despacio por la casa sin decir gran cosa. Como mucho, creía que estaba agotada. Por supuesto, aquello no podía durar y, al cabo de un par de semanas, volvió la furia. Los estados de ánimo maniacos se manifestaban a veces como un carácter dinámico y la volvían parlanchina y agradable, pero, otras, se enfadaba por todo y con todos.

Acababan de derivarla de urgencia a un nuevo equipo de médicos: unos psiquiatras que determinaron que no era necesario internarla, aunque le iría bien acudir a una consulta diaria con un equipo de «crisis» de salud mental. En esas sesiones, mamá fue explicando con calma cómo, por qué, cuándo y dónde pensaba quitarse la vida. Lo presentaba todo como argumentos racionales, con unos puntos de partida irracionales. «Ayesha tiene a Laila, no me necesita», explicaba. «En el trabajo me siento infravalorada, no me necesitan. Chris puede cuidar a Mya, ¿acaso no lo hace ya?». Ella sentía que estaba recibiendo más apoyo emocional del que estaba dando y que a todo el mundo le vendría mejor que se quitara de en medio. No sirvió de nada que le advirtieran: «Si te suicidas, hay más posibilidades de que alguna de tus hijas se suicide también».

Yo, por supuesto, no sabía nada de esas consultas ni de su obsesión con el suicidio. Si yo estaba delante, ella parecía siempre un poco «demasiado contenta», como si estuviera haciendo un sobreesfuerzo enorme por estar «normal»... y se hubiera pasado.

Por debajo de esa alegría, se dedicaba a rastrear internet en busca de formas de quitarse la vida, mientras papá exploraba el ciberespacio para tratar de entender de dónde venían las ideas obsesivas y qué podía hacer para salvarla. Se convirtió en un juego del gato y el ratón: mamá decidida a acabar con todo y papá dedicado con igual empeño a impedírselo.

Y, entonces, un ave desencadenó una serie de episodios que acabarían dando con mamá en el hospital.

Una semana antes, nos había llegado el aviso de que se había visto e identificado un negrón aliblanco en el mar, entre una gran bandada de negrones, cerca de Aberdeen. Era la primera vez que se detectaba en el Reino Unido; incluso en aquellos meses de locos, la tentación de un ave rara era muy fuerte. Mamá, distraída por un momento de sus pensamientos obsesivos gracias a aquella oportunidad única, también había conseguido entusiasmarse y, a pesar de las dudas de papá, tenía muchas ganas de hacer el largo viaje al norte ese fin de semana. Sin embargo, justo cuando estábamos a punto de meternos en el coche, dijo que quizá sí resultara demasiado para ella, que fuésemos nosotros.

Por motivos que no me quedaron claros, el viaje acabó cancelándose. Papá se metió en casa como una exhalación y, a los pocos minutos, ya se había improvisado, a toda prisa, un plan para que yo pasara la noche en otro sitio.

Varios años después me enteré de lo que había ocurrido. Y fue como si las piezas de un rompecabezas en tres dimensiones empezaran a encajar despacio.

El repentino cambio de idea de mamá había formado parte de su plan desde el principio: apartarnos de su camino para quitarse la vida. Papá y yo estaríamos en Escocia y así ella tendría no solo el medio y la motivación, sino también, con nosotros tan lejos, el espacio.

Papá, que se olió enseguida cuáles eran sus planes, la llevó directa a la consulta del médico de cabecera. Aunque absorta en su delirio, mamá se sentía asimismo frustrada, incapaz de encontrar una salida a su desesperación. Había puesto la responsabilidad de su bienestar en manos de papá, que se vio obligado a tomar una determinación.

El médico de cabecera hizo venir a un psiquiatra. Mamá debía quedarse en el hospital, confirmó, lo quisiera o no. Papá aceptó a regañadientes. Después confesó que dejarla al cuidado de otros fue la decisión más difícil de su vida, pero sabía que él ya no podía mantenerla a salvo.

Bill Oddie relata en su autobiografía, *One Flew into the Cuckoo's Egg*, que un día volvió a su casa, vio que se habían llevado a su madre al psiquiátrico y no entendía nada. Igual que Bill, yo llegué a casa del colegio, todavía algo triste por el viaje frustrado al norte para ver el negrón, y me encontré allí a Ayesha, no a mis padres. Cuando papá regresó por fin, me contó que mamá se iba a quedar en el hospital y que no me preocupara; estaba enferma, pronto se encontraría mejor.

«Enferma» y «mejor»: una siempre venía detrás de la otra, pero, hasta entonces, ese «mejor» no había durado mucho. Justo cuando me marchaba para pasar la noche con mi hermana, mamá llegó a casa, una pasajera en un coche desconocido con una mujer a la que no había visto nunca. Se quedó mirando, sin ver, por el parabrisas, el coche de Ayesha, que se alejaba, demasiado aturdida por los acontecimientos para percatarse de nuestra presencia.

Con el tiempo supe que la mujer del coche era una enfermera psiquiátrica, encargada de supervisar a mamá mientras recogía alguna ropa y cosas de aseo para el hospital, y de acompañarla a un pabellón donde estaría vigilada. En la lista MECH solo pone «Helena se marcha al hospital después de que manden internarla».

Aquella tarde, provista de rotuladores, me senté a hacerle una tarjeta con un simple mensaje de PONTE BUENA decorado con conejitos y martines pescadores. Papá me había explicado la hospitalización de mamá como algo bueno; la gente que está enferma iba al hospital para recibir el tratamiento que necesitaba. Y, al principio, me quedé tranquila, pero, cuando los días se convirtieron en semanas y no me dejaban ir a visitarla, empecé a inquietarme. Pasó un mes entero antes de que volviera a verla.

Papá, Ayesha, todo el mundo, en realidad, hablaba con medias verdades. Nadie me decía claramente qué le pasaba a mamá, solo que estaba «enferma» o «malita» o «regular». Que recibía su «tratamiento» y que estaba «donde tenía que estar».

No percibí lo que ocurría hasta que fui a verla, y no me gustó. El hospital era enorme, con largos pasillos anónimos que olían a cuarto de baño y desinfectante. A papá y a mí nos llevaron hasta una habitación donde mamá estaba sentada sola. Alguien cerró el pestillo de la puerta a nuestras espaldas con un sonoro *clic*. Una enfermera se quedó apostada fuera. ¿Qué iba a pasar en esa habitación para que hicieran falta una puerta cerrada y vigilancia? Aunque los tubos fluorescentes le absorbían a mamá el color de la cara, en general parecía normal, quizá un poco distante; no entendí por qué no podía ponerse el abrigo y volverse a casa con nosotros. Por supuesto, no estaba «normal», sino echando mano de una fuerza de voluntad increíble para guardar la compostura delante de mí. Fue el principio de la constatación, cada vez mayor, de que sucedía algo invisible; si era incapaz de entender qué, ¿cómo iba a saber si mamá se encontraba mejor de verdad?

Mamá acabaría pasando siete semanas en el hospital.

La responsabilidad de internar a su propia mujer fue descomunal para papá. Muchas noches, se quedaba dormido llorando, a menudo con el enorme alivio de no cargar él solo con el peso de tratar de mantener a mamá con vida, minuto a minuto, hora a hora.

Mamá había insistido en que siguiéramos con el pajareo, porque a ella la alegraba imaginarnos en los Mendip, prismáticos en mano. Pero también fuimos más lejos. Aunque era raro salir a observar aves sin ella, al mismo tiempo yo esperaba con ansia aquellas excursiones, unos ratos maravillosos fuera de una casa sin mamá.

Fuimos al extremo occidental de Pembrokeshire, en Gales, hasta Saint Justinian, un puertecito en el que se puede coger el barco a la isla Ramsey. Nuestro objetivo era un alcaudón chico, un ave nueva para mí pero que mamá ya había visto, lo que, en cierta forma, hacía que la traición pareciera menos traición.

El alcaudón es un ave bastante lista, negra, blanca y gris, con un toque melocotón en el pecho y una especie de antifaz dibujado en la cara; su pico grueso y ganchudo le da el aire de un ave de presa en miniatura. No nos costó encontrarlo, hacía buen tiempo, el mar estaba precioso y nos dio la impresión de estar respirando aire limpio y puro por primera vez en varios meses. Papá y yo dimos un paseo por el cabo observando las aves comunes, una pareja de tarabillas, moradoras del páramo, con su característico canto, y el macho con la cabeza negra, el cuello blanco y el pecho de un color naranja tostado. Alcas comunes y araos, cuyas alas están diseñadas para nadar, más que para volar, entraban y salían del agua. Aunque suelen pescar su alimento a unos veinticinco o treinta metros por debajo de la superficie, ¡se han llegado a ver a unas profundidades de hasta ciento ochenta metros! Los álcidos, como se los conoce en su conjunto, anidan en colonias inmensas en los laterales de abruptos acantilados; a menudo, en islotes rocosos. Los araos lo hacen en grupos muy densos; pueden acumularse hasta veinte parejas en un metro cuadrado. No se molestan en fabricar un nido, sino que se limitan a poner los huevos en estrechos salientes. Las alcas son un poco más quisquillosas y prefieren buscar fisuras que les vengan bien. Estas colonias ofrecen un espectáculo visual, sonoro y olfativo indescriptible; hay que vivirlo para creerlo. Por delante de nosotros, los enormes alcatraces se lanzaban en picado hacia el mar, como torpedos, convertidos en destellos blancos bajo la luz del sol. Sonreímos, nos reímos, disfrutamos brevemente de la luz, olvidando, por un instante, la sombra que se extendía sobre nuestras vidas.

El 24 de julio es un día muy emotivo para papá; es el día en que murió su padre, de forma inesperada, a los cincuenta y tres años, cuando él tenía solo veintisiete. Le encantaba salir al campo y era un pajarero aplicado, aunque no fanático, que le transmitió a papá un profundo amor por la naturaleza. Sus recuerdos más bonitos de mi abuelo los sitúan recorriendo los brezales del Distrito de los Lagos o los páramos de Yorkshire, con sus termos de café y sus prismáticos.

Cuando se acerca el aniversario, papá se vuelve más callado, más contemplativo, y se pregunta qué pensaría su padre de las decisiones que ha tomado en la vida. Nadie es inmortal, y heredar una familia había hecho que papá madurara a una edad muy temprana. Sin embargo, fue más tarde, con la enfermedad de mamá, cuando recordó otra de las convicciones de su padre: valorar las experiencias por encima de las posesiones.

Aquel año, el aniversario cobró aún más peso, pues mamá seguía en el hospital. La distracción llegó en forma de un correlimos zancolín en Lodmoor, una reserva de la RSPB colindante con la carretera litoral, a las afueras de Weymouth, en Dorset. Estuvimos observándolo bajo el sol vespertino, con su «plumaje nupcial». Apostada en lo alto de un banco y mirando por el telescopio, lo vi sondeando las profundidades de la laguna pantanosa con su largo pico. Con sus zonas auriculares rojizas, las manchas detrás de cada ojo y la serie de franjas oscuras en la parte inferior, era fácil distinguirlo entre los correlimos más comunes, incluso en la distancia. Una especie que en ese momento debería estar en Norteamérica migrando al sur se hallaba, en cambio, reproduciendo ese instinto en Europa, rumbo a África, después de que una tormenta otoñal la hubiera arrastrado hasta aquí a través del Atlántico. Cuando me harté del correlimos, me coloqué frente al mar para observar los charranes patinegros que subían y bajaban entre las olas rompientes.

Me gustaban esas excursiones, ir añadiendo avistamientos a mis listas, tomar notas sobre mis «mejores» aves y pasar tiempo con papá, pero estaba deseando que mamá volviera a casa. Pajarear sin ella me parecía cada vez más una traición.

Cuando por fin le dieron el alta, pululó los meses que siguieron de consulta en consulta con distintos psiquiatras que aún no estaban preparados para darle un diagnóstico. Tal vez suene raro, pero no es infrecuente. Todo esto pasó durante una época de gran austeridad; el Servicio Nacional de Salud estaba en crisis y los servicios de salud mental habían sufrido recortes. Se limitaban a ocuparse de los síntomas conforme se manifestaban; nadie estaba en condiciones de tratar a mamá por un «supuesto» trastorno. Creían que sufría una depresión y se centraban en eso. Mamá pensaba que el tiempo de su ingreso no había cambiado en nada cómo se sentía, que solo había retrasado un choque inevitable. A mí me aliviaba tenerla en casa, pero no veía en qué había mejorado. Cuando volvía del colegio, me la encontraba muchas veces metida en la cama, y no mostraba demasiado interés ni por mí ni por papá.

Una noche de septiembre, salió a hurtadillas de casa y se marchó. Poco después, al percatarse de que no estaban ni ella ni su coche, el primer instinto de papá fue seguirla; no se la podía dejar sola. Pero ¿cómo? Yo estaba arriba, durmiendo. Papá se dedicó a telefonear a familiares y amigos, más nervioso con cada llamada. Terminó llamando a la policía, que revisó grabaciones de cámaras de seguridad y comprobó si había usado alguna tarjeta de crédito.

Mamá, mientras tanto, se había ido al lago del valle del Chew, con la única intención de lanzarse al agua con el coche. No respondió ninguna de las llamadas de papá, asustadísimo, y acabó por apagar el móvil para que no pudieran rastrearla. Se quedó un buen rato sentada, tratando de reunir el valor para ahogarse. Pero, cuanto más esperaba, más paralizada se sentía. Cuando un helicóptero de la policía empezó a sobrevolar la zona en círculos, llevó el coche hasta un camino cercano, en el bosque, y se escondió bajo los árboles. Reflexionó largo y tendido sobre lo que estaba haciendo; no iba a suicidarse esa noche y, desde luego, no quería que volvieran a internarla, pero este era justo el tipo de comportamiento que podía llevarla de nuevo al hospital. Al volver, se encontró un par de coches patrulla delante de la casa y entró en pánico al pensar que tal vez la arrestaran por, como mínimo, haber hecho perder el tiempo a la policía. Sin embargo, los agentes fueron amables y muy comprensivos.

(Me enteré de este episodio dos años después. Para entonces, a mamá aquello no le parecía tan grave y me lo presentó como una anécdota sin importancia, mientras yo escuchaba atónita, sin dar crédito).

Después, mamá se quejó a su psiquiatra de que el nuevo cóctel de ISRS tenía la culpa, según ella, del intento de suicidio y de su comportamiento cada vez más errático, en general. Quería una medicación diferente. La acusaron de no seguir el tratamiento; de no tomarse las pastillas que le habían recetado. Mientras tanto, papá, de nuevo, se tiraba de los pelos por no saber qué era lo mejor para ella.

Los parientes de mayor edad de mamá seguían con la idea de la posesión demoniaca, en lugar de la manía, como la causa de su enfermedad. Había un halo de vergüenza en torno a la enfermedad mental en nuestra comunidad bengalí, que pensaba que, cuanto menos se hablara de ello, o se aceptara como un trastorno real, menos nos mirarían los demás con miedo o, peor aún, lástima. Esa era su actitud ante la realidad de que el trastorno bipolar suele ser hereditario y otros miembros de la familia, yo incluida, podrían sufrir el mismo destino.

Aquel invierno, en una tarde especialmente oscura, húmeda y fría, mis padres me sentaron y me explicaron que mamá no conseguía reponerse y que lo mejor para todos serían unas largas vacaciones de pajareo. A ellos, por lo menos, les parecía una reacción racional ante una situación difícil.

Decidieron que pasar seis meses en Sudamérica era justo lo que necesitábamos. El gran año nos había demostrado que el pajareo, estar en contacto con la naturaleza, le venía bien a la salud mental de mamá y también a la de papá. Nuestra familia se caía a pedazos; si pretendíamos sobrevivir, era hora de hacer un cambio drástico. Y, en cualquier caso, mamá estaba desesperada, dispuesta a probar cualquier cosa.

El dinero de la indemnización de papá tras su despido seguía en el banco; con él podíamos pagarnos ese viaje y, con suerte, otros viajes futuros de pajareo juntos. Qué suerte la mía, ¿no? No se puede calibrar el efecto de una madre suicida en sus hijos, ni de un padre preocupado por mantenerla con vida, así que mi suerte era que consiguiéramos sacar tiempo de nuestras vidas para pasar varias semanas de vez en cuando en un continente distinto, mientras tratábamos de mantener unida a la familia, en cuerpo y alma.

El verano anterior, papá había reservado un viaje invernal a Ghana; mis padres decidieron que sería un buen barómetro para los desafíos que nos plantearía Sudamérica más avanzado el año. Me acordé de Ecuador, de los paisajes y las aves; ¿volvería a disfrutar la deliciosa sensación de encontrarme en un lugar completamente distinto del valle del Chew? Eso esperaba.

En enero de 2012, con cierta inquietud, empezamos nuestro recorrido de doce días por Ghana en el Parque Nacional de Kakum, que alberga la mayor extensión de bosque húmedo que queda en el país. Apostada en una pasarela elevada a cuarenta metros de altura, me sumergí en el mundo de las aves de una forma embriagadora y hasta entonces desconocida. El denso dosel arbóreo dejaba atrapado el aire húmedo, pero, al menos, nos protegía del pleno resplandor del sol. Solo unos finos rayos de luz conseguían atravesar el follaje.

A una variedad confusa de especies de bulbules, difíciles de distinguir para los no iniciados, se le unieron unos cálaos espectaculares: cálaos caripardos, tocos blanquinegros y, mis favoritos, los cálaos colilargos, con esa cresta *punk*. Un turaco piquigualdo arrancaba higos de un árbol y se los tragaba enteros. Su delineador de ojos blanco parecía a punto de chocar con el plumaje verde chillón y, al ir de un árbol a otro, las plumas de vuelo creaban destellos carmesí.

Hicimos parte del viaje a Ghana con unos amigos de la familia, y su compañía, aunque agradable, trajo ciertas desventajas. Había pocos alojamientos en condiciones aparte de los complejos hoteleros de la costa, así que terminábamos durmiendo a varios kilómetros de los lugares de pajareo, lo que suponía salir del alojamiento mucho antes del alba y no volver antes de las once de la noche. Luego cenábamos, dormíamos unas pocas horas, nos metíamos en el coche de nuevo y repetíamos el proceso, dando tumbos por la siguiente carretera llena de baches. Mamá, por suerte, tenía ganas de pasar el día fuera; si la partida al amanecer se retrasaba por culpa de nuestros amigos, les echaba la bronca, igual que hacía con papá cuando a ella le costaba ver tal o cual pájaro.

Por otro lado, mamá estaba durmiendo muy poco, por lo general era la última en acostarse y la primera en levantarse, lo que empezó a provocar síntomas de manía. Hasta yo me daba cuenta de que, cuando se apartaba de cualquier desacuerdo incipiente, estaba haciendo un esfuerzo por mantener la calma. Los demás aprendieron enseguida a detectar cuándo iba a darle un brote y, si no andábamos observando aves juntos, se quitaban de en medio para dejarle espacio. Nuestros guías no corrían mucha mejor suerte; normalmente eran el blanco de su enfado si se le escapaba un ave o si insistían en ir más lejos de lo previsto para intentar avistar una especie en concreto.

Pero no fue así todos los días. Casi siempre, nos entregábamos a la rutina de los pajareros expertos. Para que la observación sea óptima, sobre todo en países de clima cálido, hay que estar apostados en el lugar al amanecer; las aves se esfuman en la sombra tras las primeras horas de luz. En el Reino Unido estamos acostumbrados a las carreteras asfaltadas, pero, cuando recorres carreteras llenas de baches y pistas de tierra con profundas rodadas y avanzas solo un poco más rápido que si fueras andando o corriendo, se tarda una eternidad en llegar a cualquier sitio. Si a eso se le suma que la mayoría de los mejores puntos de observación de aves se halla en enclaves remotos (el motivo de que el hábitat siga existiendo es, precisamente, que es remoto), no es de extrañar que el pajareo mundial, si se toma en serio, sea para algunos un deporte de ultrarresistencia.

El Parque Nacional de Kakum fue una manera esplendorosa y relajante de adentrarnos con suavidad en el viaje, y la pasarela entre las copas de los árboles, a pesar de su altura y su estructura desvencijada, era una plataforma de observación ideal, por lo que pude disfrutar de una enorme cantidad de aves cada día.

La pasarela me permitió ver algunas de mis aves favoritas. Con el abejaruco negro fue amor a primera vista. Mide veinte centímetros y destaca por su garganta de color cereza y la espalda, alas y cabeza negro azabache, compensadas por un vientre tachonado de destellos cian. El pico, largo y levemente curvo, está diseñado para atrapar abejas y avispas en el aire y golpearlas contra una superficie dura para así quitarles el aguijón.

Otro visitante de mi torre en el cielo fue el cuclillo esmeralda africano. El macho se distingue por unas plumas verdes iridiscentes que le otorgan el camuflaje perfecto entre los arbustos tropicales, compensadas por un vientre amarillo-dorado oscuro. La expresión «ojillos maliciosos» parece perfecta para este pájaro, que me clavaba sus pupilas negras con una mirada de acero. Como muchos otros miembros de la familia del cuco, es un parásito de puesta. Al dejar sus huevos en los nidos de otras aves, se ahorra tener que criar a sus propios pollos.

El viaje estaba organizado por una empresa comprometida con el turismo ético y sostenible, cuyas prioridades eran el entorno y la población local. Al apoyar este tipo de negocios, estas agencias generan ingresos para los lugareños, lo que reduce las consecuencias negativas en los ecosistemas locales que suponen la caza y la ganadería. Los guías suelen ser de aldeas cercanas y, en nuestro caso, un porcentaje de lo que pagamos iba directo a la construcción de escuelas en la zona. El hábitat del picatartes se preservaba gracias a un proyecto de protección de especies amenazadas y vulnerables.

Nuestros amigos se habían marchado para pasar un tiempo a solas, juntos, seguramente contentos de descansar un poco de nosotros: un par de días antes, mamá había tenido una buena bronca con ellos. Se había hecho un lío con el horario; pensaba que saldríamos a las cinco de la mañana, mientras que ellos creían que era a las cinco y media. No parece gran cosa, pero ella se puso hecha una furia: había perdido una valiosísima media hora de pajareo. En consecuencia, nos tocó soportar un día de amabilidad excesiva antes de que se fueran.

Así que quedábamos los tres, junto con William, nuestro guía, y otro guía local de una aldea cercana, que, bajo un calor sofocante, emprendió el ascenso lento y constante hacia la selva de la parte septentrional del parque. Mamá parecía alegrarse de que estuviéramos otra vez solos, y yo también. Me había hartado de silencios tensos y amabilidad forzada.

Nos cruzamos con un aldeano que, escopeta al hombro, iba balanceando un animal muerto al que sostenía por la cola. Papá y yo reparamos enseguida en que era una rata del tamaño de un gato. Si mi madre la veía, con su fobia a las ratas, podíamos dar el día por perdido. Por suerte, el hombre, que quizá notó el pánico en nuestro rostro, se ocultó el cadáver tras la espalda. Pero mamá se dio cuenta de que algo pasaba. «No es más que una ardilla», dijo papá, forzando una sonrisa.

Ya en la selva, seguimos a William por un sendero sinuoso alfombrado de hojas y raíces. William, que había trabajado diez años en el Servicio de Fauna y Flora de Ghana, tiene fama de ser la persona que más investigación ornitológica ha hecho en el país. Durante ese tiempo, guardaba en la cartera una foto raída, de hacía varias décadas, del ave que andábamos buscando: el picatartes cuelliblanco, una especie que no se había visto en Ghana desde los años sesenta y que, hasta 2003, se suponía extinta. William nos contó que un día iba caminando por la cercana aldea de Bonkro, una de las muchas que había visitado en su búsqueda de la mítica ave. Después de preguntar si alguien la había visto, para su sorpresa, un cazador local le dijo que se había encontrado a más de uno no hacía mucho, y se ofreció a llevarlo hasta el lugar, a solo una hora andando. William verificó la identificación, eufórico. No era solo que el picatartes no se hubiera extinguido, es que en el bosque húmedo parecía haber una población viable. El santo grial del pajareo ghanés aparecía de nuevo.

Era media tarde y, como cabría esperar hasta esas horas, la actividad de las aves era escasa, aunque sí que avistamos un eurilaimo africano, inmóvil, medio oculto en un árbol junto al sendero, esperando que pasara un escarabajo o saltamontes para abalanzarse sobre él. Es un ave veteada, de tonos verde oliva con capucha negra, y por lo general cuesta verla en África Occidental, por lo que fue un acontecimiento inesperado. Aunque nuestro objetivo era llegar hasta el *inselberg*, una zona rocosa elevada que sobresalía de la ladera en mitad de la jungla, mucho antes de que la estrella del espectáculo hiciera, con suerte, su aparición. El motivo era asegurarnos de estar instalados y en silencio; lo último que queríamos era espantarlo.

Papá empezó con su rutina habitual de colocarnos en nuestro escondrijo. Quería asegurarse de que pudiéramos percibir con claridad al ave cuando llegara. Se aplicaba a la tarea con gran interés: se agachaba hasta mi altura, y luego a la de mamá, para ver lo que veíamos nosotras, y nos cambiaba de sitio para que aquella rama, aquellas hojas, aquella piedra no nos taparan la perspectiva. Era una rutina familiar: él era incapaz de disfrutar hasta saber que todos viviríamos lo mismo.

Acuclillados, medio escondidos, mamá, papá y William acordaron una serie de señales con la mano por si aparecía el picatartes. Y luego fue solo cuestión de esperar con paciencia, y después esperar un rato más.

Transcurrió media hora y luego una hora; ni rastro del picatartes. Yo empecé a dibujar figuras en la tierra. Mamá me dijo que parara y que dejara de rascarme la cabeza porque, uno, podía pillar una infección, y dos, podía asustar al ave con mis movimientos.

No me dio tiempo a responder porque William estaba indicando, mediante un gesto sutil con los dedos, que había un ave acercándose a un desfiladero que quedaba a la izquierda, aún invisible para mí, para papá y para mamá. Ese suele ser el momento más tenso de cualquier observación: cuando el ave está y no está a la vez. Poco a poco se abrió camino entre los árboles y, por fin, se hizo visible, posado en una rama baja; lo contemplábamos embobados. Solo podíamos compartir nuestra emoción con la mirada; la presión por no asustarla era enorme. Otro más apareció trotando en el claro y al poco rato ambas picoteaban las hojas muertas del lecho del bosque.

Como ninguno nos movimos, las aves fueron confiándose y acercándose cada vez más, hasta quedar a solo unos metros de distancia. Esta ave prehistórica (con antecesores de cuarenta y cuatro millones de años), conocida también como pavo calvo, es una de las más raras que he visto. Mide unos cuarenta centímetros y es más delgada que un pollo, aunque se asemeja a uno; tiene la cabeza amarilla, sin plumas, con unas manchas negras a cada lado que recuerdan a unos auriculares gigantes, un pico gordito y oscuro y ojos negros y saltones, además de un cuello largo y fino. Se distingue por el vientre blanco y brillante, rematado por alas de color gris pizarra, pero el rasgo más destacado son sus patas larguiruchas, de un tono gris azulado plateado, similares a las de una gallina. El picatartes tenía un aspecto extrañamente regular e impecable, no muy habitual en un ave, casi como si alguien hubiera construido las distintas partes de su cuerpo por separado y las hubiera encajado después. Esto se aprecia incluso en la etimología de su nombre: en latín, *pica* significa «urraca», y *cathartes*, «buitre». Es, desde luego, un pájaro desconcertante.

Con sus peculiares costumbres y aspecto, su distribución dispersa e inaccesible y su rareza en general, se lo considera un logro supremo en la lista de cualquier pajarero, y yo era la primera niña extranjera en ver uno.

Aquella noche, más o menos a mitad del viaje, me encontré una picadura en la coronilla. Se parecía al resto de picaduras de mosquito que tenía, salvo porque esta me dolía al tocarla. «¡Pues entonces no te la toques!» fue el consejo de papá. Mamá examinó el bulto y me dijo que era una picadura de insecto pequeña, roja, y que no me la tocara, y me confirmó, con vocecita de «te lo dije», que era culpa mía por andar hurgando en la tierra. Uno o dos días después, el bulto había crecido. Mamá lo observó con más detenimiento y una linterna. Había un folículo piloso en mitad de la picadura, que me quitó por si acaso era aquello lo que estaba causando la infección. En el punto del que había arrancado el folículo quedó un agujero del tamaño de un guisante. Papá lo empapó de desinfectante. De todas formas, pronto volveríamos a casa y nos ocuparíamos del asunto. Seguí rascando, pero la siguiente parada me hizo olvidarme por completo de ese desastre purulento.

Hacia el final del viaje por Ghana, fuimos a visitar el castillo de Elmina, con su «Puerta de no retorno», una abertura en la muralla de la fortaleza por la que los esclavos subían a los barcos británicos. Era el último lugar que pisaban en suelo africano antes de que se los llevaran al otro lado del Atlántico, rumbo a una despiadada vida de esclavitud. Una de las primeras cosas que observé fueron las imponentes murallas encaladas, que no permitían adivinar las mazmorras de ladrillo, sucias y oscuras, ocultas en su interior. Las diminutas celdas, donde no entraban ni luz ni aire, habían estado atestadas de gente desesperada que empezaba así su calvario. En el siglo XVIII, el tráfico anual de seres humanos a través de esa puerta llegaba ya a las treinta mil personas.

Como niña de nueve años criada en Bristol, ciudad que había hecho su fortuna a costa del comercio trasatlántico de esclavos, sabía ya lo que eso representaba. Pero nada me había puesto nunca delante de manera tan cruda la realidad de las personas convertidas en mercancías, sin derechos ni dignidad; allí resultaba muy fácil, tan fácil que dolía, visualizarlas, de pie en el patio del castillo, esperando aterrorizadas a que las metieran en barcos con destino a América y el Caribe. El suelo estaba cubierto de flores depositadas por los descendientes de esclavos muertos mucho tiempo atrás. Me afectó profundamente encontrarme en medio del llanto silencioso de otros turistas. Quizá aquella experiencia plantara la semilla de lo que me traería una determinación cada vez mayor por luchar en favor de los derechos humanos y en contra de cualquier forma de racismo.

Los dos o tres últimos días del viaje fueron una sucesión de entusiasmo por ver una nueva ave y ataques de llanto por el dolor que tenía en la cabeza. Me pidieron cita con el médico para el día después de nuestro regreso.

Para mamá, habían sido unos días intensos: noches sin dormir, discusiones con nuestros amigos. Pero aquello formaba parte del proceso, y se había pasado casi todo el viaje centrada, como los demás, en la emoción de avistar nuevas especies en un entorno desconocido.

Antes del viaje, la insistencia de papá en que esas vacaciones eran más que simples salidas de pajareo (y en que, hasta cierto punto, serían sanadoras) no había calado mucho en mí. Aún veía el gran año y el viaje a Ecuador como miniaventuras en las que había podido practicar mi actividad favorita. Sin embargo, en Ghana me di cuenta de cómo cambiaba la personalidad de mamá cuando estaba en la naturaleza, entre aves. Quizá papá tuviera razón.

Fue él quien me llevó al médico de cabecera y quien salió de la consulta traumatizado de por vida.

Adiviné que era más que una picadura de mosquito cuando, tras diez minutos de hurgarme en el cuero cabelludo con unas pinzas y una linterna, el médico se llevó a papá fuera de la consulta. Cuando volvieron, la cara de mi padre tenía un color verdoso, y al médico se le puso roja mientras me explicaba entusiasmado lo que me ocurría. Estaba eufórico con mi bulto, que suponía una exótica novedad entre el popurrí de toses y resfriados que cruzaban su puerta con demasiada frecuencia.

«Tienes un gusano viviendo en el cuero cabelludo. Un gusano enorme —dijo con voz entrecortada—. Eso no es una herida, sino un orificio, ¡un orificio para respirar!». El médico me explicó que seguramente lo había pillado en forma de huevo mientras jugaba con la tierra en Ghana. (La cara de «te lo dije» de mamá estaría esperándome en casa, lo sabía). Luego pasó a contarme, emocionadísimo, lo interesante del asunto, porque podía percibir al gusano moverse por debajo de mi piel. Nunca había visto nada igual, exclamó, blandiendo las pinzas. «A menos, por supuesto, que quieras esperar unos cuantos días a que crezca y salga por su propio pie».

No quería, no.

Entonces el médico desapareció y volvió con una doctora más joven para enseñarle el gusano que vivía bajo mi piel. A ella no le impresionó tanto; se le puso la cara de un color similar al de papá.

La táctica inicial de meter las pinzas en el orificio y tirar no funcionó. El gusano se me había pegado a la carne. Luego el médico recordó, de cuando estudiaba, que tal vez la vaselina ayudase. Serviría para asfixiar al bicho, que, al no poder respirar por culpa de la gruesa capa de grasa, emergería en busca de aire. De modo que me embadurnó convenientemente la cabeza y esperamos, mientras el médico hurgaba de nuevo con las pinzas.

El plan tuvo éxito a medias: en un par de ocasiones, el gusano asomó a la superficie, en efecto, pero el médico era incapaz de agarrarlo. A esas alturas, papá, sentado, se tapaba la cara con las manos. A la tercera va la vencida, y, tras tironear un buen rato, consiguió sacarlo de su agujero. Yo no paré de llorar, no solo porque me dolía, sino también porque lo notaba moverse.

El médico lo metió en un tubo de ensayo que luego cerró y salió corriendo exultante a mostrarles el botín a sus compañeros.

Cuando volvió, le pedí que me lo enseñara. Aunque me dio asco, también sentí una extraña intriga, una fascinación malsana por aquello que había estado viviendo dentro de mi cabeza. Serpenteaba y se retorcía, desesperado por escapar. Además, era enorme: al menos cinco centímetros de largo y uno de ancho. ¿Cómo era posible que hubiera tenido espacio para moverse? Ni que decir tiene que el tamaño de aquel gusano legendario fue creciendo conforme se contaba la anécdota.

Las últimas palabras del médico fueron de ánimo. Como todos los gusanos, mi huésped inesperado había cuidado de que su casa en mi cabeza se mantuviera limpia y a salvo de infecciones y enfermedades; el agujero se curaría sin más intervención.

«No me lo puedo creer —repetía papá sin cesar, de camino a casa—. He visto cómo le sacaban un gusano de la cabeza a mi hija».

CAPÍTULO 5
Mi temporada en Sudamérica

TANGARA DORSIDORADA
La tangara dorsidorada es un ave con un hábitat muy restringido y remoto. Se la ha visto solo en cinco lugares del norte-centro de Perú y a unas altitudes de entre tres mil y tres mil setecientos metros, y necesita grandes islas de bosque pigmeo, rodeado de praderas, para vivir. Incluso a esa altitud, en la que la población humana es escasísima, su hábitat está amenazado por los incendios provocados para generar zonas de pastos dedicadas a la ganadería. Se cree que la población está disminuyendo y tal vez no queden más de doscientos ejemplares adultos.

Si me paso los dedos con suavidad por el cuero cabelludo, todavía noto la pequeña cicatriz en relieve, allí donde una vez estuvo viviendo una larva de mosca tumbu y ahora el pelo me crece formando un remolino. Me mareo un poco cuando lo pienso o cuando me tropiezo con el bulto al lavarme la cabeza. Me perturba más ahora que cuando tenía nueve años. Aun así, Ghana me había redoblado las ganas de descubrir rarezas y especies endémicas, y un gusano extraño no iba a detenerme.

Dos meses después de volver a casa, estábamos de nuevo a punto de irnos, pero, en esa ocasión, sería durante seis meses y a Sudamérica, donde nos esperaban tres mil quinientas especies. Para mí, eso significaba seis meses fuera, sin más, y, aunque mamá y papá pintaban muy bonito eso de la educación en casa, prefería no pensar en tener que estudiar durante las «vacaciones».

A mamá le preocupaba que echara de menos a mis amigos y me costara retomar la relación con ellos cuando regresáramos, a mí no; en mi clase de primaria éramos solo diez y estábamos muy unidos. Las celebraciones, las tardes jugando y las fiestas de pijamas seguirían sin mí y, a la vuelta, no me costaría reincorporarme. Excepto echar de menos a Ayesha y a Laila, me parecía que la única parte negativa sería no participar en la obra de teatro del colegio, *Sueño de una noche de verano*.

Descubrimos que era muy sencillo sacarme del colegio. Un funcionario municipal vino a casa y escuchó con paciencia el programa educativo que me tenían preparado mis padres para el tiempo que durara el viaje, aunque no le interesaron mucho sus elaboradas listas de lecturas ni sus hojas de cálculo de asignaturas. No había más obstáculos que superar ni se nos supervisaría de ningún modo, ni siquiera lo habrían hecho si hubiéramos decidido hacer eso mismo pero en el Reino Unido. A mis profesores les parecía estupendo que pasara seis meses en Sudamérica; me iba bien en clase y pensaban que haría progresos incluso sin una educación reglada.

A mamá y papá les alivió que hubiera resultado tan fácil organizar aquello, pero también les sorprendió descubrir que se podía sacar a los hijos del colegio sin apenas control. Pensaban que nos requerirían informes regulares de mis avances para demostrar que estaba recibiendo una determinada formación. Podrían haberme desescolarizado hasta los dieciocho años, si hubieran querido, y no enseñarme siquiera a sumar.

Pero papá tenía otra idea. Llegó a casa una tarde de enero, después de reunirse con mi tutora y explicarle el plan. Mientras anduviéramos por Colombia, Perú y Bolivia, él y mamá utilizarían libros de repaso que, además, combinarían con enseñanzas sobre los lugares que fuéramos recorriendo; yo escribiría redacciones acerca de los sitios destacados, las aves que viéramos y la gente que conociéramos. Aprendería la historia natural de los países que visitáramos y, por supuesto, la geografía de Sudamérica. (Recuerdo con claridad una «clase» sobre el punto de ebullición del agua a más de cuatro mil metros de altura en los Andes bolivianos, mientras bebíamos infusión de hojas de coca). Las clases de lengua vendrían de la mano generosa de Digby, un buen amigo de la familia que iba a acompañarnos en el tramo colombiano de nuestro periplo. Digby me caía bien y no me molestaba mucho la perspectiva de alguna que otra charla informal sobre literatura con él. Además, era el pajarero más aplicado que conocía.

Allá por 2008, un par de meses antes de que Ayesha soltara la bomba, mamá y papá estuvieron diez días en Venezuela, observando aves. Habían reservado el viaje antes de la noticia y pensaron que, si no iban en ese momento, podrían pasar años antes de tener otra oportunidad. Así que mi *nanu* se quedó conmigo y con mi hermana y ellos se marcharon.

Sus «vacaciones de observación de aves» no fueron exactamente lo que esperaban; iba a ser la primera incursión de mamá en el pajareo por el mundo, pero el itinerario, muy liviano, se estructuraba en torno a largos almuerzos seguidos de siestas aún más largas y no mucho pajareo que digamos; la frustración de mis padres crecía por momentos. Y entonces apareció Digby. Se negaba en rotundo al «rato de siesta» y casi siempre se saltaba las comidas en grupo, que cambiaba por largos paseos para ver todas las aves que pudiera. Al cabo de uno o dos días, mis padres se sumaron a él en esas expediciones por su cuenta. Digby era un fanático del pajareo por el mundo (en esa época, había visto más de cinco mil especies) y estaba aprovechando ese viaje, y que sus hijos eran ya mayores, para retomar su obsesión. Había sido militar antes de dedicarse a dar clases de lengua, y mamá y papá se entusiasmaron con su carácter independiente.

Al final del viaje, eran uña y carne. Mis padres amaban el pajareo británico antes de conocer a Digby, pero le atribuyen a él el mérito de motivarlos a mirar más allá y convertirse en pajareros mundiales.

En aquella época yo tenía un Kindle, en el que descargué todos los clásicos gratuitos. «Mete también un buen cargamento de chocolate», le aconsejó mamá a papá cuando se acercaba la fecha de partida. Como a casi cualquier niño de nueve años, me venía bien un buen soborno para concentrarme.

Cuando mis padres plantearon lo de Sudamérica por primera vez, no llegué a entender lo que implicaba; pensaba que íbamos a recorrer el mundo entero, no solo un continente, y, en cualquier caso, a mí en aquella época «seis meses» me sonaba a «varios años». Me fui a mi habitación, con mi atlas y un folio gigante, y me pasé el resto del día trazando un meticuloso itinerario que abarcaba veinte países y todos los continentes. Ese viaje duraría dos años.

El plan incluía los lugares que más me apetecía conocer, con independencia de su tamaño, situación o proximidad a otros países. Por ejemplo, contaba con tres semanas en Egipto, donde nos instalaríamos cerca de los humedales del Nilo para espiar a garzas, flamencos y fochas morunas. En China, donde estaríamos seis semanas, vería mi primer mosquitero de Sichuán y el picoloro de anteojos, entre otros. Tuve la consideración de añadir varias ciudades europeas, para que Ayesha se acercara a vernos con Laila; estaba claro que nosotros no tendríamos tiempo de pasarnos por casa durante aquel largo periplo. Cuando mamá y papá me plantearon un itinerario alternativo (y realista), que se limitaba a un solo continente y tres países, acepté que parecía mucho menos agotador que el mío.

Cuando volvimos de Ghana, en enero, mamá empezó a preparar el viaje a Sudamérica, para el que solo faltaban varias semanas. Dedicó su enorme caudal de energía a organizar, con papá, una aventura perfecta: billetes de avión, coches de alquiler, alojamiento y guías locales. La parte negativa de esa actividad fue que demostró que otra vez se encontraba en un estado maniaco, pero, al menos, ya no pensaba en el suicidio.

No tenía mucha pinta de que fuera a volver al trabajo; su baja por enfermedad se renovaba una y otra vez. No estaba bien para retomarlo, por mucho que quisiera. Éramos bastante afortunados en muchos aspectos y poco en otros. Papá y yo nos habríamos quedado con gusto en casa el resto de nuestras vidas si eso hubiera implicado que mamá se recuperase.

Papá esperaba que mejorara con el viaje y yo no me preocupaba por ella, pero mi concepto de la enfermedad mental era bastante limitado en aquel momento y aún lo asociaba a la desidia que le había visto en el hospital más que a la manía, con la que ya me había familiarizado. Ella, que estaba deseando dejar todo aquello atrás, dedicó los últimos días previos al viaje a la parte más friki, según dicen, de una expedición de pajareo por el mundo: la preparación de las «hojas de cálculo».

Mamá consultó el catálogo oficial del Congreso Ornitológico Internacional (IOC) para elaborar una lista de aves de Colombia, Bolivia y Perú. Dicho así, parece tarea fácil, pero la lista del IOC es dinámica y se actualiza con frecuencia, según se descubren especies nuevas y se declaran extintas otras. La parte más complicada de la operación es cuando el IOC decide, por ejemplo, que una especie de ave es, en realidad, varias especies, y viceversa.

Eso hace que se «dividan» y «agrupen» especies, respectivamente, y supone una fuente de problemas para el pajarero, cuyo único deseo antes de ese gran peregrinaje es una lista fiable de lo que se ha visto en un país determinado para decidir sus objetivos durante el viaje.

Nuestras listas de Sudamérica eran muy largas, porque solo en Colombia hay mil novecientas especies. Era un documento poco manejable, en el mejor de los casos, y más aún si se tenían en cuenta las subespecies.

Con las hojas de cálculo terminadas, en un último arranque de energía antes de la partida, mamá anunció que documentaría en un blog todo el viaje.

En mi último día de colegio, me quedé abrumada cuando mis compañeros de primaria me dieron una tarjeta enorme para desearme buen viaje. Sentí una oleada de cariño por mis amigos y abrí mi primera cuenta de correo electrónico para seguir en contacto con ellos mientras estuviera fuera.

Sudamérica alberga un tercio de las aves del mundo: casi tres mil quinientas especies, dos mil quinientas de las cuales son endémicas. Al ser un continente de selvas tropicales, sabanas, microclimas variables y hábitats andinos a gran altitud, contiene una biodiversidad muy rica. Puede ser uno de los destinos más atractivos para quienes practican el pajareo mundial, ya que no hay otro continente donde convivan tantas especies de aves. Y, por supuesto, tendríamos otra oportunidad para avistar la arpía mayor en la Amazonia.

El guía que habíamos contratado para Colombia era un chico canadiense, Avery, de veinte años. Trabajaba para ProAves, una organización sin ánimo de lucro cuyo objetivo principal es proteger especies de aves amenazadas y los lugares en los que viven por toda Colombia, a través de la investigación, las medidas de conservación, la formación y la participación de la población local. En su empeño por salvar de la extinción a la aratinga orejigualda, llamaron la atención de Conservation Allies, una ONG que se dedica a detectar aquellas organizaciones sin ánimo de lucro locales más volcadas y eficientes que cuenten con una trayectoria demostrada de logros importantes. ProAves y otras iniciativas similares consiguen salir adelante gracias a ese tipo de ONG, que les facilita asistencia técnica gratuita y una plataforma desgravable para recaudar fondos destinados a sus proyectos de conservación. Al contar con un generoso respaldo económico, Conservation Allies no cobra gastos generales ni administrativos por las donaciones hechas a sus asociados. Se trata de un modelo único de auténtica relación de asociación para organizaciones de conservación locales en los países que más lo necesitan.

ProAves tiene un equipo de cincuenta y seis personas que trabajan a tiempo completo en Colombia y la mayor red de reservas de naturaleza en el trópico, que protegen a más del doce por ciento de las especies de aves del mundo en sus reservas y más del setenta por ciento de las especies más amenazadas de Colombia. Llevan a cabo medidas directas de protección en veintidós de los treinta y un departamentos en los que se divide el país.

El pavón piquiazul, en gravísimo riesgo de extinción, se salvó gracias a los métodos proactivos de ProAves, que lograron prohibir la caza de esta ave, del tamaño de un pavo. Como consecuencia, su densidad de población ha crecido de manera significativa.

En la década de 2000, no se hablaba tanto de las decisiones individuales con respecto al cambio climático; en concreto, de las consecuencias de la huella de carbono de cada cual, y lo mismo ocurría en la comunidad de pajareros. Hoy todos somos más conscientes de los efectos de nuestras acciones, aunque optemos por hacer caso omiso. Como el pajareo mundial guarda una relación estrecha con las cuestiones medioambientales, mis padres llevan mucho tiempo convencidos de que, si vamos a recorrer grandes distancias en avión, debemos equilibrar nuestra huella de carbono cuando llegamos a un nuevo país. Al contratar a guías locales y alojarnos en refugios ecológicos, intentan contribuir a la economía local y ejercer, en general, un impacto positivo en los lugares que visitamos. En el caso de Colombia, optamos por ProAves. Esta empresa contaba con sus propios refugios y gestionaba reservas naturales por todo el país. Una parte del dinero que pagamos servía para proteger los enclaves en los que vivían especies amenazas. El ecoturismo contribuye, y no poco, a que esos entornos sigan adelante y las especies raras sobrevivan. Es fundamental ejercer un impacto positivo si pretendemos viajar en avión y, al mismo tiempo, beneficiar en la medida de lo posible la ecología local.

El ecoturismo es una fuente segura de ingresos para la población local, que puede así ganarse la vida sin verse obligada a dedicarse a actividades que terminan destrozando los hábitats, como la tala de árboles, el pastoreo y la minería. Con unos ingresos alternativos y estables, pueden renunciar a la caza y la pesca para alimentarse. De ese modo, aumenta el número de ejemplares de animales y a los turistas se les presentan muchas más oportunidades de ver a sus criaturas favoritas en su entorno natural.

¿Viajar en avión o no viajar en avión? Para que los proyectos ecológicos perduren, necesitan a los turistas. Los hábitats y los animales necesitan turistas que sufraguen el trabajo fundamental de conservación y garanticen que no haya que recurrir a sectores hostiles para el medio ambiente. En la actualidad, soy embajadora de Survival International, organización en defensa de los derechos humanos de pueblos indígenas que reclaman «justicia climática local». Los países más pobres y las personas más vulnerables, sobre todo, el sur global, o los países en vías de desarrollo, son los que más sufren, pues al depender de la agricultura serán los más afectados por el cambio climático. Esa desigualdad ha dado pie a un movimiento nuevo: el movimiento por la justicia climática global.

Si la preocupación por la huella de carbono provoca que se ponga fin a proyectos de conservación, muchos seres humanos, hábitats, animales y aves sufrirán las consecuencias. Si se expulsa a los pueblos indígenas de sus territorios ancestrales en nombre de la conservación, serán ellos quienes lo pasen mal. El setenta y uno por ciento de la producción de carbono mundial procede de cien empresas, no se debe a que tal o cual persona decida viajar en avión. También es importante señalar que solo el 0,9 por ciento de los gases de efecto invernadero es atribuible a la aviación comercial internacional, mientras que la deforestación es responsable del 2,2 por ciento, una cifra que, sin duda, aumentaría sin el ecoturismo.

Cuando aterrizamos en Bogotá empecé a ser consciente, por fin, de la realidad de nuestro viaje: seis meses de pajareo. Ni siquiera el aguacero que caía al llegar me quitó las ganas de ponernos en marcha. Nos reunimos con Avery, nuestro guía, y con Digby, que se había dejado barba, estaba un poco rechoncho y llevaba el viejo chaleco de pescador que yo tanto le envidiaba. Era verde oscuro y estaba lleno de bolsillos; Digby no tenía más que meter la mano en uno cualquiera para sacar un paraguas, una brújula, un mapa, una navaja u otra cosa que necesitara. Buena parte de ese viaje la dedicaríamos a tratar de encontrarme un chaleco idéntico, pero de mi talla (no lo conseguimos).

No es de extrañar que mamá y Digby se lleven tan bien; comparten muchas cosas: los dos son bastante obsesivos y están siempre deseando ver la siguiente ave (¡aunque quién no!), tienen un puntito de competitividad y quieren pasarse todas las horas del día que puedan pajareando. Aunque es mejor no sacar el tema de la política…

Pero el viaje acababa de empezar, nadie quería discutir y, de todas formas, Diby iba a estar demasiado entretenido dándome clases de Lengua para ponerse a competir con mamá.

El primer par de días lo dedicamos a observar aves cerca de Bogotá; por ejemplo, en el Parque Nacional Chingaza, en los Andes orientales, considerado uno de los grandes tesoros naturales de Colombia, con su enorme cordillera cubierta de nubes blancas, sus lagos glaciales y sus junglas de árboles nudosos.

Cogimos el ritmo de levantarnos temprano para llegar a nuestro destino antes del alba. Yo añadí cuatro colibrís más a mi lista; entre ellos destacaba el calzadito cobrizo, un pájaro muy raro y casi endémico. Nos desplazábamos por la falda de la montaña, recorriendo a pie varios tramos de bosque dispersos entre tierras de labor y cruzando alambradas para llegar a las zonas de hábitat que aún quedaban. Estábamos buscando otra cosa cuando apareció el colibrí. Era de color verde iridiscente, con el vientre dorado, y lo que me resultó más curioso: tenía unos penachos de plumas algodonosas recubriéndole las patas (de ahí lo de «calzadito»).

En Colombia, todas y cada una de las aves eran un auténtico regalo, ya fuera el rascón de Bogotá, la cotorra pechiparda, endémica, o el churrín de matorral. Este último fue el motivo de una pelea tremenda entre mamá y Digby. Él lo había avistado primero y, presa de la emoción por ver aquella ave diminuta y leonada escabulléndose por el suelo como un ratón, tardó un segundo en avisarnos. Yo conseguí verlo de pasada cuando dio la voz de alerta, y papá también, pero a mamá se le escapó y le echó la bronca por guardarse el ave para él solo. Digby, ofendido y con razón, no se cortó en su réplica.

«Bienvenido al mundo del pajareo con la familia Craig», soltó papá. Ese episodio fue una especie de bautismo para Digby; por suerte, no le quitó las ganas de salir con nosotros.

Mamá, que no llegó nunca a ver el churrín, sacaba el tema un día sí y otro también; culpaba a papá, porque él lo había visto y ella no, y culpaba a papá y a Digby por dar malas indicaciones. Su furia no perdía intensidad con cada arrebato; todavía hoy le dura el enfado. Aunque eso forma parte del juego, no solo para mamá, sino para cualquier aficionado: si se te escapa un ave, nunca dejas de lamentarlo.

La única desventaja de esos días de pajareo maravilloso eran los trayectos en coche; si no iba durmiendo, me pasaban la lección con los libros que papá había puesto tanto celo en llevar. Él se encargaba de las Ciencias Naturales y las Matemáticas, mientras que Digby fue fiel a su promesa y se convirtió en mi paciente maestro de Lengua. Pero las clases que mejor funcionaban, o al menos las que más disfruté, fueron las de mamá. Aunque en Colombia no estuvo mucho por la labor, para cuando llegamos a Perú ya nos paseábamos las dos por los bosques pluviales y las sabanas de Sudamérica manteniendo unas conversaciones que ni una vez me parecieron monótonas. Esas charlas ambulantes abordaban la política de la zona en la que estuviéramos, así como las principales figuras históricas, la comida, la música, las costumbres y la fauna y flora.

De cualquier cosa que yo dijera podía salir una lección de historia. Por ejemplo, me pasé todo el viaje escuchando en bucle el disco *American Idiot*, de Green Day, lo que llevó a mamá a centrarse en lo que había tras las canciones; en ese caso, la angustia de una generación en contra de la administración Bush, el 11-S y la Guerra de Irak.

Mientras caminábamos y hablábamos a la sombra de árboles de cuarenta metros de altura, en el calor húmedo de la jungla, mis «clases» se intercalaban con historias de mi familia, la infancia de papá en Merseyside, los miles de primos de mamá, anécdotas divertidas y anécdotas tristes, como la muerte de mis dos abuelos. En el lugar más insólito del mundo, me sentí más unida que nunca a mamá.

Cuando aún faltaba una hora para el alba, salimos de Bogotá en todoterreno y pronto estábamos serpenteando por una empinada pista de montaña. Las inundaciones propias de la temporada de lluvias hacían que fuera peligroso ir muy rápido. Todavía estaba oscuro, por lo que avanzábamos con lentitud, cuando el conductor pisó el freno de golpe y detuvo el coche a pocos metros de un desprendimiento de tierras colosal. A un lado teníamos la pared del acantilado; al otro, una abrupta caída hacia el valle. La pista había desaparecido casi por completo. Pasé la vista de un adulto a otro, preguntándome cuál de ellos decidiría nuestro siguiente movimiento. Por el brillo que percibí en la mirada de mamá, supe que un simple desprendimiento no iba a dejarla sin sus aves.

Avery quería regresar, pero mamá no estaba dispuesta. El lorito de Fuertes, nuestro objetivo de aquel día, es un ave de las más importantes para quienes pajarean por el mundo. En Colombia está amenazado y se creía que se había extinguido hasta que lo redescubrieron en 2002, tras una ausencia de noventa años. Mamá, desesperada por ver uno, pensaba conseguirlo aunque eso implicara jugarse la vida. Insistió al conductor para que maniobrara por el paso que quedaba en el camino. Si queríamos tener alguna oportunidad de ver al loro, debíamos continuar montaña arriba. El lorito de Fuertes suele esperar a que asome el sol para salir volando del bosque, hacia el cielo, y desaparecer; si te pierdes el amanecer, te pierdes el pájaro. Faltaban pocos kilómetros, pero, sin vehículo, no llegaríamos a tiempo.

Al final, y tras desperdiciar unos valiosos minutos discutiendo, acometimos el ascenso por uno de los muchos senderos que llevan a la cumbre. La determinación de mamá era contagiosa y yo eché a correr por delante, muy por delante. Cuando me di la vuelta, me quedó claro que solo el entusiasmo no auparía a los adultos hasta la cima: el estrés de llegar antes del alba, sumado a la repentina aparición del mal de altura, les estaba pasando factura. Avanzaban sudando a chorros y jadeando.

—¡Venga! —les grité—. El sol va a salir ya mismo.

—Dejadme atrás —exclamó mamá, con gran dramatismo—. No quiero que os lo perdáis. Os espero aquí.

Le dio un empujoncito a papá, pero Digby la tomó del brazo.

—Aquí no se deja atrás a nadie —insistió él, formando a las tropas—: el que es soldado una vez, no deja de serlo nunca.

Pero el sol estaba saliendo y su luz inundaba el corrimiento de tierras, iluminando las granjas del valle por debajo y la selva por encima. Otra vez me pareció estar en la Tierra Media, con las luces de Bogotá a nuestra espalda. Nos encontrábamos aún muy lejos de la cumbre y seguramente el lorito de Fuertes ya se habría marchado del nido.

Nos dejamos caer, rendidos, en la hierba de la ladera, acordando sin necesidad de decirlo que esperaríamos un rato para ver qué otras aves aparecían. El aire era puro y cortante; y las nubes naranja se mezclaban con el cielo azul. Nuestra montaña era víctima de la deforestación, y las pocas aves que vimos estaban demasiado lejos para identificarlas. La mañana iba pasando y nos dedicamos a deambular, con los prismáticos apuntando al bosque de debajo. ¿Veríamos algún pájaro, aunque fuera uno solo? Ninguno había hecho acto de presencia y, en Colombia, donde proliferan las aves, la idea resultaba deprimente.

Yo estaba ajustando mis prismáticos cuando vi que mamá se había quedado petrificada, con una mano levantada, como queriendo responder una pregunta en clase.

Tenía los prismáticos orientados hacia los árboles que rodeaban los ondulantes campos de labor. Sobre las ramas más altas se extendía una nube espesa; si estaba observando un pájaro, no lograría identificarlo en medio de aquella niebla.

«¡Mirad! —dijo, por fin, volviéndose para hacer gestos a papá y a Digby—. ¡Allí! ¡Rápido!». Pero no le hicieron caso, concentrados como estaban en su inspección milimétrica de las copas de los árboles sobre la cresta de la montaña. Cuando estuvimos en Ghana, mamá se había equivocado varias veces al identificar una especie después de habernos despertado la esperanza de ver un ave rara o endémica, por lo que papá no tenía prisa por ir detrás de pájaros que no estaban allí; después de todo, nuestro lorito ya había abandonado el nido, por así decirlo. En nuestro mundillo no faltan quienes afirman haber visto un ave que no han visto, y les pasa como a Pedro con el lobo: al cabo del tiempo, nadie les presta mucha atención. No era el caso de mamá, ni de lejos. Ella solo estaba frustrada por su falta de concentración y su incapacidad de ver un ave que, en teoría, según papá, tenía justo delante. Pero se acercaba peligrosamente a que no la tomaran en serio.

Avery acudió al rescate. Orientó su telescopio y miró hacia donde ella estaba señalando con el dedo.

«¡Lorito de Fuertes!», gritó, dando un golpe al aire.

A los pocos segundos, papá y Digby abordaron la pendiente a la carrera. Avery me dejó su telescopio y allí estaba el lorito, volando en amplios círculos por encima de las copas de los árboles, un destello contra el follaje verde. La deforestación y la pérdida de su hábitat natural han puesto en grave peligro a esta rareza de color verde musgo, que desplegó sus alas rojas y añil como alardeando, solo para mí, de su manto multicolor, y se elevó. Durante un instante, el azul de sus alas se confundió con el del cielo, y volvió a ocultarse, como una bala de plumas, entre la niebla de las copas. No pudimos evitar una exclamación de alegría.

El hecho de haber visto nuestra ave objetivo fue un augurio fantástico para el resto del viaje. Nos habíamos ganado las rosquillas que disfrutamos en el trayecto de vuelta, entre los atascos de las calles de Bogotá.

—Se acabó lo de no tomarme en serio, ¿vale? —le advirtió mamá a papá, con la boca llena de rosquilla.

—Te lo prometo —respondió él, avergonzado—. ¿Quieres la otra mitad de mi rosquilla?

La Reserva ProAves Reinita Cielo Azul está situada en la falda occidental de los Andes orientales, cerca del municipio de San Vicente de Chucurí, en una zona inmensa poblada de robles. Se encuentra al final del histórico camino de Lengerke, empedrado y musgoso, que construyó en 1840 el ingeniero y terrateniente alemán Geo von Lengerke. En las pausas que hacíamos a cada rato para descansar durante el abrupto ascenso, era imposible no pensar en el transcurso del tiempo. Miles de pisadas, quizá millones, han desgastado estas piedras hasta dejarlas lisas. Con el cambio de estaciones y el devenir de los años, se había ido expoliando el bosque húmedo para la obtención de madera. Se taló y volvió a crecer, y, durante ese largo proceso, también se multiplicaron iniciativas para conservar el hábitat local que, por suerte, han salido bien y, con ello, han propiciado la vuelta de las aves.

Llegamos a la reserva a altas horas de la noche. Como estábamos a varios kilómetros de la población más cercana, no había contaminación lumínica, y nos fuimos a dormir en la más absoluta oscuridad, sin ver nada del entorno. A la mañana siguiente nos levantamos temprano, aún sin luz, después de pocas horas de descanso, y a las tres de la mañana emprendimos un largo trayecto a pie por labrantíos y el ascenso de una pendiente muy pronunciada por el camino empedrado, intentando no resbalar con el musgo. La espesura del bosque flanqueaba nuestros pasos; fue una subida silenciosa, lenta y oscura. Cuando salió el sol, terminó el ayuno nocturno de las aves. Observamos al corcovado gorgiblanco (una rareza, que suele ser dificilísima de ver) salir bamboleándose desde detrás de los altos robles para comer. Tres ejemplares diminutos de esta especie en peligro, con el pecho castaño, treparon silbando al sendero y empezaron a picotear las semillas que durante la noche habían esparcido para ellos los responsables del centro.

Yo estaba impaciente por encontrarme con los colibrís; oímos el zumbido de sus alas mucho antes de verlos. En un pequeño claro entre unos robles colosales, había comederos colgando de las ramas bajas e, incluso con la escasa luz, sus cuerpos psicodélicos centelleaban. Colibrís verdemar, amazilias buchicastañas, amazilias verdeazules: centenares volaban poseídos por un delirio alimentario. Al enjambre se sumaron incas negros y amazilias capiazules, dos especies nuevas para mí que solo se encuentran en Colombia. Recordé la promesa que me había hecho en Ecuador de ver todos los colibrís del mundo, y su porqué: sencillamente, esas aves me hacían feliz.

Los colibrís son unas criaturas fascinantes. Se encuentran en cualquier parte del continente americano; desde Alaska, en el norte, hasta Tierra del Fuego, en el sur. Entre ellos se incluye el pájaro más pequeño del mundo, el colibrí zunzuncito, que es originario de Cuba y mide solo cinco centímetros. Bate las alas tan rápido, hasta noventa veces por segundo en el caso de algunas especies, que crea un zumbido audible para el ser humano. En la densidad de la jungla, es habitual oírlos antes de verlos o, algo muy frustrante, no verlos. Pueden darte un susto cuando te pasan zumbando junto a la oreja, como si fueran insectos gigantes. Tanto batir supone un gran esfuerzo para ellos, así que los colibrís tienen una tasa metabólica increíblemente alta. Por suerte, cuentan con su propia fuente de bebida energética: el néctar de las flores, muy rico en azúcar, que succionan a través de unos tubos sujetos a su larguísima lengua. Sus alas están adaptadas para que puedan quedarse fijos en un sitio, suspendidos, mientras le dan sorbitos a su bebida favorita, y los sustentan tanto en el movimiento ascendente del ala como en el descendente (es la única ave capaz de ello). Por la noche, como no pueden comer, entran en una especie de hibernación fugaz, un letargo momentáneo que pone en pausa su tasa metabólica para ahorrar energía.

A mediodía, emergimos a la brillante luz del sol en la cumbre de la montaña, sudorosos y sin aliento. Mientras nos disponíamos a almorzar, vimos nuestra ave objetivo del día, sin buscarla siquiera. El chango colombiano, especie endémica del país, apareció planeando y nos sobrevoló describiendo un amplio círculo. Es de color negro tizón, con una curiosa mancha roja bajo las alas.

Al bajar la ladera, entre los cafetos cultivados a la sombra por los que era famosa la reserva, nos pareció oír un cucarachero de Nicéforo, pero la espesura era tal que no se podía distinguir nada. Fuimos siguiendo su voz y por fin vislumbramos aquella ave de aspecto raro, que se hallaba en una rama lejana, cantando a pleno pulmón. Su enorme pico la hacía parecer un poco desproporcionada y le daba un cierto aire de depredador, cosa curiosa, porque es pequeñísima. Choqué los cinco con los del grupo. Era mi especie número dos mil, todo un hito.

Los tororoís son aves de primera división en Colombia. Son exclusivas de América Central y del Sur, con un total de cincuenta y cinco especies; se cree que solo en Colombia hay veintisiete.

Son famosos por su carácter esquivo y a menudo resultan difíciles de distinguir en sus hábitats naturales, los bosques. Así que, con no poca inquietud y mucha emoción, visitamos la remota reserva de Río Blanco, donde teníamos previsto alojarnos. No había electricidad y llovía con fuerza la noche de nuestra llegada. Al día siguiente, el bosque entero era una trampa de resbaladizos senderos embarrados; no podíamos adentrarnos en él hasta que se hubiera secado, así que, cambiando de planes, dedicamos la mañana a pajarear siguiendo una pista al descubierto y, por la tarde, decidimos intentarlo otra vez.

Los tororoís tienden a aparecer solo cuando se los llama. Yo ya había visto en Ecuador el tororoí gigante y el ponchito ocráceo, y en esta ocasión, un par de horas antes del atardecer, aún albergábamos la esperanza de añadir el ponchito encapuchado a nuestra lista. Avery iba pertrechado de varios cantos de tororoí en su móvil, pero entre ellos no se encontraba el del ponchito encapuchado, un ave muy poco frecuente.

La grabación del canto alerta al ave de la presencia de un intruso en su territorio, que, naturalmente, querrá defender, con suerte, volando hacia el sonido y emitiendo una orden de evacuación inmediata. Avery nos aseguró que otro guía, que estaba en el mismo bosque con su grupo, le «cedería» el canto, así que allá que fuimos en su busca.

Cuando le localizamos, en medio de su grupo, se mostró reticente a compartir la grabación. Parte del «valor» de los guías locales es su conocimiento exclusivo del hábitat y las costumbres de la avifauna, y, en el caso de aquel en concreto, su mérito era ser el único que tenía el canto del ponchito encapuchado. El sector de los guías ornitológicos es muy competitivo y resulta fácil entender por qué quería conservar la exclusiva de ese código de acceso tanto tiempo como fuera posible.

Fue decepcionante, pero los pajareros somos, por lo general, gente estoica; ¡siempre hay más aves que ver! En un lugar soleado entre palos mulatos, escuchamos el trino de tangaras y tucanes, cruzando los dedos por que hicieran su aparición.

—¡Chist! —Avery se quedó inmóvil, con un dedo en los labios—. ¡Encapuchado! —susurró.

—¿De verdad? —murmuró papá, con cierta desesperación.

Avery asintió con la cabeza, sacó el teléfono y grabó el canto. Para esperar a cualquier tororoí hacen falta toneladas de paciencia, así que nos pasamos la siguiente hora aguardando, mientras, a cada rato, Avery hacía sonar el canto en dirección al bosque. Estaba ya oscureciendo y a papá le preocupaba que nos perdiéramos en el camino de vuelta al alojamiento, pero mamá, Digby y yo queríamos quedarnos. Solo cuando a Avery también le pareció que era hora de irnos, nos pusimos en marcha, a regañadientes.

Cuando salíamos del bosque, sin haber tenido suerte, para tomar el camino empedrado, nos encontramos de nuevo al otro grupo de pajareros, y mamá se puso a charlar con dos mujeres y a relatarles nuestra búsqueda del ponchito encapuchado. Ellas también le contaron su propio fiasco: el guía había estado reproduciendo una y otra vez el canto y recibía la respuesta, pero el premio no apareció. No tardaron mucho en deducir que no había ningún ponchito encapuchado, solo los sonidos de un iPhone respondiendo a los de otro.

Para entonces, mi desesperación por ver un colibrí nuevo iba en aumento, así que pusimos rumbo a la Reserva Colibrí del Sol, que, desde nuestro alojamiento, suponía un trayecto de tres horas a caballo. Bueno, a caballo iba yo; mamá, papá y Digby cabalgaban a lomos de mulas, con las piernas colgándoles cómicamente por los flancos. Aquello era montar al auténtico estilo del salvaje Oeste: ni sombrero ni botas de vaquero. Agarrados a los pomos de acero de las sillas, subimos senderos empinados, cabalgamos por laderas cubiertas de hierba y cruzamos arroyos por los que el agua corría con brío. El hecho de que ninguno supiéramos montar no fue impedimento; allá que fuimos, con el colibrí por zanahoria. Llegamos doloridos a la reserva, en lo alto del bosque de montaña, atestado de una variedad inmensa de comederos para colibrís. Las aves estaban, como era habitual, zumbando alrededor como si de caramelos envueltos en celofán se tratara. ¿Cómo iba a encontrar mi premio entre tantos otros? Acalorados y exhaustos, subimos andando a la zona más alta, con la esperanza de divisar mi ave entre los árboles. Todos los colibrís son preciosos, pero el colibrí del sol, también conocido como inca oscuro, tiene algo especial. Esta ave diminuta, que está en grave peligro de extinción, destaca porque su plumaje iridiscente, de ricos azules, verdes y dorados, refulge al atrapar la luz del sol.

Esperamos. Las lecciones de pajareo que me enseñaba papá se hicieron más precisas: cómo guardar completo silencio en un bosque lleno de ruidos, cómo colocarme para ver mejor, dónde ponerme para no llamar la atención. Las aves son criaturas silvestres que se asustan con facilidad; estaba aprendiendo a hacerme invisible.

¿Era aquello de allí?

¡Sí! Posado en una rama a escasa altura, bajo la luz directa del sol, aquel pájaro resplandeciente que emitía trinos y centelleos era demasiado asombroso para ser de verdad. Lo observamos en silencio. Los verdes brillantes del follaje que nos rodeaba, el azul penetrante del cielo, las nubes bajas, todo eran colores fuertes y vibrantes que no despertaban sino admiración, pero que apenas llegaban a la altura de aquel pájaro deslumbrante, del tamaño de un puño, extrañamente ajeno a nuestra presencia. Cuanto más lo miraba, más quería no tener que darme jamás media vuelta.

«Seguro que estás encantado de decirnos adiós», le dijo mamá a Digby mientras este hacía las maletas: su mes en Colombia había llegado a su fin. Aunque parecía que lo decía un poco en broma, era consciente de que en ocasiones había sido una compañera de viaje difícil. Habían tenido varios encontronazos, por lo mismo de siempre: ella no veía el ave que los demás estábamos admirando y lo pagaba con quien se hallara más cerca. A veces esa persona era Digby. Pero él era también quien apaciguaba, y a menudo rebajaba, la tensión en las discusiones de mis padres. Hacia el final de su estancia, inventó un «índice de armonía en los Craig», una extraña herramienta para tomarle la temperatura al estado de ánimo de mi familia. Por lo general, nos llevábamos bien, nos alegrábamos cuando todos habíamos visto el ave que íbamos buscando, excepto en aquellas ocasiones en las que uno de nosotros no lograba avistarla (normalmente, mamá). Entonces, el índice caía en picado y, en lugar de armonía, había discordia. Cuando Digby se despidió de nosotros, me dio pena verlos marcharse a él y su chaleco; ¿recaería ahora en mí su papel de mediador? El índice de armonía en los Craig había hallado cierta estabilidad cuando se fue. Estábamos listos para ser de nuevo tres; ya habíamos encontrado nuestro sitio.

Las seis semanas en Colombia habían terminado. Echaría de menos muchas cosas de aquel país, pero no las duras marchas a pie subiendo y bajando montañas. Aunque había que reconocer que, sin esos días largos y agotadores, no habría visto las especies endémicas que hicieron de ese viaje un triunfo personal de la observación de aves. Soy consciente de que, cuanto más te esfuerces para encontrar un ave, mayor será tu premio y más dulce el disfrute. Y... había sumado casi cuatrocientas aves nuevas a mi lista mundial.

Tomamos el avión con destino a Bolivia el día de mi décimo cumpleaños. Desde el aeropuerto internacional de El Alto, en La Paz, pusimos rumbo a la Amazonia boliviana y Sadiri Lodge. En términos de pajareo, suele estar a la sombra de sus vecinos Perú y Brasil, pero la enorme variedad y escala de hábitats que ofrece es apabullante. La Amazonia y el altiplano andino albergan el inmenso lago Titicaca, el bosque seco de la Chiquitania y el Chaco, que se extienden hacia Paraguay, los bosques nubosos de las yungas, el raro bosque de polylepis y la sabana de pastos altos de los llanos del Beni; cada uno de estos entornos tenía su propio conjunto de especies, que han evolucionado de forma única para adaptarse al medio.

Sadiri Lodge, situado en el interior del inmenso Parque Nacional de Madidi, es un santuario en las faldas de las montañas, con vistas panorámicas a la cordillera de las serranías Chiquitanas, en una ubicación privilegiada; el aire húmedo del bosque tropical hace de imán para las aves, y solo en esta área se han detectado cuatrocientas treinta especies.

En aquel momento, yo habría preferido que nos alojáramos en el albergue ecológico Chalalán, cerca de allí, por la legendaria historia de su construcción. El aventurero israelí Yossi Ghinsberg anhelaba conocer al escritor Henri Charrière, que relata en su autobiografía, *Papillon*, cómo escapó de una famosa colonia penal en la Guayana Francesa para terminar sus días en Venezuela. Por desgracia, cuando Ghinsberg consiguió reunir el dinero suficiente para el viaje, en la década de 1980, Charrière había muerto, pero él se marchó igualmente a Sudamérica.

Tras un percance que lo separó de los otros tres hombres con los que recorría la selva amazónica boliviana, Ghinsberg se extravió. Al cabo de tres semanas, famélico y casi inconsciente, lo rescató la comunidad indígena de San José de Uchupiamonas. A dos de sus compañeros se les perdió el rastro para siempre.

Diez años después regresó a Bolivia, consternado al enterarse de que la comunidad de Uchupiamonas estaba menguando; los jóvenes dejaban a sus familias para buscarse la vida en las ciudades. Con la ayuda de Ghinsberg, la comunidad indígena local construyó y puso en funcionamiento el albergue ecológico Chalalán, que desde entonces es todo un modelo de turismo gestionado por la población local.

Justo ese tipo de iniciativa es lo que me motivaba de Bolivia. Los lucrativos contratos con explotaciones madereras, legales e ilegales, habían llevado a la destrucción de muchísimas comunidades, cuyos hábitats terminaban yermos e inútiles. Pero también nos encontramos con pueblos, como el de los uchupiamonas, que habían tomado las riendas de su destino y creado santuarios en los que proteger el territorio y los animales.

Ruth Alipaz, originaria de ese pueblo, tenía once años cuando renunció a las tradiciones de su comunidad y decidió marcharse a estudiar. Varios años después, volvió junto a su gente, con un sueño. Los convenció de que, en lugar de aceptar un contrato de deforestación, se sumaran a su proyecto de montar un albergue ecológico que acabaría siendo Sadiri Lodge.

Trajo a obreros y artesanos locales para que enseñaran a los pueblos indígenas a construir el albergue y el mobiliario. Una vez terminado el proyecto, podrían seguir usando esas habilidades para ganarse la vida.

Mientras tanto, Sandro, nuestro nuevo guía, también perteneciente a esa tribu, había aprovechado sus destrezas de cazador para reinventarse como avezado pajarero. ¿Por qué desperdiciar una vista de lince y un buen oído? El plan de Ruth funcionó, y en la actualidad, con el albergue, disponen de una fuente sostenible de ingresos, en lugar de un único pago por la explotación maderera y la pérdida de un hábitat insustituible. De este modo, el turismo consciente protege tanto a las comunidades como a las especies en peligro.

Hacía poco que se había inaugurado Sadiri Lodge: todo estaba nuevo y reluciente. Una auténtica aventura: éramos exploradores de la Amazonia rumbo a lo desconocido. Seguro que conseguía ver mi arpía mayor. Nuestra primera excursión al bosque húmedo vino marcada por una maravillosa explosión de colibrís, criaturas resplandecientes con nombres igual de resplandecientes como colibrí amatista, esmeralda coliazul y zafiro colidorado, cada uno de ellos una joya de colores brillantes que inspiraron a los científicos que les dieron nombre. Mi favorito, la coqueta crestirrufa, de seis centímetros y medio, era pequeño, cuando menos, en comparación con los enormes guacamayos azulamarillo que volaban por encima. El tocado puntiagudo naranja de la coqueta, con las puntas negras, como un peinado *punk*, la hacía fácil de ver. En un árbol junto al sendero, a plena vista, se había posado un cuclillo pavonino. Aunque por lo general es tímido y reservado, nos devolvió la mirada. Lo miramos y nos miró, despreocupado; ¿acaso éramos los primeros pajareros con los que se cruzaba? Un silbido de dos notas, que parecía proceder del lecho ondulado del bosque, hizo que Sandro se parara en seco: ¿qué era aquello? Mientras seguíamos el sonido entre los árboles, el canto continuaba avanzando por delante de nosotros. Al cabo de un largo rato, un mosquero terrestre norteño salió reptando de entre la capa de hojas secas. El ave, que vive en el suelo y tiene un tamaño similar al de un tordo, estaba enfrascada en picotear la tierra y tragar insectos.

¿Y la arpía mayor? La buscamos, claro está. Pero Sandro no tenía constancia de que hubiera nidos activos, que es donde suele encontrarse al águila, así que nuestra única esperanza era que alguna pasara por allí volando. Todavía nos quedaban varias semanas por delante para conseguir ver aquella imponente ave que ya estábamos desesperados por avistar.

Volamos en un avión minúsculo hasta la reserva Barba Azul, en la sabana beniana. Después de una hora de trayecto embutidos en nuestros asientos, acabábamos de iniciar el descenso cuando capté unas cuantas palabras en español procedentes de la cabina (yo era la única de los tres que lo hablaba). Al asomarme por la ventanilla, a mí se me vinieron también a la mente unas cuantas palabras. Nuestra «pista de aterrizaje» era un campo lleno de vacas.

El piloto se puso a dar pasadas rápidas por encima, como una golondrina gigante, en un intento de agrupar los animales a un lado, pero ellos apenas se percataban de nuestro avioncito. Tras varios intentos fallidos de aterrizar y ya casi sin combustible, nuestro salvador hizo su aparición en un caballo al galope. ¡El granjero había llegado! Solo le hicieron falta uno o dos minutos para despejar la zona. A nuestro piloto, muy aliviado, se le escaparon otras cuantas palabrotas, ya más alegres, cuando por fin tocamos tierra.

En un paisaje seco (casi lo contrario del espléndido Sadiri Lodge) y bajo un sol de justicia, hicimos nuestra primera excursión a las plantaciones de palmera, hogar del guacamayo barbazul, que casi siempre busca, para anidar, las cavidades de árboles muertos. El guacamayo barbazul es un loro precioso, tan extraordinario que se convirtió en una de las aves más habituales en el tráfico ilegal de animales de Sudamérica. Esto, junto con la deforestación, hizo que su población cayera en picado. En 1998, solo había treinta y seis guacamayos en libertad y parecían estar al borde de la extinción, pero un intenso trabajo de conservación ha logrado aumentar la cifra a más de cuatrocientos ejemplares. No costaba entender que alguien quisiera tener una de estas aves de mascota; resultan fascinantes. Son de color turquesa, con el vientre amarillo intenso y casi un metro de envergadura. Cuando levantan el vuelo, recuerdan a un rayo de sol, pero a mí la idea de encerrar esa belleza en una jaula me resulta aberrante. No hace falta que bailen o canten, ni enseñarles a hablar; me basta con saberlos vivos y en libertad.

Por desgracia, uno de los recuerdos más vívidos que conservo del Barba Azul no es el ave, sino los mosquitos. Estaban sedientos de sangre, claro, pero les gustaba especialmente la mía y, como palomas mensajeras, se abalanzaban sobre mí en lo que parecían pandillas buscando bronca cada vez que salía al aire libre. ¡Y picaban a través de tres capas de ropa! Si no estábamos observando aves, yo me quedaba en la habitación, rociándome de repelente antes de esconderme tras la mosquitera.

Entre un albergue y otro, mamá escribía en su blog, como había prometido. Cada vez que teníamos cobertura, subía a internet las notas que había ido tomando. Su ambición por documentar los tramos de nuestro viaje la absorbía por completo, y a papá le molestaban cada vez más las excursiones en busca de un cibercafé desde el que añadir contenido a su épico diario virtual. Pero, como obsesión, tampoco era de las peores; al menos estaba disfrutando.

Al oeste, en la frontera con Chile, y a cinco mil metros por encima del nivel del mar, se encuentra el parque nacional más antiguo de Bolivia: Sajama, que alberga volcanes de cumbres nevadas, extrañas formaciones rocosas, manantiales de aguas termales y ruinas antiguas. Con aire añejo, me recordaba a las primeras escenas de *2001: Una odisea del espacio*, aquellas imágenes de la Tierra antes de la evolución del ser humano. Las frías temperaturas andinas se hacían patentes en las mejillas rubicundas de la población indígena aimara.

Enseguida nos dimos cuenta de que nos resultaría difícil respirar a esa altitud. Era como si estuviera intentando andar por una piscina con pesas en las muñecas y los tobillos. ¿Cómo lo conseguiríamos? Charlando con un vivaracho campesino aimara, papá consiguió hacerle entender que nos costaba mantenernos erguidos, ¿qué nos aconsejaba? El hombre se sacó una bolsa de papel marrón del bolsillo y nos enseñó el contenido: un revoltijo de hojas verdes. Para más seguridad, también abrió la boca para mostrarnos las que estaba masticando.

Fuera de Sudamérica, es ilegal cultivar hojas de coca (todo lo relacionado con la cocaína está prohibido a nivel internacional), pero, en Sudamérica, la emplean para varios usos tradicionales y no recreativos, uno de los cuales es paliar el mal de altura. Cuando el campesino nos ofreció su bolsa, cogimos cada uno una hoja y nos la metimos, obedientes, en la boca. Luego nos dieron a probar la infusión, que me pareció repugnante; yo prefería las hojas y, mientras las fuéramos masticando con regularidad, podíamos seguir avanzando.

Sin embargo, el mal de altura no era la única dificultad en Sajama: también estaba el frío. Cada mañana, el lago que había junto a nuestro albergue amanecía cubierto de hielo y, por la noche, había que dormir bajo una cantidad de mantas agobiante. Pocas aves logran sobrevivir a esas temperaturas y resultaba incongruente que el flamenco chileno fuera una de ellas. Sus patas largas y finas parecen quebradizas, como si fueran a partirse en las gélidas aguas. Su llamativo plumaje rosa contrastaba de forma espectacular con la monotonía del paisaje circundante. Otras aves expertas en dosificar su subsistencia en estas condiciones extremas escarbando la tierra en busca de semillas son el tinamú pisacca, la agachona chica, la palomita aimara, la dormilona de Taczanowski y el chirigüe culigualdo. Todas están adaptadas a vivir a gran altitud. Una bandada de ñandús petizos, el primo sudamericano del emú, paseaba sin prisa por la zona con sus patas largas y robustas. A pesar de que no vuelan, corren más rápido que sus posibles depredadores y alcanzan velocidades de hasta sesenta kilómetros por hora. El largo cuello, los grandes ojos y un oído muy fino constituyen un sistema de alerta precoz.

Hay siempre un ave que no consigues ver, «la que se te escapó». En este caso, fue especialmente doloroso. Oímos el canto del chorlitejo cordillerano, una limícola preciosa que ocupaba una de las primeras posiciones en nuestra lista de aves más buscadas, flotando a través del silencio de un lago andino, y no fuimos capaces de localizarlo. Casi tuve que sujetar a papá para que no se desnudara y se fuera nadando hasta la orilla más alejada. «¡Hace mucho frío! —supliqué—. Como te metas, te mueres». Hizo caso a regañadientes. Había más aves que ver. Fue una decepción, pero es que hacía mucho frío. Si a los tres se nos escapaba un ave, era mucho mejor que si se le escapaba solo a uno.

Nos marchamos de Sajama el día en que se daba un suceso astronómico poco habitual. El 5 de junio, Venus iba a pasar por delante del sol. Mientras que yo no vi más que un borrón muy tenue, una mota negra, me enteré después, con cierta envidia, de que en el valle del Chew mis amigos habían disfrutado del espectáculo con gran jolgorio. Pensé en las fiestas de pijamas, las tardes de juegos y los cumpleaños que me estaba perdiendo y, por primera vez, sentí un poco de nostalgia.

En Perú hay más de mil ochocientas especies de aves, casi tantas como en Colombia. Con más de cien endémicas en el país, era como si cada valle nuevo en el que nos adentrábamos tuviera su propio muestrario. Antes incluso de que el avión tocara la pista de aterrizaje, empezamos a tachar en nuestra lista. Era, literalmente, el paraíso de los pajareros. Por poner las cosas en perspectiva, hasta la fecha he visto más de cinco mil especies (la mitad de las que hay en el mundo) y solo en ese viaje a Perú anoté más de mil.

Ya llevábamos en Sudamérica casi tres meses y nos acercábamos al ecuador de nuestro periplo. Perú, con muchas especies objetivo más fáciles de ver que en Colombia o Bolivia, era nuestra última parada, y la más larga. A partir de ese momento nos moveríamos constantemente; no nos quedamos más de cuatro días en ningún sitio. Nuestra rutina era caótica; no deshacíamos nunca el equipaje, porque carecía de sentido meter los jerséis en un cajón por la mañana para devolverlos a la maleta esa misma noche. Me olvidé de mis amigos, de mi casa y del colegio; esa era mi vida: viajar, observar aves y las clases que me daban mis padres. A mamá se le había acabado ya el entusiasmo por su blog, así que era raro que nos pasáramos horas buscando cibercafés por ahí. Era una buena señal; estaba relajándose y disfrutando de la aventura y del presente. Me daba cuenta de la diferencia con Ghana, donde su incapacidad para concentrarse la había frustrado profundamente. En nuestros primeros días en Perú, parecía descansada, más tranquila, a pesar del constante traslado de un sitio a otro, y mucho más contenta de tomarse su tiempo para descubrir aves, incluso cuando papá o yo las habíamos visto antes.

Pero esa felicidad no duraría mucho.

Cuando Ayesha nos llamó para anunciar que estaba embarazada otra vez, a mamá le cambió el humor. En realidad, ni a mamá ni a papá les emocionó la noticia. A pesar de la ayuda que les prestaban, mi hermana y su pareja seguían viviendo con estrecheces. Yo, en cambio, no pensaba en nada de eso; me encantaba la idea de tener otra sobrina u otro sobrino.

«Ha tomado la decisión consciente de tener otro hijo —dijo papá, al fin—. Ya no es una niña; debemos respetar su criterio». Se había resignado.

Mucho después, le pregunté a Ayesha si lo de soltarnos la bomba mientras estábamos fuera había sido por el enfado de sentirse abandonada. «Puede ser, un poco», confesó. Pero también entendía por qué habíamos tenido que marcharnos. En el fondo, sabía que esos viajes eran tanto por nuestra supervivencia como por las aves.

En el centro de Perú, cruzamos los Andes de oeste a este al comienzo de nuestra excursión al bosque nuboso de Unchog. Serpenteando por la larga y polvorienta carretera de Satipo, famosa por ser una de las mejores zonas de pajareo de Perú, esperábamos ver todas las especies endémicas que fuera posible mientras recorríamos profundos valles y densas junglas.

Las montañas peruanas estaban repletas de aves, en los inmaculados hábitats de las laderas, abruptas e inaccesibles. La primera vez que subimos y bajamos, nos topamos con una franja distinta de vida aviar en cada nivel.

Había un ave que mamá y papá iban siempre buscando, diría que en cada uno de los valles y laderas de nuestro viaje: el tororoí rufo. Un par de años antes, se habían escuchado rumores de que la comunidad científica iba a «dividir» veinte subespecies o más de esta ave en otras nuevas. (Estaba claro que tocaba actualizar nuestras hojas de cálculo). Nadie sabía muy bien qué iba a pasar, así que papá concluyó que lo mejor era intentar verlas todas. Desde que aterrizamos en Perú, no dejamos de buscar al tororoí rufo. Llegamos incluso a pararnos para tratar de divisar uno en un puerto de montaña muy alto, en mitad de la nada, en un espacio diminuto de un hábitat idóneo para él. Aquel era tan raro que la subespecie a la que pertenecía ni siquiera tenía nombre científico, pero papá no quería correr riesgos.

A los no pajareros, el motivo de ese comportamiento obsesivo puede parecerles una cosa de frikis. Si una especie se «divide», un buen aficionado al pajareo ambicionará sumar cada una de las variedades «nuevas» a su lista. Queríamos ver cuanto antes todas las variedades de tororoí que pudiéramos, y así no tener que volver en algún momento del futuro para descubrir las recién reclasificadas que se nos hubieran escapado. El principal rasgo que distingue a cada subespecie es su canto, como sucede con el resto de aves, pero, a diferencia de otros animales, las líneas que las separan son muy finas. Es difícil responder a la pregunta de si unas pequeñas disparidades suponen una variación moderada dentro de una especie o definen una totalmente nueva. Y algunas se distinguen solo por su ADN, ya que carecen de rasgos distintivos visibles. ¡Sí que es una cosa de frikis!

Al final, todo está relacionado con el entorno. Organizar nuestro viaje en paradas en cada uno de los valles principales era una forma de optimizar las opciones de ver las muchas variedades de tororoí rufo y otras más, porque era dentro de esa compleja geografía montañosa donde las poblaciones aisladas de aves, con el tiempo, evolucionaban hasta convertirse en especies nuevas.

¿Es difícil de entender? Seguro. Pero es una radiografía de la dedicación extrema que ponían mis padres para aprovechar al máximo cualquier oportunidad de pajareo que se nos presentara en Sudamérica.

Para mí, que tenía diez años, aquel fue el ejercicio menos apasionante del viaje; me parecía que estábamos viendo el mismo pájaro una y otra vez. Pero a mamá y a papá les encantaba. En general, los pajareros mundiales competitivos dedican mucho tiempo a pensar en estas cosas.

(Sin embargo, mientras escribo esto, tengo a papá asomado por encima de mi hombro, pavoneándose. «¡Te lo dije!». Y es verdad: gracias a él, he sumado cinco tororoís, nada menos, a mi lista).

El bosque de Unchog se encuentra en un diminuto valle de bosque nuboso, a gran altitud, en las faldas orientales de la cordillera de Carpish. Es un punto de observación de aves fundamental que alberga un buen puñado de especies endémicas, y queríamos estar allí antes del alba, por lo que decidimos pasar la noche acampados, bajo un frío helador. La cremallera de la tienda no cerraba bien y tuvimos que dormir con casi toda la ropa de abrigo puesta, gorro, bufanda y guantes incluidos.

Fue una etapa bastante intensa; nos pasábamos el día fuera, caminando por montañas, y no regresábamos hasta el anochecer, cuando, agotados, nos embutíamos en la ropa y cerrábamos los sacos de dormir. Aunque, la verdad, mirando atrás, al leer sobre la expedición que hizo el legendario ornitólogo Ted Parker a la zona en 1974 me da la impresión de que nosotros lo tuvimos fácil. Su ascenso de casi tres mil setecientos metros montaña arriba, del amanecer al anochecer, en medio de la niebla, de una lluvia punzante y gélida y de vientos huracanados durante los cuatro días que pasó buscando la tangara, puede ser o bien un relato épico de la fuerza y la pasión de la observación de aves, o bien una clara demostración de lo locos que estamos, según la perspectiva de cada cual.

La primera mañana, nuestro guía no quiso que saliéramos al alba, como habíamos hecho durante casi todo el viaje por Sudamérica. Insistió en que disfrutáramos de un buen desayuno en torno a una mesa plegable instalada junto a la carretera de montaña. Luego, nos pidió que esperáramos una hora antes de salir, para hacer la digestión. Todo era muy confuso; los observadores de aves no se sientan a desayunar y, desde luego, no esperan a hacer la digestión: se levantan temprano y comen por el camino, siempre.

Estábamos en la linde de un abrupto vallecito, casi yermo excepto por un puñado de árboles atrofiados. Cuando salió el sol, la parte umbría del valle quedó bañada por una intensa luz. En las ramas del bosquecillo que se extendía más abajo refulgían pequeños frutos de color naranja y, justo a su hora, la espectacular tangara dorsidorada, tan difícil de ver, apareció también para desayunar. El bosque de Unchog, famoso por sus tangaras, era un imán para los fanáticos de esta ave, y los más entusiastas se levantaban antes que el sol para avistarla. Pero nuestro guía conocía bien las costumbres de esta tangara en concreto. Sabía que aparecería sobre las nueve de la mañana, con el calor de los primeros rayos, para darse un banquete de fruta. Al tiempo que mis huesos helados empezaban a descongelarse, la tangara voló hasta una pendiente cercana para alimentarse de las flores rojas, en forma de corona pequeña, que crecían en el claro donde habíamos acampado. Nos quedamos en silencio viéndola comer, un ave pequeña pero espectacular, con unas alas negrísimas que salen de un manto dorado y una corona de plumas celeste. Cuando estuvo satisfecha, se quedó dando saltitos entre las piedras del claro, seguramente para digerir su comida, antes de marcharse volando.

Fue un momento especial, un acontecimiento único. Y el mejor día del viaje para mamá. Después, y hacia el final del periplo, un par de incidentes nos alertaron a papá y a mí de que lo estaba pasando mal: se le había agotado la tolerancia al resto de la gente.

Acabábamos de ver a la remolinera ventriblanca, rara y hermosísima. Un ave impresionante, con la parte inferior de un blanco puro y las alas marrón cobrizo, que se había posado a canturrear en una roca en mitad de una ciénaga, en un puerto de montaña a bastante altura. Satisfechos, seguimos explorando el hábitat, formado por penachos de hierba, tras nuestro siguiente objetivo, el colibrí oliváceo, pero se estaba haciendo tarde y nuestro guía, Alex, y el conductor estaban ansiosos por emprender el camino de vuelta a Lima. Papá había conseguido ver al colibrí mientras mamá y yo nos hallábamos a sesenta metros de distancia, inspeccionando la hierba en busca de aquel pajarillo color sepia. Cuando lo alcanzamos, el ave se había marchado.

El conductor se estaba impacientando. Nos encontrábamos a cuatro mil ochocientos metros de altitud y pronto llegaría no solo la oscuridad, sino también el frío intenso y las nubes. Pero las temperaturas gélidas y la escasa visibilidad no eran más que simples molestias para mamá.

El colibrí oliváceo es diminuto, casi entero de tonos marrones, y difícil de ver mientras juguetea entre florecillas rosas apenas por encima del nivel del suelo. Lo buscamos una hora más, ante la beligerante insistencia de mamá para que nos quedáramos hasta que estuviera satisfecha.

—Es como buscar una aguja en un pajar, Helena. Vámonos, por favor —gimió papá.

Tenía razón; aquello era un auténtico páramo, como el de Dartmoor, con la tierra cubierta de hierba espesa como brezo.

—¡Claro, como tú lo has visto, ya puedes marcharte! —espetó ella.

Papá, que no pensaba presionar más, se retiró mientras mamá y yo seguíamos a lo nuestro. Ya era casi de noche cuando, por fin, distinguimos la llamativa barba verde del colibrí bajo la tenue luz.

—¿Lo ves? —proclamó mamá, subiéndose al coche—. Si nos hubiéramos ido cuando tú querías, no lo habríamos visto, ¿a que no, Mya?

Me limité a mover la cabeza despacio. No es muy divertido hurgar por ahí en la oscuridad mientras los demás están esperando para irse a casa, pero a mamá aquello le daba igual, se sentía eufórica. Podía pasar de la ira a la alegría absoluta en cuestión de segundos; en un momento dado, no había colibrís oliváceos ni posibilidad de salir jamás de aquella ladera cada vez más inquietante, y al siguiente, casi bullía de energía positiva. A mí no me importaba, mientras ella estuviera feliz al final de un día de pajareo. Si no consigue ver un ave, a pesar de nuestros esfuerzos, arroja una sombra más larga y oscura en quien esté cerca de ella. Y eso es lo que sucedió un par de días después.

Íbamos en el coche camino del valle andino de Soraypampa, punto de partida habitual para la marcha a pie hacia las antiguas ruinas incas de Machu Picchu. Mamá y yo dormitábamos en el asiento trasero del todoterreno cuando un tinamú andino cruzó volando la carretera; un ave parda con llamativas motas de un marrón más oscuro y patas de pollo. Papá, siempre al acecho, lo vio, claro, pero al cabo de un segundo había desaparecido.

El tinamú se había metido entre el pasto alto y seco que crecía junto a la carretera. El conductor aparcó y papá nos despertó. Mamá tardó pocos segundos en salir del coche y se adentró rauda en el campo, mientras yo trataba de seguirle el ritmo y Alex, que venía detrás, nos daba indicaciones a voz en grito. Pasamos un buen rato buscando; mamá apartaba con cuidado las briznas de hierba por si acaso el ave andaba por allí escondida. En vano.

«¡Tendrías que habernos despertado en cuanto lo viste! —le bramó mamá a papá durante el regreso a Lima—. Y tú deberías habernos indicado mejor —le soltó a Alex—. "En esas hierbas altas de ahí" no ha sido de gran ayuda».

Alex, un hombre paciente, acostumbrado sin duda al temperamento obsesivo de los pajareros mundiales, le garantizó que veríamos otros por el camino, pero mamá no atendía a razones y ese día no habría más tinamús.

Los tinamús son una familia de aves que, la verdad sea dicha, no ganarían ningún concurso de belleza. Con su enigmático plumaje y su carácter tímido y reservado, sospecho que algunas especies llevan una capa de invisibilidad, de tan poco que se las ve. Cuando tienes el tamaño y forma aproximados de un pollo, probablemente eso sea una estrategia muy sensata para evitar convertirte en la comida de una persona u otro animal. Aunque solo se encuentran en América Central y del Sur, guardan un parentesco cercano con las avestruces de África, los emús y casuarios de Australia e incluso con las extintas moas de Nueva Zelanda. Son nuestro vínculo directo con Gondwana, un supercontinente que existió hace quinientos cincuenta millones de años y que terminó dividiéndose en los continentes que hoy conocemos.

El disgusto de mamá, de nuevo, tardó un tiempo en pasársele; tres días, en concreto, que fue cuando por fin conseguimos avistar otro tinamú. Su enfado no es cotidiano; mamá no es una persona enfadada por naturaleza. Su pensamiento circular (en este caso, su incapacidad de dejar de darle vueltas a que no había visto el tinamú) es síntoma de su trastorno bipolar. Cuando se obsesiona con una idea (cualquiera, no solo las aves), es incapaz de abordarla desde una perspectiva que no sea la rabia.

En esos momentos, el índice de armonía de los Craig caía por los suelos.

En ese viaje aprendí que no hay que perseguir nunca a un colibrí. Son mucho más rápidos que tú. Corría montaña arriba tras una metalura de Teresa cuando me desmayé. En parte se debió al mal de altura y en parte a que iba subiendo a todo trapo por una pendiente muy empinada. Papá me cogió en brazos y me llevó a la tienda, donde me dieron chocolate. Me pregunté dónde estarían las hojas de coca.

Cuando acabó el viaje, tenía las botas de senderismo desgastadas, y la cinta americana que había usado para sujetarlas ni siquiera pegaba ya. Las tiré a la basura en el aeropuerto y volví al Reino Unido, a finales de agosto, calzando botas de agua. Me moría de ganas de comer alimentos de verdad. Era difícil ser vegetariana en las montañas de Sudamérica, y ya estaba harta de huevos y arroz.

En el camino de vuelta, hicimos una escala de un día en Atlanta, en Estados Unidos, y conseguimos treinta y cinco aves nuevas, antes de emprender el último tramo.

Mientras que a papá y a mí el viaje nos tenía exultantes (a pesar de que la arpía mayor se nos había vuelto a escapar), mamá no habría resistido una semana más en la carretera, por mucho que insistiera en que le habría encantado quedarse otros seis meses. Era evidente que necesitaba parte de la rutina y las comodidades del hogar.

Antes de empezar el tramo de Perú, mamá esperaba poder ver trescientas aves nuevas, algo que a papá le parecía descabellado, pero en total anotamos más de mil. Muchas eran aves que había visto en Ecuador, Colombia y Bolivia; el número total de aves nuevas, nuevas de verdad, que avisté en Perú fueron poco más de trescientas sesenta.

Mi lista mundial había superado las dos mil novecientas aves. Teniendo en cuenta que en todo el mundo hay diez mil, estaba entusiasmada.

Es difícil condensar los seis meses en una sola emoción dominante, y supongo que no hay por qué hacerlo, pero fue en el bosque nuboso de Unchog, caminando con mamá, cuando más cerca estuve de entender lo especial que fue ese periodo en Sudamérica. Lo que más me gustó de nuestro viaje fue volver a conocer a mis padres. Durante mucho tiempo, Ayesha había asumido el papel de «progenitora». Los trabajos de mamá y papá les exigían más que la rutina de un horario de oficina normal. Por la mañana y por la noche estaban en casa, pero a diario convivíamos poco. Y, cuando mamá dejó de trabajar, pasaba por una fase maniaca o por una depresiva. Aunque aquellos meses en Sudamérica no fueron precisamente pan comido para ella, estuvo pendiente de mí como hacía mucho que no ocurría. Yo no quería que las cosas volvieran a ser como antes; no quería que mamá se encerrara en sí misma con su depresión ni que se perdiera en sus delirios. En Sudamérica había visto más que aves: había encontrado a mis padres.

CAPÍTULO 6
El ave dinosaurio

CASUARIO COMÚN

El casuario común vive en los bosques húmedos tropicales de Indonesia, Papúa Nueva Guinea y Queensland (Australia). Esta ave de gran tamaño, incapaz de volar, está emparentada con el emú, el avestruz, el ñandú y el kiwi. Aunque es raro cruzarse con ellos, cargan con una fama aterradora. Sus patas, de tres dedos, tienen una fuerza enorme, y en el dedo más interior cuentan con una mortífera garra de hasta doce centímetros, parecida a una daga, con la que pueden asestar buenas patadas. La hembra es dominante y de mayor tamaño, casco más largo, pico más grande y colores más vivos en las partes desprovistas de plumaje. El macho se encarga de construir el nido en el lecho del bosque, incubar los huevos y criar él solo a los pollos.

Los casuarios, que se alimentan de fruta caída, pueden digerir las que a otros animales les resultan tóxicas. Como regeneradores del bosque húmedo, son capaces de distribuir las semillas de más de doscientas especies en sus excrementos. De hecho, algunas semillas de árboles frutales del bosque húmedo no germinan sin haber pasado antes por el estómago de un casuario.

Tenía la impresión de haber estado fuera varios años, totalmente desconectada de la vida normal. Todo había cambiado y, sin embargo, nada había cambiado. Casi ninguno de mis amigos había viajado nunca al extranjero, y no les interesaban mis historias de selvas tropicales y colibrís centelleantes; aunque a mí no me llamaba la atención ponerme al día de los cotilleos del colegio, tampoco era capaz de saber por qué, de pronto, me sentía tan desligada de un grupo de personas a las que conocía desde siempre. Al volver la vista atrás, es evidente que mi perspectiva del mundo se había expandido de un modo que no cabía en el pueblo, lo que, a su vez, afectaba a mi relación con los demás y a la de ellos conmigo.

Mi vida había dado un vuelco: de un emocionante periplo por Sudamérica a meterme sola en mi habitación estudiando para los exámenes finales de primaria, que estaban al caer. Nuestras largas vacaciones empezaron enseguida a parecer un sueño.

Sin embargo, me hacía ilusión pasar a secundaria el curso siguiente; me esperaban nuevos amigos e hitos de adolescente por cumplir.

Al mismo tiempo, comenzaba a ser consciente de que llevaba una doble vida. Oía en mi cabeza el tictac de la cuenta atrás hasta nuestro siguiente viaje de pajareo, momento en el que saltaría a la otra parte de mi vida, la de las aves. Y, entonces, la cuenta atrás empezaría de nuevo, llamándome para que regresara. Me habría gustado que no hubiera tanta diferencia entre esas dos mitades, pero, dado que a muy pocos de mis amigos les interesaba «Birdgirl», y yo estaba incluso menos dispuesta a desvelar mis aventuras de pajareo, no había muchas oportunidades de acortar esa brecha.

Pajareo aparte, mis amistades eran sólidas. Me apunté a las *girl guides*, con las que hacía senderismo, acampada, vela y canoa. Los *boy scouts* eran más exigentes y más divertidos, con eso de cortar leña, encender hogueras, la espeleología, el rápel y las caminatas nocturnas. Seguía disfrutando de las fiestas de pijamas y el cine, y quizá debería haber puesto más empeño en compartir con ellos mis experiencias de pajareo, pero no lo hice. Tampoco hablé nunca de la enfermedad de mamá con nadie fuera de la unidad familiar, hasta ya bien entrada la adolescencia. No creía que hubiera alguien capaz de entender cómo era vivir con una madre cuyos cambios de humor eran tan erráticos que yo no sabía con qué clase de persona me encontraría a la mañana siguiente.

Ni en un millón de años habría imaginado una conversación en la que le confesara a un amigo que la noche anterior había pillado a mamá intentando tirar sus pastillas por el váter porque papá no estaba allí para asegurarse de que se las tomara. Qué palabras podría usar para explicar que, cuando empieza con los síntomas maniacos (y no hace falta gran cosa, solo una o dos noches sin dormir), le da por abandonar la medicación. Un par de días sin ella y acaba convencida de que eso es lo mejor, porque lo único que hacen es darle sueño, con todo lo que tenía que hacer. «¿Y por qué está tan ocupada? ¿Qué hace, si no trabaja?», suponía que me preguntarían. Y mi respuesta, estúpidamente vaga, sería: «Bueno, no sé, cosas con el ordenador. A veces, se tira delante de la pantalla casi toda la noche».

«¿En serio? ¿Para qué?».

«No tengo ni idea».

Mamá siguió de buen ánimo y, durante un par de meses, ella, papá y yo continuamos regodeándonos con el viaje, recordando aquellas aves extraordinarias mientras confeccionábamos y comparábamos nuestras listas. Agasajábamos a familiares, amigos y pajareros con nuestras anécdotas. El efecto del viaje en nuestras vidas, a pesar de que nos adentrábamos ya en los meses invernales, perduraba; sobre todo, en el caso de papá. Habíamos hecho un largo camino en busca de aves extraordinarias, y habíamos sobrevivido para contarlo. Y él ya estaba elucubrando adónde ir después, pero, antes de que acabara el año, mamá cayó enferma de nuevo.

Acostada en la cama o acostada en el sofá, parecía encerrada en sí misma: no le interesábamos ni yo ni lo que ocurriera a su alrededor. En algunas ocasiones, era como compartir casa con un fantasma callado y profundamente infeliz. Por primera vez que yo recordara, papá, frustrado por su letargo y en un intento de mantener la cordura, salía para pajarear él solo por la zona. Y, por primera vez en mi vida, mamá me sacaba de quicio.

No la comprendía; yo aún disfrutaba del poso que me había dejado Sudamérica. Había sido un viaje increíble, durante el cual, y de forma prolongada, ella había parecido «normal». ¿De qué servía ir a ningún sitio si todo lo bueno que acarreaba se deshacía con tal rapidez y facilidad? Cuando te pones mala, luego mejoras, razonaba yo. ¿Por qué no era así? Pero ¿acaso no me había sentido yo rara al volver a casa, ver que todo seguía igual, que la gente hablaba de las mismas cosas y seguía las mismas rutinas que antes? Quizá a mamá, como a mí, simplemente le estaba costando readaptarse.

Mi madre es una fuerza imparable, alguien que prefiere moverse a estar quieta, hablar a reflexionar, y dedicar su energía a ayudar a quienes pasan dificultades. Yo me frustraba tanto como papá cuando desconectaba de nosotros, pero, muy en el fondo, él mantenía aún la esperanza de que se recobrara. Su salud había mejorado durante el viaje y él continuaba buscando soluciones, maneras de recuperarla. Yo no estaba tan segura. A lo largo de los tres últimos años, la había visto oscilar entre una desesperación callada y una rabia furiosa, y, al final, había acabado por sospechar que quizá siempre sería así. Que, aunque pareciera estar bien, tal vez incluso periodos largos, en algún momento la absorbería de nuevo la tristeza.

Cuando no estaba hundida, estaba frenética: imprudente, irritable y difícil de tratar. La tomaba conmigo si llegaba tarde al colegio o no encontraba los zapatos. Y, cuando me gritaba, yo le gritaba a ella. Me estaba cansando de las excusas habituales y de que me aseguraran que iba a ponerse «mejor». No era tonta. Quizá no estuviera enfadada tanto con ella como con la posibilidad de que estuviera siempre así, incapaz de dominar sus emociones o sus estados de ánimo. Me sentía abandonada, y eso se manifestaba en peleas cada día más intensas y ruidosas. Siendo sincera, mi madre me irritaba por algo que escapaba a su control.

Durante los meses de invierno, por las mañanas, mientras yo estaba en clase, mamá recibía la visita de un terapeuta de los servicios de salud mental que le trataba una incipiente agorafobia. Necesitaba ayuda profesional si pretendía seguir viajando. Yo ni siquiera sabía que ya no cogía el coche ni iba a comprar. Cuanto más distante se volvía, más me enfadaba yo. Para provocar alguna reacción en ella (alguna respuesta, la que fuera), le gritaba, y ella me gritaba a mí.

Ahora sé que esas broncas eran una especie de conexión. Aunque fuera para pelearnos, al menos nos comunicábamos.

Mamá había estado viendo cada dos o tres semanas a un coordinador de tratamiento, que se ponía en contacto con ella para interesarse por sus síntomas después de que le dieran el alta hospitalaria el año anterior, pero luego cortaron el servicio. Había dejado de ir a su último psiquiatra por un desacuerdo acerca del diagnóstico. Él sostenía que solo estaba deprimida y que necesitaba más Citalopram. Nuestro médico de cabecera, al principio, no quiso derivarla a otro psiquiatra; no le veía utilidad.

El diagnóstico no oficial de trastorno bipolar que le habían dado tiempo atrás era lo más cerca que había estado de sentirse comprendida. Anhelaba desesperadamente escuchar otra opinión y, por fin, el médico de cabecera se rindió y la derivó a un nuevo psiquiatra privado. Cuando consiguió la cita, se animó y recuperó un poco la esperanza, aunque yo no entendía qué cambiaría aquello ¿Acaso no le darían un nuevo nombre, sin más, al problema de siempre?

En diciembre de 2012, durante la primera sesión y sin tratarla aún, el nuevo psiquiatra revisó su documentación y confirmó que padecía un trastorno bipolar. También le explicó que, en efecto, los ISRS (el Citalopram) le habían provocado el episodio maniaco agudo que resultó en su hospitalización. Mamá, que llevaba intentando tratar sus síntomas, sin éxito, desde los primeros años de la adolescencia, por fin iba a conseguir la ayuda que necesitaba: una pauta de medicamentos, empezando por el litio, seguida de una estrecha supervisión hasta alcanzar el equilibrio y combinación de medicación adecuados.

Aquella noche, cuando volvieron a casa, pletóricos por la noticia, noté que se había producido un punto de inflexión en mamá. No solo tenía ya un diagnóstico definitivo: también sentía que, por primera vez, alguien la estaba escuchando de verdad.

—Escuchándome de verdad, Mya —recalcó.
—¡Y a mí también! —dijo papá.

Mamá relató la historia riendo, pero a mí no me pareció tan divertida. Le había insistido a papá en que no quería que entrara a la consulta; prefería hablar con el psiquiatra a solas, y le mandó a dar vueltas a la manzana. En cuanto él echó a andar, lo llamó para pedirle que volviera; el médico quería hablar con mi padre también, saber lo que pensaba y cómo había cuidado de mamá. Cuando él, llorando, le contó sus intentos de mantenerla con vida, a salvo y tranquila, el médico se volvió hacia mi madre: «Ya es hora de que dejes de enfrentarte a Chris, Helena. Si no lo haces, él será el próximo de la familia que termine en el hospital. Ha llegado el momento de que le devuelvas el favor y empieces a cuidar de él igual que él cuida de ti».

Mis padres se quedaron boquiabiertos.

«El problema no es solo tuyo», prosiguió. «También es de Mya y Chris. Aunque estás enferma, eres capaz de controlar cómo tratas a los demás».

A favor de mamá hay que decir que esa forma tan franca de hablar sirvió, como mínimo, para fortalecerla. Era verdad, pensó: ¿acaso no la había tomado con papá cuando él no era responsable de su tristeza ni su manía? ¿Acaso no se había llevado la bronca por los pájaros que no había podido ver en Sudamérica?

A papá le brillaban los ojos cuando repitió la última frase del psiquiatra: «Chris es la única persona que te libra del hospital, así que es hora de que le demuestres tu agradecimiento».

—Yo se lo agradezco, ¿eh? —me dijo mamá—. A mi manera.

Por primera vez en su vida, no la habían empujado a pensar, como tantas veces le había ocurrido en el pasado, que sus cambios de humor formaban parte de su personalidad. Mis padres tenían la esperanza, por fin, de que, con un poco de ayuda, mamá aprendiera a disfrutar de la vida más a menudo.

Me alivió encontrarles tan contentos y de acuerdo con respecto al tratamiento, y que el futuro pareciera un poco más alentador. El médico estaba en lo cierto respecto a la terquedad de mamá, las expectativas tan poco razonables que depositaba en papá, lo mal que me hablaba, pero el trastorno bipolar es una enfermedad despiadada y a veces la volvía egoísta y la aislaba. También destroza familias; aunque mis padres consiguieron salvaguardar su relación, no es de extrañar que casi todos los demás pacientes que mamá conocía del hospital se hubieran separado de sus parejas. Y, viendo su relación conmigo desde que volvimos de Sudamérica, me figuraba que no les iba mejor con sus hijos.

Por mucho que tardaran en darle un diagnóstico, ella está convencida de que hoy habría sido aún más difícil a causa de los recortes en los servicios de salud mental del sistema de sanidad pública. La primera vez que cayó enferma, en 2010, un hospital de la zona contaba con un edificio aparte dedicado a los servicios de salud mental. Allí le ofrecieron terapia psicológica en los seis meses que siguieron al alta y varias sesiones de terapia familiar. Hoy en día, ese nivel de ayuda no existe, y es frecuente confundir el trastorno bipolar con un montón de enfermedades mentales diferentes.

Mi *nanu* fue la única descontenta. ¿Por qué tenía que llevar su hija esa etiqueta tan vergonzosa?, se preguntaba. ¿De qué serviría que nuestros parientes se enteraran de que estaba enferma? Insistió en que mamá se callara la noticia, porque había primas y sobrinas cuyas oportunidades de casarse se verían afectadas si se sabía que en la familia había un trastorno mental. «Ya nadie concierta matrimonios», objetó mamá. Pero mi *nanu*, testaruda, dio por zanjada la conversación. Quería olvidarse del asunto.

La negación de la enfermedad mental es algo muy presente en mi familia materna. Aunque suena raro, nosotros casi nos los tomábamos a broma: que mamá no estaba enferma, que solo tenía un problema de control de la ira. Al menos, mi *nanu* ya no creía que estaba poseída por un *yinn*, ¡estaba convencida de que los *tabiz* habían funcionado! Yo me crie oyendo historias de *yinn* y no les hacía caso, igual que mamá. Eran divagaciones de mis mayores, pensaba, y no tenían nada que ver conmigo ni con Ayesha, mamá ni papá.

Aunque mi madre no permitió que las opiniones de su familia hicieran tambalear su confianza, ahora que por fin tenía su preciado diagnóstico, yo entendí los efectos secundarios más siniestros de la negación de la salud mental en nuestras comunidades: si un problema determinado era tabú, ¿cómo iba alguien a buscar ayuda en caso de que enfermara?

Quizá nos habría venido bien su ayuda; de no ser por esa actitud de rechazo, tal vez los habríamos tenido más cerca. El estigma viene de la superstición y de la creencia de que una familia «buena» es aquella que tiene una reputación intachable. Es una lástima enorme, sobre todo hoy, cuando hay más libertad que nunca para hablar de salud mental.

La brecha que se había abierto en mi relación con mamá era muy dolorosa para ella y para papá. Por consejo de su médico de cabecera, acudimos las dos a una serie de sesiones de terapia de grupo dirigidas por trabajadores sociales de la zona. A mí, en principio, aquello me horrorizó. No quería sentarme a hablar de mis «sentimientos» con gente desconocida. Tenía diez años; era una idea espantosa.

«No es para hablar —me explicó mamá—. No es eso. Se trata solo de pasar el rato y hacer cosas juntas».

En realidad, ella sentía el mismo rechazo. De camino a la primera sesión nos perdimos y barajamos la posibilidad de darnos media vuelta y olvidarnos del tema.

Pero al final conseguimos llegar y, junto a otras diez familias «con problemas» e hijos de todas las edades, nos pusimos a «hacer cosas juntas», lo que equivalía a un montón de trabajos manuales.

«Llena este bote de agua y échale purpurina, Mya —me dijeron. Llené el bote hasta arriba y lo cerré—. Ahora, cuando estés enfadada, dale la vuelta». Le di la vuelta y la purpurina fue cayendo hacia abajo. Me dieron ganas de echarme a reír, y a lo mejor de eso se trataba: mejor reír que lanzar el bote contra la pared, supuse.

Lo que me gustó de aquellas sesiones fue acaparar la atención de mamá. No se quedaba trabajando hasta tarde ni iba por ahí intentando solucionar problemas ajenos, y tampoco estaba acostada en su cama con las cortinas echadas. No era ni de lejos lo mismo que caminar y charlar en los bosques nubosos de los Andes, arreglando el mundo, pero no estaba mal. Pintamos máscaras juntas y comimos palomitas de maíz en torno a una hoguera. Un año antes, durante uno de los periodos de «quedarse en cama» de mamá, papá me había enseñado a montar en bici. Y ahora, por primera vez, mamá y yo íbamos en bicicleta juntas por el bosque. Pero lo importante no eran las actividades en sí; lo que contaba era el tiempo compartido. Y, solo por ese motivo, noté que mi enfado empezaba a desvanecerse y que la esperanza avanzaba pasito a pasito.

Habían pasado seis meses desde que diagnosticaron a mamá pero, en realidad, acababa de empezar el camino hacia la «recuperación». En ese momento, tomaba solo litio, un estabilizador de los estados de ánimo que, con suerte, le vendría bien para los episodios maniacos. Aún llevaría bastante tiempo equilibrar el cóctel de fármacos; se irían añadiendo pastillas nuevas una a una mientras se supervisaban las reacciones de mamá.

Mamá parecía «diferente» desde que había empezado con la medicación: era más funcional, tenía el carácter estabilizado y menos propensión a perder los estribos. Aunque también había días y semanas en los que era la misma de antes: se quedaba despierta hasta muy tarde, investigando en internet sobre la nueva obsesión que hubiera captado su interés.

Fue en esos primeros días de ajuste cuando nació Lucas, mi sobrino, mientras mamá le sostenía la mano a Ayesha. En aquella época me inquietaban las consecuencias de ese nacimiento en los niveles de ansiedad de mis padres, pero no había nada de lo que preocuparse. Fueron fieles a su palabra: cuando Ayesha anunció que estaba embarazada, tomó una decisión consciente, y ellos la apoyarían y le echarían una mano si los necesitaba. Por aquel entonces, mi hermana estaba más asentada y ya no era primeriza. No hubo que mover cielo y tierra para buscarle un sitio para vivir o asegurarse de que tuviera dinero para llenar la nevera. De hecho, estaba tan tranquila que hasta se dedicó a pintar arcoíris en las paredes del dormitorio del bebé.

Papá andaba loco por dejar cerrado el destino de nuestras largas vacaciones de verano, así que empezó a repasar listas de especies y webs de observación de aves con mamá. Al final se decidieron por Queensland, en Australia, donde pasaríamos las seis semanas. Moverse por el país en *camper* parecía la forma más barata de hacer el viaje y, al mismo tiempo, convertirlo en una aventura, y mamá quedó encargada de reservar la furgoneta y la plaza en el *camping* para la primera semana. Cuando se acercaba la fecha de salida, se hizo evidente que no había organizado gran cosa. Papá se había echado a las espaldas la planificación del viaje por Sudamérica y mamá creyó que ahora le tocaba a ella; tenía una misión. Quedaban dos semanas para partir y seguíamos sin vehículo. A papá le desesperaba un poco, pero cuando mamá tenía una misión era mejor no molestarla, así que no se atrevió a intervenir. Su costumbre bangladesí de dejarlo todo para el último momento chocaba con las ganas de papá de organizar las cosas con antelación y así contar con un margen de maniobra si surgían problemas, retrasos o percances. Si vamos a coger un avión, él prefiere llegar varias horas antes del despegue, con tiempo de sobra para facturar y pasar por el control de aduanas, mientras que ella es feliz pensando que no habrá problemas ni en el trayecto hasta el aeropuerto ni en seguridad, así que lo deja todo para el final. Para espolearla, papá suele amenazarla con que el avión no la esperará si llega tarde. Yo, por mi parte, sospecho que mi madre no cree que se atrevieran a despegar sin ella.

Cuando al final se puso manos a la obra, mamá encontró muchísimas empresas de alquiler de *camper*, pero ni una libre, porque nuestro viaje coincidía con el Festival de Música de Queensland. La semana antes de irnos, le daban las doce al teléfono, llamando atacada para suplicar «lo que fuera».

—¿Y los *campings*? —preguntó papá, un poco desesperado—. Dime que has buscado por lo menos unos cuantos.

—No habrá problema —repetía ella—. Y podemos ir reservando sobre la marcha, ¿no?

Cuando llegamos a Brisbane, había festivaleros (en *camper*) por doquier. A mí me daba igual que la nuestra fuera muy pequeña (el único modelo disponible). Dormiría en una camita bajo el techo elevable, pocos centímetros por encima de las cabezas de mis padres. También era bastante básica, así que en el primer tramo del viaje no habría duchas, cosa que para mí no era problema. (No pensé mucho en el hecho de que tampoco tuviéramos váter). Llevaba el Kindle a tope, los Beastie Boys en el reproductor de CD, y nos habíamos puesto en marcha.

La primera parada reseñable fue en la frontera entre Queensland y Nueva Gales del Sur. El Parque Nacional de Lamington es una reserva inmensa, famosa por sus cascadas, su bosque húmedo subtropical y su fauna y flora. Se asienta en la meseta de Lamington, en los montes McPherson, entre los restos de un antiguo volcán, y es un paraíso para los observadores de aves.

Llegamos tarde al primer *camping*, con su correspondiente reserva, y nos fuimos directos a dormir, aunque a mitad de la noche nos despertó un frío de muerte. Yo protesté, ¿en Australia no hacía calor? ¡Con el sol tan bonito que nos había acompañado desde Brisbane! También a mis padres les pilló por sorpresa la caída de las temperaturas. No obstante, la experiencia da sus frutos, y mamá nunca se queda corta con el equipaje; llevábamos una buena reserva de ropa térmica, así que nos la pusimos y nos metimos otra vez en la cama.

A la mañana siguiente, temprano, debían de ser alrededor de las seis, dudaba de que el sol fuera a salir en algún momento de detrás de las lejanísimas cumbres. Nos dejamos puesta la ropa térmica para pasar lo que prometía ser un primer día de pajareo bastante frío y húmedo. El clima recordaba bastante al de Inglaterra; podríamos estar perfectamente paseando por algún humedal boscoso en el Distrito de los Lagos. Las aves, por su parte, ¡eran completamente diferentes a las nuestras! Nos colgamos los prismáticos al cuello y nos adentramos en el bosque. A pesar de que el parque de Lamington es un lugar concurrido, aún era temprano y reinaba el silencio. Yo tiritaba un poco y seguía medio dormida cuando vimos la primera ave. La tórtola-cuco parda, sin embargo, fue decepcionante; se parecía a una paloma de cualquier ciudad inglesa, y de esas nos sobraban en casa.

—¿Ha sido la número tres mil de Mya? —preguntó mamá.

Aquello sirvió para espabilarme un poco y sacudirme el mal humor por el tiempo y la falta de pájaros bonitos. Observé aquel ejemplar de color ratón, ¿iba a ser un hito en mi vida de pajareo?

—No —respondió papá—. Todavía no, pero casi.

Aunque la emoción se me vino abajo, al menos ya estaba en lo que tenía que estar y los huesos se me iban templando. Por fin, salió el sol.

En torno a las nueve de la mañana, hacía más calor y empezamos a quitarnos capas. Australia estuvo unida a la Antártida hasta hace más o menos setenta millones de años, y el bosque húmedo primitivo de Lamington seguía albergando hayas antárticas, que contribuían al ambiente general de atemporalidad. Me parecía estar en *Parque Jurásico* y, aunque no había dinosaurios (¡aparte de las aves!), el paraje tenía un aire misterioso, con las nubes cubriendo las hayas y enredándose en sus troncos. Nuestro objetivo de aquella mañana era el pergolero regente, un ave preciosa para lograr mi hito.

Al igual que otros miembros de la familia de los pergoleros, el regente macho construye una ornamentada «avenida» de palitos que decora con bayas, caracolas, semillas y hojas. Lo triste es que, en la actualidad, suele incluir trozos de plástico, y se le nota una predilección por lo azul. Llegan incluso a crear una «pintura de saliva», verde o azul, en la boca, que aplican a las paredes de su pérgola con «pinceles» de hojas. Son una de las poquísimas especies de aves que usan herramientas. Cuando el macho no está ocupado atendiendo a las numerosas hembras (son polígamos) que visitan su vivienda, deambula por ahí en busca de adornos que la distingan de las demás pérgolas de la zona.

Se trata de una de las aves emblemáticas de Lamington; su hábitat se limita al sureste de Queensland y el noreste de Nueva Gales del Sur. Nosotros seguimos un sendero hasta un claro entre árboles de gran altura que nos susurraban que allí había secretos que contemplar, si sabíamos mirar.

Por el rabillo del ojo vi un destello dorado; volví la cara hacia el sol y me quedé sin aliento. Allí, posada en una rama alta, disfrutona y radiante, estaba una de las especies más espectaculares que he visto jamás. Todos los pajareros afirman que hay algunas aves que se crearon solo para ser contempladas, y nosotros estábamos ante una de ellas.

El pergolero regente hace honor a su nombre: es regio desde el pico hasta la garra, desde su plumaje negro brillante y su manto y alas de color oro fundido hasta sus ojos, de un cálido amarillo líquido. Y había varios; brillaban con la luz del sol, como si a la vieja haya en la que estaban posados le hubieran crecido aves bañadas en oro.

Estuvimos contemplándolos, sin palabras y sumidos en un encantamiento profundo, hasta que algo los alarmó y echaron a volar, abriendo sus alas amarillo brillante, como un cofre del tesoro en el cielo.

«¡Esa sí es la número tres mil de Mya!», exclamó papá con una sonrisa inmensa, mientras me abrazaba.

Tres mil especies de aves es un montón y, por primera vez en mi vida, me sentía una auténtica pajarera mundial. Me paré a pensar en lo que eso significaba. Siendo realistas, para alcanzar esa cifra hay que visitar varios continentes. Cada millar de aves supone un hito importante para cualquier aficionado al pajareo, porque, reconozcámoslo, ¿cuántas veces se llega a un número tan redondo? De las 10.752 especies que existen, solo diez o quince personas han visto más de nueve mil; y cuarenta, más de ocho mil. El pajareo mundial es, en gran medida, un viaje personal, no hay ningún organismo oficial que lleve un registro de los mejores pajareros del mundo ni de cuántas aves han identificado, pero nada te impide anotar y compartir tus avistamientos en distintos sitios de internet. Yo, por ejemplo, siempre he usado Bubo Listing.

Aunque solo tenía once años, me di cuenta de que me encontraba ante un punto de inflexión. No era solo una cifra; para mí, representaba todas las aves increíbles que había visto a lo largo de mi vida y cuántos esfuerzos había dedicado a localizarlas. Pero era más que eso; también era la historia de mi viaje familiar. Las aves de Sudamérica se entrelazaban con recuerdos de nuestro «descanso» de seis meses; las de Ecuador y Ghana siempre señalarían momentos de frustración, así como de alegría, para mamá.

Por supuesto, si la anterior ave marrón hubiera sido la que completara mi primer millar, se habría convertido en un ave «especial» para mí; es verdad que el resto de las de mi lista tienen algo que las distingue, algo adorable, pero yo era una niña y, en secreto, me hacía ilusión que el ave que marcaba ese hito fuera tan bonita.

Mientras recorríamos Queensland rumbo al norte, hacia el cabo York, a mi cerebro inglés le costaba asimilar aquellos espacios inmensos. Los Beastie Boys cantaban que en el mundo sobraban raperos y faltaban MC mientras nos abríamos paso por el infinito paisaje interior de Australia. ¡Llevábamos días viajando y aún no habíamos salido de Queensland! Tenía que hacerme a la idea de que, aunque solo es una quinta parte de Australia, su tamaño es casi siete veces el del Reino Unido.

Por aquella época, mamá estaba siempre somnolienta, porque todavía necesitaba adaptarse a los nuevos fármacos. Se quedaba adormilada en el asiento del copiloto de la furgoneta, mientras papá conducía y, además, leía los mapas, pero ese no era ni de lejos nuestro mayor problema. Mamá lleva preguntándose desde entonces cómo se le ocurrió pensar que sería capaz de organizar ella sola cualquier aspecto de aquel viaje, pero el exceso de ambición es un síntoma normal de la manía.

No había hecho reservas en suficientes *campings*, ni de lejos, y descubrimos que «reservarlos sobre la marcha» no era tan fácil como sonaba. Mamá les suplicaba por teléfono a los empleados de los *campings* que nos hicieran un hueco, con el consiguiente estrés. Algunas noches aparcábamos sin más a un lado de la carretera y dormíamos allí, pero era arriesgado, porque Australia tiene leyes estrictas sobre los lugares donde se permite acampar y grandes multas para quienes las infringen.

Mamá tampoco había calculado bien las distancias entre unos *campings* y otros. Una o dos veces, después de pasar el día observando aves, le daba indicaciones a papá, llegábamos muy tarde y podían pasar dos cosas: o no nos dejaban entrar o nos caía un sermón sobre horarios de cierre y normas que había que respetar. Y luego a papá le tocaba seguir conduciendo en busca de otro *camping*. A mí no me gustaban mucho esos trayectos, encajada como iba entre dos adultos enzarzados en una discusión y metida en una cajita de metal. Ni siquiera podía cambiarme al asiento de atrás, porque entonces no veía las aves. Por suerte, tenía mi iPod y mis auriculares y el volumen 84 de *Now That's What I Call Music*; cuarenta y tres pistas de distracción, intercaladas con discos de Beyoncé y P!nk. También, por suerte, el estrés y la ansiedad de ir buscando un nuevo *camping*, a veces en vano, se esfumaban en cuanto nos instalábamos.

Mamá no soporta conducir en el extranjero, pero papá acabó insistiéndole en que de vez en cuando se pusiera al volante. Por lo general, eran unos episodios aterradores, y a mí no me parecía muy buena idea, dado que ella se quedaba paralizada cada vez que nos cruzábamos con un tráiler.

Parte de nuestro ritual matutino consistía en que papá le pedía a mamá que empezara a llamar a *campings* para esa noche. Lo normal era que ella no encontrara tiempo para hacerlo hasta la hora de comer, y entonces empezaba otra vez el pánico: un *camping* estaba lleno, era muy tarde para llegar al siguiente y al final, desesperados, aparcábamos a un lado de la carretera, rezando para que la policía no aporreara la puerta en cuanto apoyáramos la cabeza en la almohada.

La resistencia de mamá a llamar por teléfono a primera hora de la mañana se debía, en parte, a su obsesión por el paisaje. Las dos nos quedábamos embobadas en esas largas horas de carretera, contemplando el terreno desplegarse ante nuestros ojos. Como nuestro único punto de referencia era la campiña inglesa, donde hasta en los entornos más rurales se aprecia la mano humana, el vacío del paisaje interior australiano nos fascinaba. Si nos cruzábamos con animales, estos parecían minúsculos, empequeñecidos por la tierra infinita. Mientras que en el Reino Unido cada centímetro cuadrado está abarrotado de vida, sea de humanos, animales o insectos, aquellos vastos espacios me dejaban desconcertada.

El principal signo de vida animal en aquel entorno tan accidentado eran los cadáveres de canguros y ualabís, víctimas de vehículos en movimiento, esparcidos a lo largo de los cientos de kilómetros de carreteras que recorrimos. Los ualabís me daban especial pena, porque los había visto en el primer *camping* donde estuvimos, en el Parque Nacional de Lamington, y eran muy dóciles. Solo una semana después de pasarme horas mirándolos, lo que observaba eran milanos negros sobrevolando esas escenas de masacre, despedazando los restos y regalándose el copioso festín. Y tampoco es que hubiera mucho tráfico en las carreteras. No comprendía cómo podía haber tantos muertos hasta que una mañana, temprano, mientras recorríamos otro largo tramo de asfalto hirviendo, nos cruzamos con una furgoneta que ni disminuía de velocidad ni daba un volantazo para esquivar al ualabí que tenía delante; este murió por el fuerte impacto, y el vehículo siguió su camino. Me pregunté si la gente haría aquello por diversión.

En aquel viaje por la serpenteante carretera que nos llevaba al norte, hacia Cairns, atravesamos franjas litorales, bosques húmedos, zonas de interior y carreteras vacías.

En Cairns, recogimos nuestra segunda *camper*, un todoterreno preparado para enfrentarse a las pistas accidentadas y llenas de baches que nos llevarían hasta el cabo York. Era incluso más pequeña que la primera; se trataba, más bien, de un coche grande, y el reproductor de CD solo admitía un disco de *Driving Rock: 100 Hits*, que solía quedarse pillado en «Road Rage», de Catatonia, algo que me parecía curiosamente apropiado[3].

Pero nos dirigíamos a Mission Beach y todo esto, en realidad, nos daba igual. Solo pensábamos en nuestra ave objetivo, una de mis especies favoritas: el casuario común. Mide dos metros de alto y parece un cruce de dinosaurio y pavo. Es un ave no voladora, con la cara azul, carúncula roja y un casco en forma de cresta. Además, tiene en los pies unas garras como puñales que pueden matarte de una sola patada.

Mission Beach, a dos horas de Cairns, es un pueblo a orillas de las azules aguas del mar del Coral, rodeado de un bosque húmedo reconocido como Patrimonio de la Humanidad, y alberga una de las mayores concentraciones de casuarios de Australia. Yo me moría por ver algún ejemplar de esta especie tan vulnerable, pero son difíciles de encontrar. En general, cuanto

---

[3] «Road Rage» significa, literalmente, «la furia de la carretera».

más grande es un ave, menos individuos hay. Las aves de mayor tamaño necesitan más comida, y un hábitat determinado solo puede dar sustento a una cantidad concreta de fauna; si esa cantidad se supera, alguien se morirá de hambre. Aunque a los animales se les da bien regularse a sí mismos; si hay demasiados en términos de territorio, alimento o recursos, su población disminuye. En el mundo natural, el ciclo de la vida está equilibrado; la abundancia de alimento solo se ve afectada cuando interfieren fuerzas externas ajenas a él (sobre todo, seres humanos), que suponen un peligro para la especie. En no pocas ocasiones se ha visto a casuarios deambulando por entornos urbanos en busca de comida, pues ya no encuentran suficiente en su hábitat natural, cada vez más reducido.

Aunque mi primer avistamiento fue el de un ave que iba cruzando la carretera en Mission Beach, mi primera experiencia memorable fue en el aparcamiento del Parque Nacional del Monte Hypipamee. Acabábamos de cerrar las puertas de nuestra *camper* y un turista rompió a gritar: «¡Casuario!». Entre los coches y furgonetas andaba pavoneándose un ejemplar de casi dos metros de alto, con dos pollos pequeños y preciosos. El padre era un espécimen enorme. Retrocedí un paso: era enorme y, además, aterrador. Tenía un abundante plumaje negro brillante, como si llevara una capa de piel cubriéndole la espalda y los hombros, que contrastaba con el vivo destello de su pescuezo, largo y azul.

Los turistas no paraban de sacar fotos con los móviles mientras el macho se acercaba. «Se está alterando —advirtió papá—. ¡Apartaos!». Era verdad que se le veía nervioso; avanzaba cautelosamente con sus largas patas en dirección a su público, encantado de hacerle fotos. La gigantesca ave parecía a punto de saltar; mamá tiró de mí para ponerme tras su espalda. En aquel momento, los pollos empezaron a cantar; se habían hartado de aquella multitud. Era como si graznaran «Vámonos ya», y las tres aves se dieron la vuelta y salieron disparadas hacia el bosque.

Ya de regreso en la *camper*, recuperándome de la subida de adrenalina que había provocado el miedo, me encantó sumar el casuario a nuestra lista, ¡y sin haber salido del aparcamiento siquiera!

Ninguno de los tres echaba de menos la presencia de un guía. Nos gustaba orientarnos por nuestra propia investigación y en la comunidad de pajareo de internet. Íbamos adonde nos llevaban nuestras pistas y, aunque no encontraríamos ninguno de los sitios secretos que hacen famosos a los buenos guías, este viaje, broncas aparte, tenía un rollo más libre. Al anochecer, nos sentábamos fuera a comparar nuestras listas y deleitarnos con las nuevas incorporaciones. El índice de armonía de los Craig subía a lo más alto en esas sesiones; disfrutábamos más fuera de la furgoneta que dentro.

Salimos de Mission Beach hacia el parque de caravanas del monte Carbine, en la parte más septentrional de Queensland. Íbamos tras el podargo australiano. Los búhos, podargos y nictibios son animales de costumbres que suelen posarse en el mismo sitio todos los días, por lo que resultan relativamente fáciles de ver si sabes dónde mirar. El sistema de alertas de pajareo nos había avisado de que había un podargo posado en un árbol en mitad de un *camping*. Estábamos deseando verlo, pero no podíamos entrar sin más. Los poderes de persuasión de mamá no le sirvieron de nada con el personal de *camping*. Papá dijo en broma que estaba perdiendo su don, pero a ella no le pareció gracioso y, de todas formas, ya estaba mirándome a mí. «Eres una niña pequeña muy tímida, Mya, van a caer rendidos a tus pies. Pon carita de pena, ¿vale?». Me dio un empujoncito y allá que fui, avergonzadísima. Aunque la verdad es que yo también tenía muchas ganas de ver el podargo. Al final, no hizo falta que insistiera: «Por favor, déjennos pasar, venimos de muy lejos y es un ave muy especial». Evidentemente, les dio un poco de lástima esa niña tan cortada, con esos padres avasalladores, y nos hicieron un gesto para que entráramos por el portón y fuéramos hacia las tiendas y *campers* que había estacionadas entre unos árboles imponentes y sin hojas.

Acompañados por el personal del *camping*, inspeccionamos las ramas desnudas con los prismáticos.

«¡Allí!», exclamó papá, señalando a lo alto de un árbol.

Era un ave marrón en un árbol marrón; me sorprendió que hubiera sido capaz de distinguirlo. El podargo tiene la cabeza achatada y parece como si, en algún momento de su evolución, hubiera renunciado a intentar convertirse en búho; solo lo veíamos porque sus brillantes ojillos emitían un centelleo naranja cuando les daba el sol. El plumaje marrón moteado era un camuflaje perfecto. Pero entonces ocurrió algo extrañísimo: el ave abrió el pico, dejó ver un interior carnoso, de color verde lima, y su cara entera se separó en dos mitades, lo que de pronto lo hizo parecer una rana[4]. Ahí fue cuando nos echamos todos a reír y los empleados del *camping* decidieron que ya se habían hartado de aquella familia tan rara y nos acompañaron hasta la puerta de sus instalaciones.

En nuestro viaje al norte, me encontré frente a frente con la pobreza extrema que azota a las comunidades aborígenes que viven en las reservas. En Lockhart River, una población aborigen costera en la península del cabo York, había niños de mi edad vestidos con harapos jugando en la calle. Hasta entonces no habíamos visto ni un rostro aborigen en ninguna de las ciudades por las que habíamos pasado.

Cuando estuve en Bangladés, en diciembre de 2006 (tenía cuatro años), recorrimos el distrito de Sylhet para visitar la aldea de mi *nanabhai*. Los peregrinos se congregaban en el mausoleo

---

[4] En inglés, el nombre genérico de los podargos es *frogmouth*, «cara de rana».

de Shah Jalal y reparamos en que había niños pidiendo en las calles de Daca. Aunque la pobreza resultaba evidente, los niños iban bien vestidos y llevaban zapatos. Quizá me hubieran protegido de lo peor de la miseria de Bangladés, quizá la prostitución infantil estuviera oculta, como ocurre en muchos lugares del mundo, pero lo que vi no me pareció de una miseria extrema; en los barrios de chabolas había agua corriente y sus habitantes acarreaban sacos de yute con comida.

¡Pero estábamos en Australia! Un país desarrollado, con un nivel de vida alto. Brisbane era una ciudad limpia donde, en apariencia, había dinero; una metrópolis llena de vida, y de rascacielos. Cairns era un lugar animado, rebosante de turistas a la última y restaurantes de lujo. Mis padres no paraban de hablar de lo carísima que era la comida. Todo lo que vi y viví en Australia apuntaba a un estilo de vida acomodado de sus habitantes.

Todos tenemos prejuicios respecto a los sitios que visitamos y, con solo once años, yo también tenía los míos. Creía que ciertas partes de Asia, como Malasia y Hong Kong, eran relativamente prósperas, que el sur del continente era pobre pero la gente disponía de ropa, comida y agua. África era pobre y no siempre se contaba con los servicios básicos. Norteamérica era rica. Sudamérica más variopinta: a algunos países les iba bien y en otros la agricultura de subsistencia era la norma. Europa, al completo, me parecía un lugar donde incluso los niveles de vida básicos garantizaban comida, techo y servicios.

A Australia también la consideraba rica. Y eso fue lo que viví hasta que llegamos a Lockhart River. Creía que visitaba un país rico de blancos, caro en comparación con el Reino Unido, y, de pronto, en aquella localidad de pueblos indígenas, sus habitantes vestían harapos y andaban descalzos. El contraste resultaba apabullante.

¿Cómo podían existir esos reductos de pobreza, comparados con la próspera Brisbane? En el Reino Unido había visto pobreza, estaba acostumbrada a cruzarme con gente sin techo por Bristol, pero lo de Australia era una miseria sometida a un explícito sesgo racial. Me encontraba ante una comunidad de una sola etnia que carecía de los recursos disponibles para los demás.

Justo después de volver al Reino Unido, vimos los documentales *Australia con Simon Reeve*, en los que el reportero viaja al cabo York y habla con algunos miembros de la población indígena. Revelaban una situación mucho peor que la simple instantánea que yo me había llevado.

Quedaba claro que las penurias de los aborígenes en el cabo York se debían al racismo, algo que confirmé más tarde, cuando empecé a estudiar las herencias racistas del colonialismo en las colonias europeas.

Mi camino hacia el activismo y la lucha contra el racismo surgieron de mi rabia y sensación de injusticia. Lo que me puso furiosa en Australia no fue solo la pobreza, sino esa pobreza discriminatoria. La culpa y vergüenza que sentí no hicieron más que intensificarse conforme me fui haciendo mayor.

El cabo York es un destino importante para los pajareros; se trata de la extensión de bosque húmedo tropical más grande que se conserva, y alberga también varias especies que no se encuentran en ningún otro lugar de Australia. Una de ellas, el perico aligualdo, un ave azul con capuchón negro y manchas doradas en las coberteras, habita en una pequeña zona situada en la base de la península. Debido a lo específico de sus requisitos para alimentarse (una semilla determinada) y anidar (termiteros de un tamaño y forma concretos), su población es muy escasa: solo existen alrededor de trescientas parejas que críen. Acampamos para pasar la noche en el centro Artemis Station, que lleva desde la década de 1970 haciendo un trabajo pionero de conservación de los loros, y la mañana siguiente tuvimos la suerte de avistar un par de ellos. La forma de sus picos recordaba a una sonrisa.

Enseguida se hizo más que evidente por qué necesitábamos un todoterreno en el cabo York: las carreteras no eran más que franjas de tierra apisonada y cráteres. En el trayecto hacia el norte, nos cruzamos con trenes de carretera, camiones que arrastraban varios tráileres en una larga cadena. Se nos acercaban atronando, levantando un polvo rojo que ocultaba por completo el sol y reducía la visibilidad a cero. Papá no podía hacer otra cosa que echarse a un lado y esperar a que la nube se asentara y la carretera reapareciera entre el asfixiante polvo. No había mucha más gente por allí y, cuanto más al norte, más tropical se volvía el clima. Era difícil avanzar, y a papá le costaba hasta mantener el coche recto. Cuando llegamos al *camping*, básico a más no poder, no nos extrañó que estuviera ocupado por viajeros aguerridos. Parecían pertrechados para sobrevivir varios meses aislados del mundo, en caso necesario; de hecho, es bastante probable que algunos ya lo hubieran hecho.

A la mañana siguiente, temprano, echamos a andar por los senderos tortuosos del bosque húmedo del Parque Nacional de Iron Range, en busca de nuestro objetivo, el ave del paraíso goliazul, en la única zona de Australia donde puede verse. Reinaban la oscuridad y el silencio; el follaje era tan denso que avanzábamos despacio. Al final, en el lindero del bosque oímos el canto de un ave. Siguiendo el sonido, fuimos acercándonos hasta el lugar del que parecía proceder.

Las aves del paraíso tienden a posarse cerca de la copa de árboles muy altos, por lo que llevábamos los prismáticos apuntando al cielo; costaba trabajo caminar y mirar hacia arriba al mismo tiempo, pero nos obligamos a continuar, imitando el canto, deteniéndonos y reemprendiendo la marcha. La persecución duró un par de horas, pero la clave para que el pajareo salga bien es, como siempre, la paciencia, así que esperamos, sin dejar de escrutar las ramas superiores de los imponentes árboles de la jungla. Y entonces lo vimos. Recuerdo sentir una decepción momentánea. Esta especie, en general, presenta un colorido muy llamativo; es justo el tipo de ave que cabe esperar en un documental de David Attenborough. Además de su plumaje arcoíris, cantan de maravilla y ejecutan unos bailes impresionantes, pero la nuestra en concreto se asemejaba más a un mirlo. Habríamos sido incapaces de detectarla entre los árboles de no haber sido por el escudo triangular de color turquesa iridiscente que le adornaba el pecho y que, al atrapar la luz del sol cuando el ave emprendió el vuelo, consiguió salvar la situación.

Recogimos la tercera *camper* al volver a Cairns; era mucho más grande y, sin lugar a dudas, más lujosa que las dos primeras. La cosa mejoraba: espacio para respirar, sofás adosados a los laterales que se desplegaban en una cama de matrimonio... Pero esta furgoneta, a diferencia de la segunda, no estaba preparada para carreteras sin asfaltar, y para llegar a nuestro siguiente destino, el Parque Nacional de Lawn Hill, teníamos que hacer doscientos kilómetros, entre la ida y la vuelta, por ese tipo de vías. Decidimos arriesgarnos.

Después de varios días conduciendo por carreteras infinitas en los polvorientos parajes naranjas del interior del país, papá estaba agotado, así que el Parque Nacional de Lawn Hill, un oasis de verdor, supuso un feliz descanso. Conseguimos sortear aquellas pistas infernales y atravesarlas sin dificultad, por suerte, y aparcamos junto a la orilla de un río azul topacio que surcaba un cañón de rocas escarpadas. El cauce estaba bordeado de árboles y algo más adelante había una cascada. Pero nosotros andábamos tras el maluro coronado, que no encontraríamos en aquel rincón exuberante. Dejamos la furgoneta al lado del río y echamos a andar en dirección a los arbustos secos y las piedras del árido interior australiano. En aquella ocasión no hubo que esperar, porque, posado en un tocón de baja altura, había un maluro macho que se pavoneaba para admiración de todos. Era casi entero de color marrón, con una hermosa cola azul del mismo tono del río, larga y centelleante, de la que presumía ante el mundo entero. En la cabeza llevaba una preciosa corona morada; en los ojos, un antifaz negro. Era bellísimo. Mi emoción no tenía nada que ver con avistar un ave rara: solo observar aquella maravilla en miniatura ya era suficiente. Fue a descansar en un peñasco gris y pronto se le sumaron sus amigos. Juntos, se pusieron a revolotear por el polvoriento afloramiento rocoso mientras nosotros seguíamos allí plantados, boquiabiertos. Parecía que les daba igual nuestra presencia y nosotros no teníamos prisa alguna por marcharnos y empezar a buscar otras aves; durante un rato, aves y humanos disfrutaron de su mutua compañía.

Mamá era muy consciente de que el viaje había sido duro para papá, pero, al volver a casa, se dio cuenta de que le habría gustado que durara más. Esa sensación formaba ya parte de un patrón: mientras estaba fuera, su deseo de quedarse en la pequeña burbuja de nuestra familia cobraba fuerza. Había echado de menos a Ayesha y Laila, por supuesto, y también a Lucas, recién nacido, pero le encantaba eso de cocinar, dormir y pajarear juntos. Durante un periodo breve, había salido de su propia vida para meterse en otra en la que las únicas preocupaciones eran dónde dormir esa noche y qué aves buscar al día siguiente. En los viajes, podía tener algún brote de manía, pero era muy raro que el péndulo de su trastorno bipolar oscilara hacia la depresión.

Las sesiones de actividades en el bosque con mamá, un año antes, nos habían acercado; por aquella época, yo no estaba tan enfadada, pero a ella aún le preocupaba que no hablara con nadie acerca del efecto de su enfermedad en mi propia salud mental. Después de empezar la escuela secundaria, en el otoño de 2013, nos derivaron al Servicio de Salud Mental para Niños y Adolescentes (CAMHS) para que acudiéramos a sesiones de terapia familiar. Me las presentaron como unas reuniones en las que tendría la oportunidad de hablar con un terapeuta sobre lo que sentía respecto a la enfermedad de mamá y cómo había afectado a nuestra relación. Me ponía furiosa solo de pensarlo. No quería hablar de mi madre con un desconocido. Aunque últimamente me había sentido más unida a ella, su insistencia en que esas sesiones le vendrían bien a toda la familia me devolvió a mi estado de enfado anterior. Para apaciguar a mis padres, fui a una. Una sala blanca e inhóspita, en silencio salvo por la amable invitación del terapeuta a que pasara, y mamá y papá mirándome fijamente como si estuvieran esperando a que rompiera a cantar: como sospechaba, fue horrible. En mi interior se agolpaban un montón de sentimientos, claro que sí, pero era muy pequeña y me faltaba madurez emocional para expresarlos con palabras. Además, aún convivía con los problemas de salud mental de mamá; ni ella estaba mejor ni la situación se había arreglado. Me negué a regresar.

Volviendo la vista atrás, me doy cuenta de que aunque ni las sesiones ni el terapeuta tenían nada de malo, yo nunca iba a estar a gusto con un foco apuntando a mis sentimientos, en una sala estéril con luces fluorescentes, mientras un desconocido me hablaba de mi madre. Para que afloraran a la superficie haría falta un lenguaje distinto.

—¿Sabes qué, Mya? —dijo mamá una mañana a finales de otoño, mientras yo me preparaba para salir—. Creo que lo que necesitas son unas sesiones de poesía.

(Todo esto puede parecer un montón de terapia en un breve espacio de tiempo, y justo así es como yo lo veía).

—¿Poesía?

Me eché a reír, pero ella hablaba en serio. No pensaba darse por vencida. Estaba segura de que yo necesitaba expresar mis sentimientos; si no lo hacía, se pudrirían dentro de mí y acabaría enfermando. Sin embargo, para mí, el CAMHS había sido un desastre.

—¿Papá y tú estaréis presentes? —pregunté.

—Claro que no. A ti el formato familia no te funciona. Es evidente.

Lo que era evidente era que a mamá le habría gustado que yo me desahogara con el terapeuta. Pues aquello no iba a pasar, pero, para que se quedara tranquila, accedí a darle una oportunidad a su última ocurrencia.

Y así empezó una serie de sesiones de terapia con poesía en las que me sentaba con Ita, una poeta amiga de la familia, mientras ella intentaba sacar de mí algunas ideas que luego convertíamos en versos. Me parecía algo muy infantil, artificial e incómodo, y al principio no lo disfruté en absoluto. Me marchaba muy ufana por no haber revelado nada de mí misma, pero, poco a poco, sin percatarme de ello, empecé a abrirme. Al cabo de un par de semanas, algo cambió. Ita me hizo varias preguntas específicas, en lugar de las vaguedades habituales del tipo «¿cómo te sientes cuando tu madre está triste?». Profundizamos en episodios concretos, como la primera vez que fui a visitar a mamá al hospital. Me vi hablando de la enfermera que «vigilaba» la habitación, el olor del pabellón, el hecho de que mamá estuviera esforzándose demasiado por ser mamá.

Si a Ita le sorprendió que de pronto las palabras empezaran a fluir, para mí fue aún más asombroso. Después de aquellas sesiones me sentía más ligera porque, sencillamente, era la primera vez que hablaba con alguien sobre mi vida.

Como parte de la recuperación
intentamos hace poco un abrazo familiar en la cocina.
Es la única vez
que he visto llorar a mi padre.
Se deshizo en llanto,
pero lo estábamos intentando
y eso es lo que importa.

CAPÍTULO 7
Raíces

CORRELIMOS CUCHARETA

El correlimos cuchareta es una pequeña limícola, en grave peligro, que cría en el noreste de Rusia e inverna en el sur de Asia. En 2016, la población mundial se calculaba en alrededor de doscientas parejas. Las principales amenazas para su supervivencia son la pérdida de hábitats, por culpa de la degradación del clima en sus lugares de cría; la desaparición de llanuras de marea en su ruta migratoria, recuperadas para usos humanos; y la caza, en sus entornos tanto de migración como de invernación.

El rasgo más característico del correlimos es el pico negro en forma de espátula que le da nombre. Se alimenta de una forma muy peculiar: efectúa barridos con el pico de lado a lado mientras camina y va filtrando agua limosa para comerse los invertebrados que encuentra en ella.

*Una parte fundamental del programa de conservación para salvar esta especie ha sido la educación y la oferta de medios de vida alternativos para los cazadores de aves en los hábitats de Myanmar y Banglad*é*s donde inverna el correlimos, que queda atrapado en las redes, destinadas a zancudas de mayor tamaño, que se emplean en la caza de subsistencia.*

La última entrada de la lista MECH de mamá dice: «Enero 2014. Mya termina la terapia de poesía». La lista se había creado para nuestras sesiones de terapia familiar y, cuando estas llegaron a su abrupto final, carecía de sentido. Tres líneas por encima de esa entrada hay otra más significativa: «Septiembre 2013. Helena deja el trabajo». No había vuelto al bufete desde que salió del hospital, pero ya era oficial. Y seguía demasiado enferma para pensar en buscar otro empleo.

Hacia finales de 2014, puse en marcha mi blog. En aquel momento me pareció una decisión bastante fácil, y solo para disfrute propio: charlar con la gente de internet y otros pajareros sobre las aves que había visto y dónde, y, en general, compartir el «placer» de andar por ahí bajo la lluvia con la esperanza de cruzarme con una especie rara de pato, ganso o zancuda en migración.

Cuando solo tenía ocho años, me topé con una heroína de dibujos animados llamada Birdgirl y, aunque a mí me faltaban las alas de plata (y el casco amarillo), me identifiqué con el nombre, así que llamé mi blog «Birdgirl»[5].

Swarovski Optik, fabricante de prismáticos de precisión, acababa de publicar en su blog la noticia de que yo había conseguido avistar tres mil aves. El boletín de mi escuela se hizo eco, el periódico local *Chew Valley Gazette* también lo reseñó en sus páginas y, al final, terminó saliendo en la prensa nacional. La popularidad y crecimiento de mi blog me pillaron por sorpresa y no tardé en encontrarme con una plataforma considerable, desde la que enseguida abordaría cuestiones medioambientales y de conservación. Empecé a escribir sobre la deforestación en Sudamérica, sobre las aves que se estaban viendo amenazadas por la pérdida de hábitats allí y por todo el planeta. Me interesaba tanto

---

[5] A estas alturas, quien esté leyendo estas páginas ya tendrá claro que *birdgirl* significa «chica pájaro».

la supervivencia de las especies como observarlas. A finales de diciembre de 2014, subí una publicación referente al reciente vertido de petróleo en Sundarbans y emprendí una campaña de concienciación y recaudación de fondos con la que logré reunir más de treinta y cinco mil dólares. El vertido supuso una catástrofe ecológica en más de ciento cuarenta kilómetros cuadrados de hábitat, además de una grave amenaza para el raro delfín del río Irawadi y los numerosos martines pescadores y garcetas que visitaban el lugar, declarado Patrimonio de la Humanidad. No se había producido en el mar, sino en el manglar, lo que dificultó muchísimo la limpieza. Escribí un artículo que se publicó en la revista de la American Birding Association, de enorme alcance, y asocié mi campaña al grupo de activistas del actor Mark Ruffalo, Water Defense, especialistas en retirar petróleo de la superficie del agua. Gracias a los millones de lectores de la revista, la campaña logró su objetivo el día después de que el artículo viera la luz.

Todo esto dio a conocer mi trabajo e hizo que mi voz llegara a más lugares. A la gente parecía gustarle lo que contaba y defendía. Empecé a pasar de escribir en internet a ejercer una labor más activa en la vida real. En 2015, Bristol se convirtió en la primera Capital Verde Europea del Reino Unido, y el alcalde me propuso como embajadora. Junto con Hugh Fearnley-Witthingstall, Kevin McCloud y Simon King, mis responsabilidades eran promover el capital verde, algo que hice a través de mi canal en redes sociales, que no hacía más que crecer.

Me reunía con grupos dedicados a la naturaleza local y la vida silvestre de la comunidad para hablar sobre la observación de aves por el mundo y la pérdida de biodiversidad. De ahí pasé a los de conservación, y fui elaborando mi mensaje conforme aprendía más cosas. Hablé ante el British Trust for Ornithology y el Avon Wildlife Trust Chew Valley Group, aprovechando para difundir mi mensaje sobre el deterioro de los hábitats.

En enero de 2015, la sección de la BBC destinada a historia natural me grabó en una charla ante el Wildfowl and Wetlands Trust sobre un proyecto que me resultaba especialmente emotivo: el del correlimos cuchareta.

Unos meses más tarde, intervine en el acto de Bristol previo a la Conferencia de París sobre el clima (COP21), en la que los países participantes sumaron fuerzas para luchar contra el cambio climático. Después de aquello, me sentía pletórica; la manifestación, sobre todo, me había llenado de energía. Aquello ocurrió tres años antes de que Greta Thunberg apareciera en escena; su mensaje sobre huelgas estudiantiles por el clima, School Strike for Climate, llevaría a millones de estudiantes de todo el mundo a convertirse en ruidosos activistas contra el cambio climático.

Para apoyar la movilización, publiqué una entrada titulada «Qué pueden hacer los adolescentes para ayudar a salvar el planeta», lo que me valió la inclusión en la lista de los jóvenes más influyentes de Bristol: veinticuatro personas de menos de veinticuatro años. Tanto mi cara como mi nombre comenzaban a ser conocidos; parecía una evolución natural.

Me ofrecieron una columna mensual en el *Chew Valley Gazette*, «Birdgirl's Tails», para que escribiera acerca de mis aventuras con las aves y mis reflexiones sobre cuestiones medioambientales.

Hablé con cualquier grupo que quisiera recibirme. Mi mensaje, que pretendía transmitir urgencia, se centraba en la increíble avifauna que había visto y también en los efectos de la erosión de los hábitats causada por el cambio climático o la acción humana, y quería usar todos los medios a mi alcance para concienciar a la gente. A los trece años, me reuní con el diputado de mi distrito, Jacob Rees-Mogg, para plantearle mis inquietudes acerca de la cacería con perros. Aunque no conseguimos ponernos de acuerdo en casi nada, me preguntó si no me había planteado dedicarme a la política, lo que me dio la confianza suficiente para reunirme con gente que ocupaba puestos de poder.

Como soy de naturaleza tímida, necesité un periodo de adaptación para sentirme más segura. Fue un campo de entrenamiento emocionante y aterrador. Más de una vez, la presentación con diapositivas que tan meticulosamente había preparado daba problemas pocos minutos antes de subir al escenario. Pero me las fui arreglando.

Fue una época emocionante; en las redes sociales había un gran interés por el cambio climático, y yo me sentía en el centro de un movimiento nuevo que iba cobrando fuerza. No tenía grandes planes, no cumplía las indicaciones de mis padres ni de nadie más; me limitaba, sin más, a seguir mi pasión.

De algún modo, conseguí liberarme los fines de semana para dedicárselos a las amistades y la observación de aves. Una mañana de sábado en Bristol con mis colegas consistía, por lo general, en probarnos ropa en varias tiendas y, después, ir al cine y hacer una fiesta de pijamas. A la mañana siguiente, me volvía pitando a casa, cogía los prismáticos y me metía en el coche con mamá y papá para ir en busca de un ave rara o salir a pajarear sola por la zona. ¿Y por qué no combinaba la observación de aves con mi vida social? Antes muerta que pedirle a cualquiera de mis amigos que viniera conmigo. Yo era una chica normal, en el sentido de que quería ser como el resto de chicos normales, que no practican a escondidas una afición rara los fines de semana. Disfrutaba con mis amigos y disfrutaba con mi activismo… ¡siempre que esos dos mundos no se tocaran! Además, me dirigía a un público adulto, un grupo de población distinto del de mis compañeros. Ninguno de ellos supo nunca que era Embajadora Verde (o, si se enteraron, no me lo dijeron).

Me sentía muy cómoda con mi creciente activismo, pero ni de broma habría dado una charla en el colegio sobre cambio climático ni observación de aves; solo de pensarlo me quedaba helada. En realidad, era yo quien salía perdiendo; todos sabían que me dedicaba al pajareo y conocían mi columna. Así que, claro, yo sabía que ellos sabían, y ellos sabían que yo sabía que ellos sabían. La norma no escrita, a esas alturas, era que nunca hablábamos del activismo ni el pajareo. ¿Y quién la había impuesto? Yo, por supuesto.

Todos coincidíamos en que el viaje a Australia había estado bien, pero el sinfín de horas al volante y la preocupación continua por el alojamiento le habían pasado factura a papá. Mamá seguía con cambios de humor erráticos, cosa poco habitual, porque los estados de ánimo de casi todos los enfermos de trastorno bipolar suelen estabilizarse cuando empiezan con el litio. Papá necesitaba estar seguro de que fuera por el buen camino antes de embarcarnos en nuestro gran viaje a Uganda, Ruanda y Kenia, en el verano de 2015.

Fuimos juntos a la consulta del psiquiatra, y papá le estuvo contando las broncas en las distintas furgonetas, la insistencia de mamá en que él condujera distancias inasumibles y la falta general de organización. Y entonces a mamá le ajustaron el diagnóstico a trastorno bipolar grave, porque el litio no la había ayudado «suficiente». Le recetaron un fármaco llamado fenelzina, un antidepresivo, que había que guardar en el frigorífico. Curiosamente, a la gente que toma fenelzina le advierten de que no coma queso, dado el peligro de que se produzca un peligroso aumento de la presión sanguínea y el consiguiente riesgo de infarto cerebral.

Albergábamos la esperanza de ver un picozapato en Uganda, una de las especies más buscadas por quienes practican el pajareo mundial; no solo por ser una auténtica rareza, sino también porque es un ave aterradora con pinta de estar chiflada. El picozapato, además, es increíblemente guay, como una cigüeña con un pico enorme en forma de zapato. Pero lo que más nos atraía era el hecho de que fuera monotípico (la única ave de su familia) y, por lo tanto, único, y de que no haya nada similar a él. Los pajareros están dispuestos a ver cualquier ave, pero, si es una rareza, todavía más.

Los padres de mi madre son del distrito de Sylhet, en Bangladés. Bangladés se encuentra en el delta del Ganges, entre India y Myanmar, y es un país perfecto para la observación de aves, además de formar parte de mi herencia.

Ayesha pasó los primeros años de su infancia en el seno de nuestra familia bangladesí. Mi madre estaba sola con un bebé; necesitaba su ayuda, y ellos se la dieron gustosos. A Ayesha la crio no solo mamá, sino también un ejército de tíos y tías, además de mis abuelos. Era la nieta favorita de nuestro *nanabhai*, que muchas veces le traía pollo *tandoori*, su plato favorito, del restaurante. En muchos aspectos, la infancia de mi hermana fue completamente distinta de la mía.

Aunque mis abuelos terminaron aceptando a papá en la familia (no era el primer chico blanco con el que se casaba mi madre), para ellos supuso una cierta conmoción que se lo presentara como su novio. Pero, mientras él estuviera dispuesto a cuidar de mamá y también de Ayesha, ellos contentos. Ambas habían pasado un tiempo en casa de mis abuelos, pero, en mi caso, estando papá, mi lazo con la familia bangladesí no era tan intenso como el de mi hermana. Al igual que otros muchos hijos de familias inmigrantes, me parecía estar creciendo entre dos culturas sin llegar a pertenecer nunca del todo a una o a otra.

Mi crisis de identidad se resolvía en cuanto pisábamos Bangladés. Allí me tratan como a una de los suyos. Existe una palabra en bangladesí, *bilati*, que se usa para referirse a los familiares y amigos que viven en el Reino Unido. Ese concepto y esas relaciones a larga distancia están cargadas de amor y cariño. Mis parientes bangladesís entienden que los jóvenes que crecen en el extranjero han asimilado una cultura distinta, así que dejan pasar las manifestaciones sutiles, y no tan sutiles, de nuestras diferencias. El color de la piel de papá nunca les ha importado mucho, y a mí me tratan como a cualquier otro pariente que haya nacido y crecido en el Reino Unido.

Todo el mundo tiene expectativas sobre los niños que proceden de dos culturas y cómo resuelven ese sentimiento de identidad. Pero, en esencia, mi confusión estaba más relacionada con las reacciones ajenas: para mis amigos blancos era asiática; para los asiáticos, blanca. Cada vez que iba a Bangladés, hacía un esfuerzo consciente por retomar los lazos con mi familia, y empecé a sentirme más cómoda en mi piel cuando tomé la decisión de investigar mis raíces.

Como Bangladés es tan importante para mí, también lo son sus aves.

La isla bangladesí de Sonadia es uno de los lugares que elige para invernar el correlimos cuchareta; en febrero de 2015, mamá y yo nos sumamos a un grupo de trabajo para hacer un recuento de las aves que había en la costa meridional. Yo pretendía usar mi plataforma, que no dejaba de crecer (el blog tenía ya casi un millón de visitas), para luchar en defensa de esa ave tan vulnerable. Dado que, además, soy bangladesí, aproveché asimismo mi origen étnico para acaparar mayor atención.

Mi última estancia en Bangladés había sido, como siempre, un torbellino de tías, tíos, primas y primos, lo que nos obligaba a recorrer largas distancias en coche, entre pueblos y ciudades, para ver a todos y cada uno de lo que parecían infinitos parientes. Este viaje iba a ser muy distinto.

El tío Joshim de mamá nos recogió en el aeropuerto. No la había visto desde 2011, cuando fue a visitarla al hospital, en Bristol. No pararon de reírse comentando que en su último viaje a

Bangladés ella había tenido un subidón de escándalo. Subidón por el trastorno maniaco, digo. Aunque ya se encontraba mucho mejor, yo no pude evitar acordarme de esa visita, de la imagen de papá diciéndonos adiós con la mano mientras embarcábamos en el avión de vuelta, para al final seguirnos pocos días después porque mamá se había puesto fatal. Aparté ese pensamiento de mi cabeza; mamá estaba bien y papá no nos habría permitido venir si hubiera tenido alguna duda sobre su estado de salud.

Viéndolo en retrospectiva, mamá lleva preguntándose desde entonces si aquel viaje no fue un poco imprudente. No por su enfermedad, sino porque Bangladés se encontraba en un momento de gran agitación política. Cuando llegamos a Daca, en los alrededores del aeropuerto aún estaban retirando del asfalto los restos chamuscados de un minibús lleno de pasajeros al que unos manifestantes violentos habían prendido fuego la víspera. Las recientes elecciones habían estado muy reñidas y el país estaba sumido en el caos; había carreteras cortadas y calles atestadas de manifestantes. Aunque era una época tensa para viajar, pensamos que en las marismas de la isla de Sonadia estaríamos a salvo. No fue una decisión fácil, pero a mamá y a mí nos interesaba el proyecto y le prometimos a papá que no saldríamos de nuestra habitación de hotel hasta que pudiéramos coger un avión que nos sacara de la ciudad.

Desde Daca, volamos a Bazar de Cox, en la costa meridional, y, de ahí, a las marismas y humedales de la isla de Sonadia, para empezar la inspección. Bazar de Cox, por lo general abarrotado de turistas, era un desierto; de tan vacío parecía un poco siniestro.

Al igual que los gansos que llegan en invierno al Reino Unido procedentes de Groenlandia o Escandinavia, el correlimos cuchareta abandona la tundra ártica, en Rusia, y migra hasta países como Bangladés, donde hay comida abundante durante los meses más crudos. Con la erosión de las marismas en Rusia y

China, la conservación del ave se ha vuelto problemática, de ahí que fuera fundamental la cooperación internacional si se pretendía salvar el hábitat del correlimos. El proyecto era urgente y, por primera vez, me impliqué personalmente, por insignificante que fuera mi aportación, en ayudar a que una especie saliera adelante. Aunque me había entregado en cuerpo y alma a la defensa del proyecto del correlimos en las redes sociales, resultaba muy conmovedor interactuar con aquella ave tan preciosa. Allí el ambiente estaba tranquilo; la realidad que ocultaba la campaña pública se abrió ante mis ojos cuando me vi hundida hasta las rodillas en fango. Todo se redujo a la sencilla acción de contar pájaros diminutos.

Estuvimos recorriendo los lodazales todo el día, como había hecho papá en 2011, hasta haber contado diecinueve aves. También avisté una zancuda muy rara y una nueva para mi lista: el archibebe moteado. Con un tamaño que casi duplica al del correlimos, su canto consiste en una sola nota melodiosa. Papá había divisado uno en ese mismo sitio cuatro años antes. ¿Sería ese? Era bastante probable.

Aquella primera mañana, me preocupaba no ver ningún correlimos, o quizá solo un par, pero, aunque el día había sido largo y caluroso, al final también fue un éxito rotundo. ¡Hasta nos chocábamos todo el rato! Solo quedaban doscientos ejemplares de correlimos cuchareta y nosotros habíamos contado una décima parte en un día. Aunque en esa emoción había también cierta pena: doscientos ejemplares es una cifra tristísima. Al menos, parecía que la población empezaba a estabilizarse tras un descenso dramático.

Muchos motivos explican por qué el correlimos está tan amenazado; algunos se deben a la caza de zancudas mediante trampas que se practica en Bangladés; la gente es pobre y hay un montón de zancudas. Por desgracia, las aves más pequeñas tienden a acabar atrapadas con las otras especies, más abundantes.

Los tramperos no van tras el correlimos de forma intencionada, pero tampoco hacen nada para salvarlo. Cuando te ganas la vida así, hasta el trocito de carne más minúsculo en un pajarillo te vale. Nadie quiere vivir de eso; no es una ocupación lucrativa ni respetada, y parte del proyecto consistía en fomentar otras líneas profesionales. En las marismas, conocí a un lugareño que se había dedicado muchos años al trampeo, sin imaginarse siquiera otra manera de ganarse la vida. El proyecto le proporcionó apoyo para que usara sus otras destrezas; de niño, había ayudado a su madre con los encargos de costura que le llegaban del vecindario. No tardó en montar su propio taller y terminó convirtiéndose en un sastre de éxito. Otro gran motivo de preocupación es que en la costa oriental de Asia se han perdido multitud de hábitats debido a la industrialización de los humedales.

¿Por qué me planté yo en Bangladés para implicarme en un trabajo de inspección cuando allí ya había gente dedicada al proyecto? La única cosa útil que podía aportar era la atención mediática. Como mi blog era bastante conocido y, a pesar de ser una niña, tenía unas opiniones claras sobre la conservación, quería usar ese perfil para ayudar a salvar al correlimos, para hablar de las amenazas que penden sobre su supervivencia y las razones por las que su conservación era tan importante. Concedí entrevistas a periódicos bangladesís y salí en un importante canal de noticias. Durante aquella época, mi blog recibió decenas de miles de visitas.

Muchos proyectos de conservación empiezan seleccionando una sola especie; por lo general, un ave emblemática u otro animal, que sea único o que despierte cariño, una criatura que la gente pueda defender. Centran los esfuerzos en un animal insignia y, gracias a la campaña, otras aves, animales e insectos del mismo hábitat también se salvan.

Desde que empezó el proyecto del correlimos, el número de pollos que sobrevive cada año ha aumentado un veinte por ciento, en gran parte gracias a la «recría», un proceso que consiste en que los polluelos eclosionan en cautividad y se liberan después de un tiempo, cuando son más fuertes. Pero la lección más importante es que, con un gran proyecto centrado en salvar una especie (y este era enorme, con la implicación de muchos países distintos, como Rusia, China, Corea del Sur, Tailandia, Bangladés y el Reino Unido), los resultados pueden ser increíblemente positivos. El problema evidente es que no son viables para la inmensa cantidad de especies en peligro.

El correlimos cuchareta está recuperándose poco a poco, pero ¿cuánto durará? Debido a los efectos del cambio climático sobre la Tierra (y, por muy mala que nos parezca la situación, la realidad es mucho peor), el esfuerzo internacional por salvar a esta especie se vuelve aún más impactante cuando piensas en que, si se derritieran los glaciares, el nivel del mar subiría unos setenta metros, lo cual dejaría bajo el agua las ciudades costeras del planeta.

El viaje coincidió con mi toma de conciencia sobre la etnia y la diversidad; sobre todo, en el ámbito de la conservación y la naturaleza. En el Reino Unido, la abrumadora mayoría de la gente que se dedica al sector es blanca: ornitólogos, científicos e investigadores. Mis familiares no entendieron nunca mi deseo de pasar tiempo en la naturaleza, y lo habían aceptado como una diferencia cultural, pero esta visita a Bangladés me abrió los ojos: conocí a observadores de aves, activistas, científicos e investigadores, jóvenes y apasionados, y todos ellos, bangladesís. ¿A qué se debía aquello? ¿Por qué había miles de aficionados al pajareo bangladesís, cuando en el Reino Unido yo solo conocía a tres (mi madre, mi hermana y yo misma)? ¿Por qué había tantos observadores de aves en Bangladés y ninguno en la diáspora?

«Mya, apenas hay mujeres, mucho menos bangladesís». La opinión de papá sobre la diversidad étnica en la comunidad de observadores de aves me resultó esclarecedora. Mi familia ya era una combinación bastante infrecuente, casi una anomalía (marido, mujer e hijas) antes incluso de introducir el factor étnico.

Estaba claro que quedaba camino por recorrer.

En Daca, mamá, con ayuda del Bangladesh Bird Club, había organizado una actividad con la que yo trataría de sensibilizar a la gente sobre el vertido de petróleo en los Sundarbans y el correlimos.

Mientras hablaba ante una sala repleta de amantes de la naturaleza, conservacionistas y prensa, pensé que, si allí en Bangladés había tantos jóvenes apasionados por las aves, la naturaleza y la conservación, el único motivo de la falta de activistas de procedencia similar en el Reino Unido debía ser la exclusión, y que esa «alienación» de las personas de una etnia minoritaria visible (VME) es la causante de su desconexión con la naturaleza. Por supuesto, tal vez no les interese nada salir a observar aves, hacer senderismo o cualquiera de las otras mil cosas que se pueden hacer al aire libre, pero todo el mundo debería tener la oportunidad.

He optado por usar el término «etnia minoritaria visible» en mi trabajo y mi activismo porque es un indicador muy útil; sobre todo, en el sector de la naturaleza. Dicho de manera sencilla, VME se refiere a la gente de una etnia minoritaria que se describe a sí misma como no blanca. BAME (etnia minoritaria negra o asiática) es un término más común en inglés, pero no sirve de gran cosa en este ámbito porque, a la hora de salir a la naturaleza, las barreras existentes no se aplican a ciertas personas de «etnias minoritarias» porque son blancas. Las barreras existen debido al color de la piel, porque eres diferente de los demás.

Si las cifras de trabajadores de BAME en el sector de la naturaleza son bajas, al escarbar descubrimos que las de jefes no blancos son catastróficas, solo del 0,6 por ciento. El término

BAME puede emplearse, en realidad, con el fin de enmascarar lo mala que es la situación de las personas de VME.

En aquel entonces, empezó a germinar en mí la idea de que una forma de luchar contra el desequilibrio podría ser abordarlo directamente y actuar para forzar el cambio. Contaba con mi plataforma, un lugar desde el que hablar de los temas que me interesaban, pero los blogs solo llegaban hasta donde llegaban (la cámara de resonancia de internet era ruidosa ya en 2015); necesitaba actuar de manera inmediata.

Acababa de enterarme de que en Estados Unidos había campamentos de verano infantiles para todo, desde karate hasta cristianismo y observación de aves.

—Me gustaría ir a un campamento de verano de observación de aves —le dije a mamá.

—¿En Estados Unidos? —preguntó.

—¡No, en Estados Unidos no! Aquí.

—Aquí no hay de eso, pero podrías montar tú uno —sugirió.

Así era mamá. Si yo quería algo, me tocaba a mí misma hacerlo realidad, como había hecho ella toda su vida. Se convirtió en abogada cuando había pocas mujeres bangladesís que fueran a la universidad siquiera. Trabajó mucho para asegurarse de que su bufete contratara a más gente de VME. Y, en lo relativo a la observación de aves, mamá no consentiría nunca que las prisas, unos guías poco convencidos o un anochecer inminente fueran obstáculos para ella.

Yo quería juntarme con gente de mi edad, parecida a mí, interesada por lo mismo que me interesaba a mí. Al fin y al cabo, Bristol es una de las ciudades más diversas de Inglaterra, con poblaciones de inmigrantes procedentes de Bangladés, Jamaica y Somalia. ¿Qué me impedía organizar mi propio campamento de verano? El público estaba ahí, solo había que pedirle que saliera.

Una acertada campaña de boca a oreja, sumada a la publicidad en redes sociales, atrajo a quince adolescentes para nuestro primer campamento de verano en Avalon Marshes, cerca de Glastonbury. Pero... todos eran chicos blancos de clase media, procedentes del entorno rural, y enseguida me arrepentí de la orientación que le habíamos dado a la campaña. En lugar de hablar de un campamento de observación de aves, tendría que haber puesto énfasis en el aire libre y la naturaleza, algo que habría atraído a un grupo más amplio de chicos y chicas de ciudad. Claramente, no bastaba con una invitación; si quería que aquello funcionara, debía implicar de forma activa a chavales de VME. Si alguna vez se me ha encendido una bombillita, fue en aquella ocasión. Aunque no sabía por qué no se animaban, entendí que no podía soltar a adolescentes en mitad de un entorno del que apenas eran conscientes y obligarlos a desaprender el mensaje de que el campo no era para ellos.

Mamá tomó las riendas y juntó a unos cuantos voluntarios de Bristol para las actividades, al tiempo que se ponía en contacto con padres de niños de VME en un intento de convencerlos de que nos mandaran a sus hijos adolescentes. En junio de 2015, celebramos el primer Campamento Avalon de fin de semana para veinte chavales.

Reconozco que fue estresante y no salió todo lo bien que esperábamos. La primera tarde, mientras yo clavaba las piquetas de una tienda, oí hablar a los dos muchachos que estaban dentro.

—¿Tu madre te ha obligado a venir? —preguntó uno.
—Sí —respondió el otro—. ¿Y a ti?
—A mí igual.

Quise morirme de la vergüenza.

Aquel primer campamento fue un torbellino de actividades, algunas con más éxito que otras. Había bastante polen en el aire y los alérgicos no paraban de estornudar. A algunos chavales les asustó el taller de polillas, y muchos se quejaron por la larga ruta senderista de rastreo de mamíferos. A nadie le gustó que lo despertaran a las seis de la mañana para hacer una excursión por las planicies de Somerset.

Aunque había conseguido que se ocuparan todas las plazas, estaba claro que las madres de los cinco chicos adolescentes negros y asiáticos les habían obligado a apuntarse.

¿Qué demonios había hecho?

Era evidente que no había valorado bien el reto, que consistía en despertar el interés de los jóvenes urbanitas por el campo.

—¿A quién narices se le ocurre madrugar para salir a andar? —preguntaban mientras caminábamos fatigosamente.

—No podéis estar cansados —respondí—. ¡Por Dios, pero si jugáis al fútbol!

Miradas ausentes. Por mucha paliza que les dieron mamá y papá sobre los beneficios del aire libre y la naturaleza, no hubo forma de hacerles cambiar de opinión.

Al final, fue uno de nuestros voluntarios, de un grupo de jóvenes de la zona amantes de la naturaleza, quien consiguió darle un vuelco al campamento. Reparé en que los adolescentes prestaron más atención cuando les habló del halcón peregrino. Allí estaba ese tío tan guay de apenas veinte años comparando un halcón con los coches de fórmula 1: dos máquinas poderosas que aceleraban sin dificultad a velocidades de hasta trescientos setenta kilómetros por hora. Al halcón, que surca los cielos como un fuego de artificio, no le cuesta nada lanzarse en picado sobre palomas y cuervos desprevenidos cuando llega la hora de comer; es un avión de combate, un bólido, un cohete (y, por suerte para mi campamento, la puerta de entrada a las maravillas del mundo de las aves). La velocidad, gracia y potencia del halcón peregrino supusieron un punto de inflexión para futuros campamentos: hacer de la naturaleza algo relevante para la vida de los participantes.

Después de recoger las cosas y despedirnos, llegó la euforia. Al final, la experiencia había sido un éxito; todo el mundo había conectado y disfrutado con la naturaleza en alguna medida. Yo estaba más convencida que nunca de que debía haber un lugar en la naturaleza para todas las etnias. Por otro lado, era consciente de que, si quería que se produjera algún cambio a nivel nacional, sería esencial que los grupos conservacionistas emprendieran más acciones. También aprendí que nuestros voluntarios eran fundamentales para que los talleres salieran bien: conectaban con los chavales para que la naturaleza les resultara interesante. Ese es el primer paso para derribar barreras.

Algo más avanzado el año, decidí escribir a los grandes organismos de protección de la naturaleza, como RSPB, Wildlife Trust, Wildfowl and Wetland Trust, Bristol Trust for Ornithology, con la esperanza de abrir un debate sobre sus políticas de inclusión y sus propuestas para fomentar el acercamiento de las minorías a la naturaleza. Recibí respuestas de todos y cada uno de ellos. Parecían muy interesados en el Campamento Avalon, pero no hacían nada, y debía ser yo quien fuera a hablar con ellos sobre cómo mejorar sus estrategias de comunicación.

Era evidente que necesitaban hablar con alguien, pero yo solo era una colegiala de trece años con un sueño. Tendría que esforzarme mucho para conseguir mi objetivo, pero presentía que el cambio estaba próximo.

CAPÍTULO 8
Ni una palabra de los chimpancés

PICOZAPATO

El picozapato es un habitante de las marismas de agua dulce con papiros que hay en África oriental-central. Con una población estimada de entre cinco mil y ocho mil ejemplares, está clasificado como especie vulnerable. Las principales amenazas son la destrucción o degradación de sus hábitats, la caza, las alteraciones y la captura ilegal. Es un pájaro enorme, de hasta un metro y medio de altura, con un pico descomunal que tiene una característica forma de zapato. Esconde un secreto espantoso: cuando anidan, la mayoría de las parejas tiene dos polluelos con cinco días de diferencia, lo que implica que el primero que nace es mucho más grande que su hermano. Mientras los padres están lejos del nido, el pollo grande ataca al pequeño hasta hacerle sangrar y lo empuja hasta el borde del nido. El padre, que regresa para ayudarlo, le da sombra con las alas al pollo más grande y le ofrece agua directamente de su pico, mientras que al más joven se le deja morir al sol. El único objetivo de tener ese segundo polluelo es que sirva de reemplazo en caso de que el primero no sobreviva.

Desde el interior de un taxi que surcaba la animada vida nocturna de las calles de Kampala (motos chirriando por doquier, las brillantes luces de neón de restaurantes y bares), intentaba hacerme una idea de Uganda, del calor, de la humedad, del estimulante olor de otro país. Pero, dado que no íbamos a quedarnos en la ciudad, me retrepé en el asiento y cerré los ojos.

Mamá y papá habían elegido África Oriental no solo por las aves, sino por su diversidad latitudinal. Las zonas comprendidas entre los trópicos cuentan con una mayor diversidad, para empezar, y, si a eso se le suman enormes extensiones de hábitats vírgenes tales como sabanas, humedales, bosques húmedos y alguna que otra cordillera, la inmensa cantidad de especies se convierte en un imán para los observadores de aves.

El picozapato, que coronaba nuestras listas aquel verano, está considerado un trofeo para los aficionados no solo al pajareo, sino también a la naturaleza en general; todo el mundo queda fascinado por su tamaño y rareza. La marisma de Mabamba es el lugar más accesible y seguro para avistarlo en Uganda y, seguramente, en toda África, y allí es adonde nos dirigíamos la primera mañana: al humedal de Mabamba, a orillas del lago Victoria.

Yo me moría de ganas de viajar lejos aquel verano. Mientras se acercaba el final de octavo curso, evalué la situación: aparte del Campamento Avalon y del activismo en favor de las especies amenazadas, aunque había hecho amigos nuevos en la escuela secundaria, no cabía duda de que a muchos de mis compañeros les parecía que mi afición por la observación de aves era un poco rara. En situaciones sociales, a mí me faltaba la autoestima que les sobraba a los demás. O al menos así es como yo lo veía. En retrospectiva, pienso que podría haber fingido un poco más de bravuconería, porque ahora sé que eso es lo que hacía todo el mundo.

Cuando empecé la secundaria, Ayesha me aconsejó que no mencionara nunca el pajareo si no quería que se rieran de mí, pero, a diferencia de ella, yo no podía ocultarlo del todo, debido a mi presencia en redes sociales. La prensa local y, a veces, la nacional habían empezado a hacerme entrevistas y publicar artículos sobre mis experiencias con la observación; cuando hablaba de aves o el medio ambiente, nunca parecía faltarme esa confianza en mí misma. Por supuesto, algunos compañeros de clase estaban al tanto de aquellas apariciones en los medios. Y para entonces yo temía las clases de Informática, porque siempre había uno o varios compañeros que cotilleaban mi blog o una entrevista reciente y empezaban a leer en voz alta.

—Es alucinante la cantidad de especies que vive en un jardín… —empezaba alguien.

—No tienes más que sentarte en tu jardín y empezar a observar —añadía otro.

Nuestro profesor de Informática rara vez intervenía, quizá porque no era tanto acoso como una provocación agresiva. Pero yo reaccionaba mal, y no tardé en darme cuenta de que era justo eso lo que pretendían quienes me atormentaban. Por lo general, me agachaba y cerraba la pestaña en la que salía el artículo, a pesar de la norma fundamental del colegio, que dice que no hay que responder nunca a tus acosadores: yo la incumplía una y otra vez. Ellos volvían a abrir el artículo y yo me quedaba allí sentada, muerta de vergüenza.

La moraleja no es que mis compañeros fueran odiosos, sino que yo estaba incomodísima siendo el centro de atención en el colegio. El día en que dejaron de meterse conmigo no fue porque hubieran madurado, sino porque a mí ya no me importaba lo que pensaran; conseguí olvidarme del tema. Pero aún faltaba para eso.

Si la escuela era estresante, salir de pajareo por la zona lo era aún más. Somerset es un lugar fantástico para la observación; el lago del valle del Chew es famoso por las aves raras que lo han visitado a lo largo de los años, como el aguililla calzada (esto fue antes de que yo naciera) y varios patos, garzas, zancudas y otras aves acuáticas, también raras. A lo largo de la carretera principal que rodea el lago se encuentran dos de los principales puntos de observación de aves de Somerset, y allí es adonde solía ir los fines de semana, siempre con un poco de miedo por si me veía algún amigo que pasara por allí en coche. Cuando eso sucedía, yo apartaba la mirada y mi amigo también, horrorizados los dos por igual de verme deambulando junto a las orillas herbosas, con los prismáticos apuntando hacia los árboles. El pajareo se había convertido en una actividad embarazosa. ¿Cómo era posible que algo que me producía tanto placer se hubiera vuelto una fuente de tensión?

Sin embargo, a pesar de los nervios y la vergüenza, no estaba dispuesta a renunciar ni a un solo instante de mi afición. Si me apartaba de las carreteras y me adentraba en la campiña, podía olvidarme del colegio, dejar de preocuparme por mamá y perderme en el sencillo juego de aguardar, observar y avistar. El pajareo era lo que me traía paz y cada vez estaba más claro que no me quedaba otra que dar con la forma de integrarlo en el conjunto de mi vida.

Pero en ese momento no quería pensar en aquello. Estaba subiéndome a una barca en la marisma de Mabamba; la escuela y el valle del Chew se habían esfumado. Al cabo de unos días, Digby vendría a pasar con nosotros tres semanas de pajareo intenso en Uganda. Me pregunté si traería el chaleco verde.

La extensa marisma de papiros, con sus canales laberínticos y sus lagunas, está clasificada como área importante para la conservación de las aves (IBA) y alberga varias parejas de picozapatos, el residente aviar más famoso de Uganda. Esta carismática especie monotípica está, desde luego, entre las más buscadas de África, y nosotros teníamos intención de hacer un esfuerzo especial para encontrarla navegando por los canales de la densa marisma en una canoa motorizada.

La comida favorita del picozapato es el pez pulmonado, muy abundante en la marisma. Pero estos peces también son muy valiosos para los pescadores de la zona, que durante mucho tiempo creyeron en la superstición de que ver un picozapato supondría una mala captura ese día. Así pues, cazaban a los picozapatos y los mataban, lo que los llevó casi a la extinción en el humedal. Después de aquello, la marisma de Mabamba se designó como sitio Ramsar (una iniciativa internacional para proteger humedales vulnerables), con el fin de proteger al picozapato. En la actualidad, muchos pescadores locales alquilan sus barcas a los observadores de aves, y algunos incluso se han reciclado como guías ornitológicos. De esta manera, cuidan del picozapato, en lugar de verlo como un mal augurio.

Tras varios minutos en la canoa, los juncales de papiro se abrieron para dar paso a las grandes marismas herbosas, donde, en teoría, encontraríamos a nuestra ave. Con unos rasgos tan desproporcionados y un pico enorme de color amarillo sucio, similar a un zapato ajado, no resultaría tan difícil de ver.

Aparte de las ranas, los grillos y algún que otro canto de pájaro, en la ciénaga reinaba un inquietante silencio. Y hacía calor; el abrasador sol africano se reía de los estúpidos pajareros que sudaban a bordo de sus canoas.

Cuando el picozapato tiene calor, recurre a una solución que a todos los demás nos resulta desagradable. Para refrescarse, practica algo llamado urohidrosis: defeca en sus propias patas y, así, la posterior evaporación hace que descienda su temperatura. Pensé que yo aún tenía que pasar un poquito más de calor para imitarle.

Y entonces, justo a mediodía, recibimos la llamada de otro barquero que nos dio por radio unas indicaciones poco precisas para que fuéramos a un punto concreto entre los juncos. Nuestro barquero, que conocía el laberinto de papiros como los pasillos de su propia casa, enseguida nos acercó al lugar, donde ya había otras embarcaciones llenas de pajareros entusiasmados. Para nosotros aquello era una experiencia poco habitual; por lo general estábamos solos, de pie, esperando a que ocurriera algo; sentaba bien compartir con otros aficionados los momentos previos a una observación importante.

Avanzamos siguiendo el sonido de las cámaras fotográficas; todos los objetivos apuntaban a una criatura muy extraña que se encontraba a unos cien metros de distancia. Un ave de color gris, un dinosaurio que recordaba a una cigüeña, posaba para las fotos. Me quedé atónita unos instantes; el ave no se movía, ni parpadeaba siquiera. A pesar de que no abría su enorme pico en forma de zapato, parecía que quisiera comernos. Con una envergadura de más de dos metros y una altura que ronda el metro y medio, tenía pinta de criatura fuerte y peligrosa. Durante largo rato, no apartamos la vista del picozapato, que no nos retiró la mirada. Al final, abrió el pico y dejó escapar una sonrisa amenazadora antes de hundirse en el agua; no le interesábamos lo más mínimo, solo estaba esperando a una jugosa rana que acababa de atrapar. Los ocupantes de las canoas dejaron escapar al unísono un grito ahogado cuando el ave desplegó sus inmensas alas y echó a volar.

Mamá chocó los cinco con papá. «¡Así está mucho mejor!», gritó. Sonreía, con los ojos entrecerrados por el intenso sol, y parecía absolutamente encantada con la vida, en una barca, en mitad de una marisma.

La cabeza de mamá suele ser un lugar bastante convulso, que solo se apaga unos instantes ante su ave objetivo. El picozapato había pasado una hora con nosotros y mamá lo contempló todo ese tiempo, en un claro estado de fascinación. En momentos como ese, cuando su cerebro encuentra algo en lo que centrarse, sus pensamientos cíclicos pueden quedarse tan en silencio como el picozapato.

¿Había en nuestros viajes un elemento de huida de nuestra vida real? ¿Una vía de escape? Nos hemos hecho esa pregunta y la respuesta siempre ha sido que no. Aunque mamá solía mejorar cuando nos marchábamos de vacaciones, su enfermedad venía con nosotros, estaba presente. Nuestro deseo de ver aves era lo que nos impulsaba, y habíamos comprobado que la naturaleza les venía bien tanto a mamá como a papá. Los viajes no han sido nunca una solución para el trastorno bipolar de una ni para los mecanismos de afrontamiento de otro, pero sí que han mejorado muchísimo nuestra vida en común. Ya no esperamos que nada haga desaparecer el trastorno mental de mamá; sin embargo, nos encontramos mucho mejor, como familia, cuando viajamos. Y, lo que es más importante, estas expediciones apuntalan los demás aspectos de nuestras vidas; las aves suelen quedarse con nosotros mucho tiempo después de que hayamos dejado atrás el bosque húmedo, la sabana o la canoa.

A los trece años, ya entendía que no había una píldora mágica que fuera a curarle a mamá el trastorno bipolar, a pesar del diagnóstico. Igual que su medicación se sometía a revisión constantemente (seguía con los cambios de humor), nosotros también debíamos hacernos a la idea de que su tipo de trastorno tenía más que ver con un tratamiento a largo plazo para evitar una recaída completa que con una solución farmacológica única. Yo me iba acostumbrando a la perspectiva de que siempre sufriría esos cambios drásticos. Era muy triste y seguía enfadándome con ella, pero, con la edad, también iba aprendiendo a comprenderlo.

A mamá le encantaba viajar y era evidente que le venía bien: cuanto más lejos, cuanto más raras fueran las aves, mejor. Eso sí, aunque esas salidas le sentaban de maravilla, uno de sus medicamentos tenía que conservarse en frío. Esto era fácil en casa, claro, con la nevera, pero no en climas más cálidos y donde vas de un lado para otro. Para el viaje a África, papá ideó un sistema de termos fríos. Era inevitable que alguna vez fallaran, lo que implicaría que las pastillas perderían eficacia, y en ese caso podía pasar cualquier cosa.

Digby se nos sumó en Uganda, tras pasar el día anterior en la marisma de Mabamba para ver al picozapato; ¡estábamos empatados! Y sí, llevaba el chaleco de los mil bolsillos.

El Parque Nacional del valle de Kidepo está enclavado en la agreste región fronteriza del extremo nororiental de Uganda, colindando con Sudán del Sur. Las praderas abiertas, donde viven leones, elefantes y búfalos, son también el hábitat del apalis de Karamoja, nuestra ave objetivo.

El parque alberga asimismo los restos ruinosos del infame refugio para safaris de Idi Amin. Conocido como «el carnicero de Uganda», el dictador fue uno de los déspotas más sanguinarios de la historia mundial, al que no le importó expulsar de Uganda a toda una etnia ni masacrar a más de trescientos mil habitantes. Nosotros teníamos amigos asiático-ugandeses que se habían visto obligados a huir del país en los años setenta, y allí estaba la casa del hombre que los había echado. Fue una experiencia rara e incómoda, que no pegaba nada con nuestra misión de buscar aves raras en la naturaleza.

En el Land Cruiser, con guía y conductor, nos concentramos en el apalis de Karamoja. Cuando llegamos al lugar, era mediodía: un calor abrasador y unas condiciones no muy ideales para buscar la pequeña ave gris entre los arbustos de la sabana donde vivía.

Cuando nos sucede algo así y no podemos hacer nada, normalmente bajamos del vehículo y nos apartamos del camino para buscar otras aves, pero allí estábamos en tierra de leones. Sí que salimos del coche, claro que sin alejarnos, nos quedábamos a un paso. Al menos, ese era el plan; mamá estaba adentrándose en la maleza.

—Helena, vuelve —imploró papá, pero ella, con sus ansias de ver el apalis, le ignoró.

—¡Párate ahora mismo! —bramó Digby. Mamá se detuvo—. ¿Acaso crees que queremos sacrificar tres días de pajareo solo porque te has dejado comer por un león en África?

Digby calculaba que papá tardaría al menos media semana en hacer el papeleo por la muerte prematura de mamá entre las fauces de un gran felino.

Mamá no pudo evitar reírse, nos echamos a reír todos; volvió al coche y decidimos proseguir en dirección a la frontera con Sudán del Sur.

Cuando estábamos cerca, pasamos por un desvío de la pista principal que llevaba a un pequeño campamento militar ugandés. No había nadie, así que continuamos. Un poco más adelante, llegamos al lecho seco de un arroyo que atravesaba la pista por la que circulábamos. Era una especie de barrera, al otro lado estaba Sudán del Sur. No había garitas ni guardas, ni siquiera un cartel que diera la bienvenida, y no teníamos visado.

—Crucemos —dijo Digby.

Una propuesta bastante inocente, salvo porque Sudán del Sur, en aquel momento, estaba sumido en una violenta guerra civil, una circunstancia que no disuadió a nadie, excepto al guía y el conductor. De pronto nos entraron muchas ganas de añadir Sudán del Sur a nuestra lista de países (sí, también tenemos de esas), y Digby y mis padres le insistieron al conductor. A papá le atraía visitar un país que no había conseguido su independencia hasta 2011, lo que hacía de él el Estado soberano reconocido más joven del mundo, y de nosotros, casi con seguridad, los primeros pajareros mundiales que lo pisaban. (A veces no nos resistimos a quedar un poquitín por encima). El hombre se negó alegando que era un «país de bandidos». Sentí un escalofrío de miedo, pero mamá y Digby estaban impacientes por avanzar.

Nos estábamos comportando como turistas descerebrados, como pajareros obsesivos que harían cualquier cosa por añadir un ave nueva a su lista, cualquier ave, siempre que pudiera verse en Sudán del Sur; no hicimos caso ni al conductor ni al guía, que eran los únicos que entendían de verdad los riesgos de cruzar la frontera. Si nos pasaba algo, ellos serían los responsables.

Tras veinte minutos y ningún ave nueva, el conductor y el guía, hartos, insistieron en dar la vuelta. Estábamos remontando la pista hacia el arroyo seco cuando un ave del tamaño de un tordo salió volando de la hilera de árboles que abrazaban la orilla por la parte de Sudán del Sur. Teníamos nuestra ave, un bubú fúnebre. Al conductor, ya nervioso, le faltó poco para montar en cólera cuando salimos en estampida del coche para intentar sacar fotos.

«¡Como no subáis ahora mismo, os dejo aquí!», gritó. Obedientes y un poco avergonzados, nos metimos en el coche. El bubú seguía en el aire, llevándonos en dirección a la frontera, y el guía dejó escapar un suspiro de alivio, agradecido de que el ave estuviera devolviendo a los turistas descerebrados a un lugar seguro.

Me quedé mirando a la pequeña ave de color gris oscuro, que revoloteaba por el aire ajena a fronteras y conflictos. Era libre de volar a cualquier sitio donde hubiera comida, sin necesidad de visados y sin saber nada de guerras civiles. Nunca antes me había parecido tan real la libertad de las aves. Aquella no tenía más objetivo que sobrevivir, pero nosotros, en tierra, nos obstinábamos en descuidar el planeta hasta tal punto que, muy pronto, la degradación de su hábitat le pondría las cosas muy difíciles.

En cualquier caso, a la friki que hay en mí este avistamiento le resultó de lo más emocionante, por el extravagante hecho de que había sido ilegal.

Las pitas son aves difíciles de ver, a pesar de sus tonalidades verde esmeralda, azul violáceo y amarillo chillón, y de que algunas presentan incluso manchas de color rojo camión de bomberos.

Son lo que en el mundillo se conoce como aves «merodeadoras», que prefieren quedarse sigilosamente en la oscuridad del bosque en lugar de presumir de su hermosísimo plumaje en los árboles y el aire. Exigen paciencia, algo que a nosotros, los pajareros, nos sobra.

El Parque Nacional del bosque de Kibale, en la parte occidental de Uganda, es famoso por sus impresionantes hábitats de bosque húmedo y seco y sabana, así como por sus safaris de senderismo para ver chimpancés. Y algo muy importante: también es un territorio de pitas fantástico.

El mejor momento para avistarlas es al romper el alba, así que la excursión al bosque para buscar nuestro objetivo empezó muy temprano. Llegamos a la oficina de los guardas del parque a las cuatro y media de la madrugada, impacientes por salir, pero los guías estaban peleándose entre ellos por quién iba con cada grupo.

—Todavía podríamos estar durmiendo —suspiró Digby.

—Deberíamos haberlo intentado por nuestra cuenta —insistió mamá.

Por fin nos adentramos tras el guía que nos asignaron en la oscuridad de la espesura para empezar a buscar el ave de pequeño tamaño. Las densas copas de los árboles hacían del bosque un lugar umbrío. Las pitas tienden a dar saltitos por el suelo, en vez de acechar en las ramas, y por suerte solo había unos cuantos arbustos dispersos, lo que suponía menos sitios en los que esconderse. El camino era fácil, aunque frustrante, porque con la escasa luz costaba distinguir cualquier cosa. De niña, no es que me apasionaran los largos ratos de aguardo que implica la observación de aves, pero es cierto que la paciencia llega con la edad y, aunque había mejorado en lo de caminar y esperar, no atisbar ni un ápice de cielo azul empezaba a provocarme claustrofobia.

Una hora después, seguía sin haber señales de la pita y nuestro guía decidió probar con otra parte del bosque; ahora haríamos el trayecto en coche. Nos subimos a su todoterreno y enfilamos una pista llena de baches. Entre tanto, se hacía tarde, cada vez había más luz, y las pitas, ni olerlas siquiera. En el segundo bosque no nos fue mucho mejor. Me convencí de que la jornada sería un fracaso. Después de andar por ahí a oscuras, aguantando que los insectos se me metieran en la boca y los oídos, estaba preparada para salir a la luz del sol.

El *walkie-talkie* emitió un zumbido y el guía se puso a charlar muy animado en el dialecto local. Mientras hablaba, oí un crujido en las ramas que tenía encima y me dio un vuelco el corazón; quizá otra ave maravillosa hubiera venido a nuestro rescate para darle por fin sentido a la mañana. Pero no era un ave; lo que estaba viendo eran chimpancés, un montón de chimpancés, que a su vez me miraban a mí. Si alguna vez me había imaginado cómo serían los chimpancés en libertad, desde luego no era así. ¿No tendrían que estar chillando o balanceándose desaforados de árbol en árbol? Aquellos estaban tranquilos y no nos ofrecían más que una sonrisa.

—Tenemos que volver al primer bosque —anunció el guía, al tiempo que se guardaba el *walkie-talkie* en el bolsillo.

Nos explicó que el guía de chimpancés acababa de avisarle de que se había visto a una pita y que debíamos regresar de inmediato. En ese preciso instante, aparecieron en la pista tres vehículos que iban en busca de chimpancés. Estábamos a punto de pararlos y señalarles a los que teníamos justo encima cuando el guía sacudió rápido la cabeza.

—Ni una palabra de los chimpancés —susurró—. No habéis pagado para verlos, así que no se me permite enseñároslos.

—¿Cómo? —dije.

—Creo que se puede meter en un lío si los otros guardas se enteran de que hemos visto chimpancés —me explicó papá—. A él le pagan por enseñarnos las pitas, no los chimpancés, Mya.

Estaríamos llevándonos algo a cambio de nada, y eso no está permitido. A su jefe no le gustaría.

Los del grupo de los chimpancés habían pagado su autorización para buscar chimpancés y, por lo tanto, se les podían enseñar, siempre y cuando no fuera nuestro guía quien lo hiciera. Sentí pena por ellos mientras veía desaparecer su todoterreno por el camino en busca del esquivo simio, cuando lo único que tenían que hacer era mirar hacia arriba.

—Pero su guía de chimpancés sí nos ha avisado de la pita —señalé, una vez en el coche.

—Mejor nos olvidamos del tema, Mya —apuntó Digby, con tino—. Nos estamos distrayendo.

Todo el mundo se estaba distrayendo, con tanto entrar y salir de coches y bosques, tanto chimpancé ilegal y tanto humano buscando chimpancés en vano. Decidí dejarlo.

Una vez de regreso en el bosque número uno, por fin hicimos algún avance. Papá había captado el canto distante de la pita y encabezaba la marcha; escrutábamos con los prismáticos los claros del bosque que se extendía ante nosotros, pero no había ni rastro del ave en el suelo, donde en teoría debía de estar escondida, acechando. Ahora quien iba delante era el guía, que fue llevándonos hacia el corazón del bosque, ansioso por llegar a un lugar que solía frecuentar la pita pechiverde antes de que se hiciera tarde. Pero estábamos todos cansados y sudorosos, hacía mucho calor y daba la impresión de que andábamos en círculos. Por fin el guía se detuvo; supuse que habíamos llegado.

—Esperad aquí —susurró.

Se metió entre los árboles y empezó a rodear el claro y a imitar periódicamente el canto de la pita.

—Yo creo que nosotros también deberíamos buscar —dijo Digby, que era incapaz de quedarse quieto.

A todas luces, la frustración había hecho mella en él y quería ir en busca del canto, no del guía.

—Estoy de acuerdo —respondió papá, y pusieron rumbo a la espesura—. Si encontramos algo, os llamamos.

—Eso si no ahuyentáis a la pita antes de que la veamos —solté mientras desaparecían en la fronda.

Mamá y yo nos quedamos solas, sintiéndonos diminutas en mitad de un bosque inmenso. ¿Qué criaturas salvajes nos acechaban? Y entonces oímos el canto característico de nuestra ave objetivo. Cerca, muy cerca. No era un reclamo, era de verdad. Cuando mamá y yo nos dirigíamos hacia el lugar del que provenía, nuestro guía apareció por detrás y papá y Digby salieron de la jungla que había más adelante. Todos íbamos hacia el mismo punto. Tenía que ser ahí.

Los árboles se separaron y se abrió otro pequeño claro, donde, posada en un árbol, a diez metros de altura, había una pita que esperaba con paciencia nuestra llegada. Digby encendió la videocámara y grabó el melodioso «hola» que cantaba el ave al tiempo que hinchaba su brillante pecho adornado de tonalidades verdes. Allí los árboles no eran tan densos y entraba algún rayo de sol, que le iluminaba el vientre rojo intenso y las delicadas motas azul claro en las alas verde esmeralda oscuro. Y, ahora, el pajarito podía empezar su baile de apareamiento. Bajó de un salto hasta una rama solitaria que atravesaba el claro que debió de parecerle la plataforma perfecta desde la que lanzarse de un lado a otro, sin dejar de cantar y agitando las plumas mientras declaraba «esta tierra es mi tierra».

Yo tardé en encontrar en la observación de aves un ejercicio de conciencia. De niña, me resultaba divertido y emocionante; nunca pensaba en estar «presente» ni en intentar centrar mi atención. Siempre había más aves que ver y yo ansiaba ya partir hacia el siguiente objetivo. Era un culillo inquieto, no paraba de parlotear y quería marcharme en cuanto habíamos visto lo que hubiéramos ido buscando. En aquel momento, con trece años, era más capaz de apreciar la quietud y desconectar la mente del mundo exterior en presencia de un ave espectacular. Había empezado a disfrutar la anticipación de esperar a que apareciera el objetivo, esos instantes en los que no eres consciente siquiera de estar respirando.

Si tuviera que elegir una ocasión de conciencia plena, sería aquella con la pita. La voz insistente de mi cerebro que no puede evitar ponerle nombre a todo lo que ve y oye guardaba silencio.

En lo profundo de un bosque húmedo de Uganda, observando una pequeña pita que cantaba y bailaba con todas sus ganas ante un público de cinco seres humanos, sentí como si no me cupiera el corazón en el pecho. Todo lo demás que había en mi vida pasó de inmediato a un segundo plano; aquello era mejor de lo que jamás habría soñado, unos instantes mágicos contemplando una exhibición de extraordinaria belleza. Se me saltaron las lágrimas: no había otro lugar sobre la Tierra en el que prefiriera estar, disfrutando de aquel pajarito que trataba de atraer a alguna compañera con su canto.

Las aves son animales salvajes; criaturas volubles de pura fuerza biológica. El petirrojo que vive en el seto de tu casa es tan salvaje como la pita pechiverde que bailó para nosotros en el claro. Mi jardín, ese bosque y los humedales de la isla de Sonadia, en Bangladés, son hábitats vitales para ellas y, mientras estén sanos, las aves seguirán acudiendo. Aunque parece algo evidente, merece la pena repetirlo: las organizaciones de defensa de la naturaleza conocen las aves, por supuesto, pero en lo que realmente son expertas es en el entorno y la conservación. Si el entorno está bien (si el hábitat es acogedor), las aves acudirán. No hay otra forma de atraerlas. Implicarse con las aves es implicarse con el entorno y la naturaleza; para mí, las dos cosas van de la mano. Y esos momentos tan intensos en la selva, contemplando un ave de vivos colores que, siguiendo por su instinto, intentaba atraer a una compañera para crear más pitas pechiverdes, me ayudaron a comprender, con enorme claridad, que la conservación del medio ambiente es fundamental para su supervivencia.

Las tres semanas de Digby habían llegado a su fin y nos despedimos de él. Iba a reunirse con su familia para unas vacaciones por Europa. Me dio pena verlos marchar a él y su chaleco; su compañía nos sentaba bien ¡y no le había hecho falta mencionar el índice de armonía de los Craig ni una sola vez!

Estábamos en la parte de Uganda, esperando para cruzar la frontera a Ruanda. La cola era larga y ruidosa, cláxones de coches, gritos de guardas fronterizos pidiendo paciencia mientras examinaban los papeles bajo el calor polvoriento. Había motocicletas que recorrían las colas de punta a punta, vendiendo refrescos fríos y tentempiés calientes. En cuanto nos dejaron pasar, a unos tres kilómetros el ambiente cambió. En África son habituales las motocicletas cargadas hasta los topes, con familias enteras, por lo general sin casco, y algunas incluso con cerdos en equilibrio sobre el manillar, pero lo de Ruanda era otra historia. Había pocos coches, nunca más de dos personas en una moto y todo el mundo llevaba casco.

El genocidio de Ruanda de 1994, perpetrado por la mayoría hutu, fue un ataque brutal contra la etnia tutsi que resultó en la masacre de más de ochocientas mil personas de ese pueblo. Pero, a mediados de agosto de 2015, costaba imaginar que aquella devastadora campaña de violencia hubiera sucedido siquiera. Nos encontramos con una nación que sufría colectivamente un trastorno de estrés postraumático. Pero, al mismo tiempo, aquel floreciente país estaba impoluto. Me pareció fascinante que, una vez al mes, al menos una persona de cada casa debiera responsabilizarse de tareas de limpieza o mantenimiento fuera del hogar, para podar arbustos, arreglar vallas o barrer las calles; se conoce como *umuganda* o servicio a la comunidad. Este sistema, que surgió como forma de paliar los catastróficos efectos de la guerra, se ha mantenido y en la actualidad hace de Ruanda uno de los países más limpios de África. Por el camino nos topamos con un grupo de presos en el campo con uniformes naranjas, limpios y nuevos, mejor vestidos que mucha de la gente de las zonas más pobres de Uganda. Pero había algo raro, aunque no sabía decir bien qué.

El Parque Nacional de Nyungwe, en el suroeste de Ruanda, limita con Burundi al sur y con la República Democrática del Congo al oeste. Con sus casi mil kilómetros cuadrados de bosque húmedo, praderas, marismas y ciénagas, se lo considera la extensión de selva mejor conservada del rift Albertino. Es un territorio fantástico para sus trescientas especies de aves donde contemplamos unas estampas espectaculares de varias que ya habíamos conseguido atisbar más al norte, en los bosques de Uganda.

Pero había una especie objetivo que, siendo realistas, no conseguiríamos ver en ningún otro lugar del mundo: el charlatán cuellirrojo. Aunque técnicamente no es endémico de Ruanda, ni siquiera papá se atrevía a proponer que cruzáramos la frontera para ir a Burundi o la República Democrática del Congo en busca de un ave; aquella era nuestra única oportunidad. Recorrimos la selva por senderos larguísimos; el guía local nos llevaba a los mejores sitios, donde más probabilidades había, pero, al final de la segunda jornada, seguía sin haber rastro del charlatán. Agotados y sedientos tras otra buena caminata, volvimos al coche, que estaba aparcado junto a la carretera.

Tras una breve parada para beber algo y comer unas cuantas galletas que nos dieron la energía que tanto necesitábamos, decidimos intentarlo una última vez. Había un sendero corto, paralelo a la carretera, desde el que se oía el ruido de los vehículos. No era el trecho más prometedor, después de los kilómetros de selva virgen que habíamos recorrido. Aun así, a los cinco minutos exactos de andar por el sendero, nos encontramos con dos charlatanes que parloteaban entre sí mientras revoloteaban a gran velocidad por el dosel arbóreo. Eran auténticos rayos de color entre las hojas verdes, con un cuello rojo que destacaba sobre el negro de la cabeza y el tono claro del pico y los ojos; se merecían todos y cada uno de los miles de pasos que habíamos dado hasta encontrarlos.

Después de pasar un par de días en el parque, volvió a asaltarme aquella sensación extraña; sin lugar a dudas, pasaba algo raro. Las selvas son, por lo general, lugares ajetreados: aves que trinan, mamíferos que corretean, insectos que cantan de acá para allá. Allí, por supuesto, no había silencio, ni tampoco ruido. En la sabana el silencio era aún mayor. ¿Dónde estaban los grandes mamíferos? El genocidio ruandés había tenido lugar varios años antes de que yo naciera; de pronto, en aquella calma, una tragedia muy remota para mí cobró vida. Durante aquel periodo convulso, la gente había huido despavorida (soldados y civiles por igual) y, presa del hambre, había cazado cualquier animal o ave que se pusiera en su camino. En la naturaleza, todo está conectado y la caza altera el ecosistema entero, no solo a los animales que se persiguen. Puede afectar a los carroñeros e incidir en la migración de aves y el patrón de hibernación de los mamíferos. La escala inmensa de la crisis acabó con la fauna hasta el extremo de que en la sabana no quedaba ni un solo ejemplar de grandes mamíferos ni grandes depredadores.

Estaba viendo las cicatrices de una guerra lejana en el tiempo. Las sabanas, mermadas de vida animal, reflejaban el vacío y la pérdida que quedaron tras la guerra. Yo acababa de llegar de Uganda, un país donde miles de animales habitaban las llanuras, unos entornos idénticos a los de Ruanda. Era como si aquellas enormes regiones despobladas estuvieran de luto por la pérdida genocida de vidas humanas.

Lo de mantener los medicamentos de mamá en frío nos había salido bastante bien en nuestro recorrido por los calurosos pastizales y los bosques húmedos de África Oriental, pero no al cien por cien. Cuando llegamos a Kenia, una de las pastillas se había recalentado y olía tan mal que hubo que tirarla. Justo el día antes, se había resistido a volver al refugio después de pasar la jornada pajareando; insistía en que había más que ver y hacer. Fue una señal de alarma, sin duda, pero estábamos en el último tramo del viaje: al cabo de doce días regresaríamos al Reino Unido. Solo tenía que aguantar un poco.

Kenia, por sus vínculos coloniales con el Reino Unido, su gobierno estable, la relativa facilidad para moverse y, sobre todo, su increíble diversidad de hábitats, grandes mamíferos y un sinfín de especies de aves, es desde hace mucho tiempo uno de los destinos favoritos de los pajareros británicos. Extrañamente, quizá, empezó siendo casi un complemento a nuestro principal destino, Uganda. Pero de pronto mamá se había dado cuenta de que nos quedaban menos de dos semanas de observación y la dominó el ansia por aprovechar el tiempo al máximo.

Las planicies de Swara están a solo treinta minutos de la bulliciosa Nairobi. Salimos de la ciudad a las cinco de la mañana y nos adentramos en una inmensidad de praderas abiertas. A mí me faltaba un puñado de aves para llegar a las cuatro mil y estaba impaciente por alcanzar ese hito. Nuestro guía de Ruanda había intentado por todos los medios encontrarme las seis que necesitaba, pero no pudo ser. Lo conseguí la primera mañana en Kenia.

El sol salió mientras caminábamos entre matorral bajo y arbustos; había aves por doquier. Yo, en parte, habría preferido no empezar tan temprano el primer día; el viaje me estaba pasando factura y a las nueve de la mañana ya hacía demasiado calor.

Pero papá es una máquina (estaba en la recta final, hambriento por ver tantas especies como fuera posible) y mamá no pensaba dejarse ganar por él.

Me preguntaba qué especie me haría cruzar la línea. A aquellas alturas, me daba igual que fuera rara, endémica o especialmente bonita. Estaba agotada.

Al final, no fue un ave magnífica la que me llevó a cumplir el hito, sino un carbonero gorjirrufo que merodeaba por el polvoriento suelo. Con su cabeza esponjosa y sus plumas de color rojo óxido en el cuello, alcanzaba un nivel de estilo que lo hacía merecedor de esa posición tan significativa en mi lista. Llevaba tres años preparándome para este momento y allí estaba, pero, como siempre, no tuve mucho tiempo para regodearme en el logro, pues había muchas más aves que ver, y papá insistía en que prosiguiéramos. Más tarde, sin embargo, cuando tuve un minuto para mí, me alegré tanto como las otras tres veces que había sumado un millar. El pajareo puede ser un asunto masculino, un poco competitivo, y yo también. A pesar de mi edad, ya tenía una lista que demostraba mi valía como pajarera mundial. Nada te impide hacer trampas, pero ¿de qué sirve?

Desde un punto de vista psicológico, los postes tienden a moverse en cuanto has alcanzado un gran objetivo. Lo que parecía un acontecimiento monumental conforme te acercas pierde fuelle con bastante rapidez una vez lograda tu meta, y luego hay que ir a por la siguiente. Con el carbonero gorjirrufo, había subido de nivel al grupo de observadores de aves que se consideran serios de verdad. Cada millar es un hito que no representa solo un número más, sino un auténtico paso del tiempo, y refleja lo lejos que has viajado y el esfuerzo inmenso que has dedicado a la observación de aves desde tu anterior objetivo.

Sin duda, el pergolero regente fue un logro mucho más impresionante, como ave, pero el carbonero era para mí igual de especial, y no solo por ser mi ave número cuatro mil, sino por ser un símbolo de la aventura que había empezado muy pequeña y de lo lejos que había llegado.

Las entregadas enseñanzas de papá me habían venido muy bien; en nuestros viajes, esos periodos de concentración, de mirar, esperar y observar alimentaron mi deseo de mejorar como aficionada. Aprendí de él las cuestiones esenciales (cómo encontrar aves en los árboles, el cielo, el mar; cómo reconocer su canto) y ahora, en la naturaleza, ponía en práctica esas destrezas, perfeccionándolas, disfrutando de la facilidad con la que me venían.

Cuando era más pequeña, me encantaba pasar tanto tiempo con mis padres de vacaciones; sobre todo, porque, durante gran parte de mi primera infancia, el trabajo los había tenido tan ocupados que unas vacaciones largas eran impensables. Pero ya tenía trece años y mi necesidad adolescente de disponer de cierto espacio iba en aumento. Cuando llegó la hora de volver a casa, me apetecía.

A mamá también, aunque no se daba cuenta de que no se encontraba bien. Cada vez se hacía más evidente que había un episodio maniaco a la vuelta de la esquina. Le podía la impaciencia, se enfadaba rápido y nunca quería irse a dormir. No es que hiciera falta ajustarle la medicación: solo debía volver a las dosis prescritas, cosa que durante el viaje había resultado imposible por el tema de la refrigeración.

El viaje no terminó cuando cruzamos la puerta de casa. Pasamos los meses que siguieron contándole nuestras aventuras a la familia y reviviendo con Digby los mejores momentos en Uganda (todavía hoy hablamos de Uganda con él). Mamá se dedicó a elaborar y publicar nuestras listas de aves en la web de Bubo. Habíamos pasado semanas en plena naturaleza; había sido algo regenerador, físicamente revitalizante. Traíamos las reservas de energía positiva cargadas a tope para los retos que nos esperaban, y nos duraron hasta mucho después de que nuestro avión aterrizara en el Reino Unido.

África me había sacado de mi vida durante un tiempo, pero ya estaba de regreso y la preocupación habitual por mi trabajo extracurricular había vuelto a imponerse.

Las inquietudes por mi visibilidad como Birdgirl ante mis compañeros de clase se habían disuelto en aquel continente; era consciente de que, por primera vez, el viaje no había consistido solo en explorar el maravilloso mundo de las aves, sino también en escapar, sin más.

Nadie me preguntó qué había hecho cuando desaparecí en los meses de verano, y di por hecho que era porque sabían que era algo tan aburrido que no había ni que mencionarlo.

Pero ahora estaba decidida a salir de las sombras, así que publiqué en mi Instagram personal algunas fotos de los animales de safari que había visto en África; para mí fue un gran paso y un movimiento atrevido, pero, sobre todo, ¡no mencionaba a las aves! Era solo una niña normal que subía fotos de sus inolvidables vacaciones.

Una única amiga respondió a mi publicación; me dijo que a su madre le había «encantado». No llegaba a ser la reacción que prentendía, pero aprendí algo importante: no importaba adónde fuera ni a qué dedicara el tiempo cuando estaba por ahí; ya estuviera luchando contra el cambio climático u organizando campamentos para VME, a nadie le interesaba; los adolescentes suelen estar tan pendientes de sí mismos que no les queda espacio para nadie más. ¿Acaso a mí no me pasaba igual?

CAPÍTULO 9
Viaje al fin del mundo

PINGÜINO REY

Los pingüinos rey son el segundo pingüino de mayor tamaño, después del emperador, y viven formando grandes colonias muy densas, de varios cientos de miles de parejas, en las islas subantárticas Georgias del Sur y Crozet. En Sudamérica, se han asentado varias colonias pequeñas en Tierra del Fuego e incluso en tierra firme, en la Patagonia. Estas aves, que prefieren el nivel del suelo más cercano al mar, ocupan playas y valles sin nieve.

La temporada de cría del pingüino rey es excepcionalmente larga y, contando el periodo previo a la muda, puede durar hasta dieciséis meses. Esto significa que las colonias de cría están siempre ocupadas con pollos que no se mueven en todo el año. Los adultos vuelven a intervalos irregulares a lo largo del invierno para alimentar a los pollos, que en ocasiones se ven obligados a ayunar varios meses. No construyen nidos, sino que el único huevo se incuba encima de los pies de los padres y se transfiere de un ave a otra cuando regresan de sus largas expediciones de pesca. A pesar de lo larga que es la temporada de cría, las aves en edad de reproducción suelen poner un huevo al año; los pollos del final de la temporada son, por lo general, demasiado pequeños para sobrevivir al invierno, así que los pingüinos rey tienden a criar con éxito una vez cada dos años.

Yo era una niña muy friki, de esas que prefieren pasarse horas mirando mapas y atlas a la televisión. Cuando empezamos a viajar más lejos, no tenía gran cosa que hacer después de que terminara la jornada de pajareo, aparte de leer o jugar con el móvil de mi padre; y hay que tener en cuenta que la variedad de aplicaciones para niños a principios de los 2000 era muy limitada. Papá solo se había descargado una, un atlas que te permitía averiguar las distancias entre países, mares y continentes. Me pasé muchas vacaciones «disfrutando» de esa aplicación, así que a mis padres no les extrañó demasiado que, a los ocho años, comunicara mi intención de viajar a todos los continentes del planeta antes de cumplir los quince. En aquel momento, quince sonaba igual que treinta o cincuenta; en cualquier caso, aún faltaban un montón de años.

Volvemos rápidamente a 2015. Tenía trece años y casi me había olvidado de aquella promesa infantil cuando mis padres anunciaron que en diciembre iríamos a la Antártida.

Como era el único continente que me quedaba por visitar, la fantasía de una niña empollona estaba a punto de hacerse realidad. Pero la fantasía no era solo mía: papá, que había perdido a su padre de manera repentina, a los cincuenta y tres años, también se había prometido viajar a todos los continentes antes de cumplir cincuenta. La temprana muerte de su padre, me dijo, le había servido para «centrarse».

Mamá se encontraba estable, con el tratamiento otra vez normalizado, y se ilusionó tanto como yo con pasar diez días a bordo de un barco rompehielos abriéndose paso entre las gélidas aguas del Polo Sur.

En el mundo hay alrededor de diez mil especies de aves; cuanto más viajes, más verás, claro, y, conforme la lista crece, la cantidad de especies que puedes añadir a la lista disminuye. Es una ley de rendimientos decrecientes, y las aves restantes suelen ser las más raras, las más difíciles de ver. Si eres un pajarero mundial con dinero y ambición, no cabe duda de que lo usarás para buscar esas aves difíciles de ver en lugares lejanos; por ejemplo, en un viaje a las islas remotas del Pacífico, con la esperanza de atisbar un puñadito de aves endémicas.

Desde la perspectiva de un observador, la cantidad de aves que hay en la Antártida no es muy elevada y, desde luego, no iba a añadir un gran volumen a mi lista, pero, al mismo tiempo, tenía la esperanza de ver hasta veinte o veinticinco nuevas. Lo que atrae a los pajareros a la Antártida no es la cantidad, sino la calidad y exclusividad de la experiencia.

Pocos días antes de Navidad, llegamos en avión a Chile y, de ahí, a las islas Malvinas, de donde debíamos zarpar. Fue raro que nos recibiera un funcionario de aduanas británico en el aeropuerto de Mount Pleasant; ni aunque lo intentáramos podríamos estar más lejos, en un sentido literal, del Reino Unido. Aunque el resto de miembros de nuestra expedición a la Antártida se fue directo al barco, nosotros habíamos decidido pasar la tarde observando aves antes de embarcar. Partimos bajo un cielo oscuro, en un páramo de hierba y arbustos enanos sin una sola ave a la vista. Cuando llegamos a la bahía de Yorke, en el extremo de la capital del archipiélago, Stanley, seguimos la pasarela de madera que atravesaba la extensión amarilla de aulagas en flor hasta un mirador que daba a una media luna perfecta de arena plateada protegida por abruptos acantilados. Podríamos haber estado perfectamente en un cabo de Escocia; bueno, hasta que inspeccionamos la playa y descubrimos un grupo de pingüinos magallánicos, que, con sus franjas negras y blancas, parecían gigantescos caramelos a rayas. Un cartel advertía que no se accediera a la playa, dado el riesgo que suponen las minas terrestres sin explotar, herencia del conflicto del Reino Unido con Argentina en 1982. Lo irónico es que dicha prohibición ha protegido estas importantes colonias de pingüinos y les ha permitido expandirse.

La estampa me pareció aún menos escocesa cuando vi una pareja de cauquenes caranca comiendo entre las algas de la línea de marea. El plumaje blanco del macho contrastaba con el marrón oscuro, delicadamente jaspeado, de la hembra, pero en la bahía no había rastro de nuestro objetivo: el patovapor malvinero. Necesitábamos un plan B si pretendíamos verlo, así que volvimos al coche de alquiler y nos acercamos a la carrera hasta una segunda playa, donde encontramos a los patos surfeando las olas, justo delante de la orilla. Tienen el plumaje moteado, gris y marrón, una característica franja blanca que les sale de los ojos dibujando una curva y un pesado pico amarillo, diseñado para abrir mariscos de concha a golpes. Son aves no voladoras y el tamaño de sus alas se reduce al de una paleta; deben su nombre a su costumbre de correr por el agua, golpeteando las alas como si fueran un barco de vapor de ruedas. Se trata de una de las dos únicas aves endémicas de las islas. Estos patos grandes y muy pesados, famosos por su agresividad, son de «visita obligada» para cualquier pajarero mundial; empezábamos bien. En la mayoría de especies de aves hay una gran parte de postureo, pero no es el caso del patovapor malvinero. Tienen una especie de nudillo óseo en cada ala y no dudan en usarlo si hace falta. Pegan una y otra vez a cualquier otro pato que cometa la insensatez de adentrarse en su territorio, y existe constancia de que alguna vez han matado así a ejemplares de especies más pequeñas.

Llegamos al barco, un pequeño rompehielos soviético de la década de 1960, cinco minutos antes de que subieran la rampa de desembarco, con los otros ochenta pasajeros ya a bordo. Era una embarcación robusta, diseñada para abrirse camino en el agua empujando el hielo, y que, para mí, gritaba «¡aventura!». La sala de control, con su panel de botones, palancas y luces típico de la Guerra Fría, por no hablar de los rumores de que había sido un barco espía, contribuían a dar la impresión de que aquel sería un viaje épico.

En todo el pajareo que había hecho por el mundo hasta ese momento, casi nunca coincidía con chavales de mi edad, pero en esta ocasión venían ocho adolescentes estadounidenses, mayores que yo, todos ellos con sus padres. Llevaban ropa guay y tenían un aire moderno que parecía innato, y de pronto me avergoncé de mis pintas: unos pantalones de senderismo térmicos que me quedaban muy holgados, un par de jerséis viejos, un gorro de lana que había vivido tiempos mejores y unas botas de montaña muy bastas. Me sentí pasada de moda. Y a ninguno le gustaba la observación de aves, lo que me hizo sentir aún peor.

Era la primera vez que se producía un choque directo entre mi afición y quienes podían reírse de mí por ella. No podía permitir que eso sucediera, así que me puse unos vaqueros ajustados, escondí los prismáticos y estuve jugando a las cartas con los adolescentes hasta que tuve que marcharme, avergonzada, cuando mis padres me arrastraron a ver una de nuestras aves objetivo, que acababa de aparecer.

Tardé solo un par de días en superarlo. Quedó muy claro, enseguida, que a los estadounidenses no les importaba lo más mínimo en qué ocupaba mi tiempo a bordo y, de hecho, querían saber todos los detalles de mi vida en el valle del Chew. Aun así, a mis trece años, me tiré el resto del viaje haciendo equilibrios sobre la fina línea entre sentirme normal y ser una aficionada a la observación de aves.

El plan era rodear la península Antártica de isla en isla, pero, antes de embarcarnos en ese tramo del viaje, hicimos una parada en la isla de los Leones Marinos, en el extremo sur del archipiélago, famosa por su fauna y su paisaje agreste. Con el sol bien alto, desde el barco, la playa arenosa de la isla, con sus hectáreas de matas de hierba adornando el litoral, parecía idílica. Un día de verano perfecto, y en realidad hacía hasta calor. (Luego, en la Antártida, la preparación para cualquier expedición a tierra requeriría al menos media hora para ponerse botas de nieve, varias capas de ropa térmica y trajes de bioseguridad para evitar que propagáramos especies invasoras por las islas que visitábamos. A menudo me sentí como una astronauta a punto de que la lanzaran al espacio).

Desde el barco zarpaban pequeñas lanchas de desembarco de casco rígido o zódiacs. Las empleamos para ir del barco a la costa durante todo el viaje. Las poblaciones de aves de las islas de todo el mundo han quedado diezmadas por la introducción accidental de ratas y ratones, ya que los pollos de las aves que anidan en el suelo carecen de protección frente a estos depredadores. Las zódiacs eran la zona de seguridad.

Cuando nos acercábamos a la playa, nos dieron la bienvenida unos ejemplares de león marino adulto, inmensos y magníficos, disfrutando del sol y la arena. Los machos son especialmente grandes, de más de dos metros y medio de largo y con una melena desgreñada tan exuberante como la de cualquier león. Defienden con agresividad tanto su harén de hembras, mucho más pequeñas, como su trozo de playa. Era el inicio de la temporada de cría y las hembras, después de haber llevado dentro a sus cachorros durante once meses, volvían a quedarse preñadas a los pocos días de parir; un ciclo de la vida bastante implacable.

Algo más adelante, nos encontramos con los pingüinos juanito, que se nos acercaron curiosos y sin atisbo alguno de miedo, como preguntando: «¿Quiénes sois, con esas parkas rojas tan chillonas?». Es posible que fueran ellos quienes nos observaban a nosotros.

Cuando un niño dibuja un pingüino, lo más normal es que se parezca a un juanito: panza blanca, cabeza y alas negrísimas, pico y pies naranja. Son los terceros más grandes del mundo y prefieren las costas y valles al hielo. A diferencia de su primo, el emperador, los padres de pingüino juanito comparten la incubación de sus huevos y, una vez que estos eclosionan, se turnan para ir en busca de alimento. Las hondonadas entre dunas que había más allá de la playa eran una masa inmensa de juanitos que charlaban animadamente, sin miedo a los viajeros (pronto, exploradores antárticos) que no paraban de sacarles fotos. La visita se había programado para ver a los pollos en sus distintas fases de esponjosidad. Entre ellos había también muchos pingüinos magallánicos e incluso un par de pingüinos rey, la segunda especie de pingüino más grande del mundo, por detrás del emperador. Los pingüinos rey parecían adolescentes cohibidos que hubieran dado el estirón antes que sus compañeros; caminaban encorvados, intentando no destacar entre la multitud.

Son unas aves impresionantes, con la cabeza negra y manchas naranja en las mejillas y, debido al aumento de las temperaturas y la pérdida de hábitats, su población está en declive. Se han visto obligadas a alejarse más de sus lugares de cría para encontrar comida. Los peces de los que se alimentan, sensibles a la temperatura del agua, se desplazan hacia el Polo Sur conforme el agua del mar se calienta, pero los pingüinos rey están atados a sus lugares de cría subantárticos. Aunque están cerca del límite de la distancia que pueden recorrer, casi quinientos kilómetros a la semana en sus expediciones de pesca, con el cambio climático tendrían que sumar casi doscientos más para llegar hasta la comida que necesitan para sobrevivir. Es una perspectiva aciaga, y ellos no tienen la culpa: es solo nuestra. El placer que proporciona la observación de aves se ve ensombrecido, demasiado a menudo, por las amenazas a los hábitats que implican tanto el ser humano como el cambio climático. Al contemplar estas aves, ajenas a los peligros con los que se enfrentarían, costaba mucho no sentirse inútil y avergonzada.

De nuevo a bordo del rompehielos y alejándonos de la isla de los Leones Marinos, nos adentramos en el traicionero paso de Drake. Este famoso estrecho, la puerta de entrada a la

Antártida, se halla entre el extremo más meridional del cabo de Hornos, en Chile, y las islas Shetland del Sur, en la Antártida. Justo aquí convergen el océano Atlántico, el Pacífico y el Antártico; sin resistencia de masa continental alguna, cuando las gélidas aguas del sur chocan con las del norte, más cálidas, y a ello se le suma un viento fuerte (o, peor aún, una tormenta), la turbulencia resultante se traduce en una travesía de lo más incómoda.

No había nada que hacer. Se avecinaban cuarenta y ocho horas de mareo y un mar muy picado. Teníamos pastillas y teníamos nuestro diminuto camarote; podíamos escondernos. Me preparé para encerrarme; me imaginaba arrastrándome por un pasillo abarrotado, entre arcadas, hasta el cuarto de baño común. Todos los que iban a bordo pensaban lo mismo.

A pesar del funesto panorama, estaba emocionadísima. El paso de Drake es un hito, una última frontera. Era ese lugar de la parte inferior del globo que llevaba años contemplando, el lugar con el que sumaría el último continente. Al zarpar desde tierra para dirigirnos al sur hacia esos mares inmensos, reparé de verdad en lo insignificante que era: una figura minúscula con vaqueros ajustados, en un barco minúsculo que surcaba una vasta extensión oceánica.

Por lo general, mamá solo tenía que mirar el océano para marearse. En cierta ocasión, antes de nacer yo, había empezado a vomitar antes incluso de salir del puerto, en una excursión para observar aves marinas con papá, y se pasó las cinco horas siguientes encorvada hacia la barandilla del barco, apenas capaz de levantar la cabeza cada vez que avisaban de una nueva ave.

Lo más aterrador del paso de Drake es que no había vuelta atrás, no se podía desembarcar al final del día, no había escapatoria. Habría que aguantar. Papá, por otro lado, se consideraba un lobo de mar y nada iba a impedirle ver las aves genuinamente oceánicas por las que es famoso el estrecho.

Pero los dioses polares nos sonrieron y la travesía por el paso fue tranquila. El capitán nos diría después que fue una de las más calmadas que había vivido nunca. Aunque nadie se mareó, el mejor premio fue contemplar las aves. Si no estábamos en cubierta, prismáticos en mano, nos colocábamos en el puente, junto al ornitólogo «residente». Al menos, era todo lo «residente» que se puede ser en un barco. Había encabezado más de veinte expediciones a la Antártida y conocía sus aves. Otros pasajeros mostraban interés por la vida aviar. Muchos llevaban prismáticos y, desde luego, querían ver albatros y pingüinos, pero no había aficionados acérrimos, o sea, de esos que necesitan ver todas las especies disponibles. Nosotros éramos la única familia que corría de un lado a otro cuando las aves volaban de babor a estribor o viceversa. Los estadounidenses nos habían tildado de británicos excéntricos, y seguramente con razón.

Para mí, lo más destacado de la travesía fueron los albatros; el albatros ojeroso me trajo recuerdos felices de mi gran año. Aunque era un ave grande, quedaba empequeñecida por el albatros viajero que volaba a su lado. ¡Aquella sí que era inmensa! Era la mayor de las veintipico especies, con una envergadura de casi tres metros y medio y las alas fijas en su posición, como una navaja automática, gracias a un tendón adaptado que le permite planear sin esfuerzo sobre las olas y pasar hasta seis años en el mar.

En mar abierto resulta complicado hacerse una idea cierta del tamaño y la perspectiva, porque no hay puntos de referencia. Así que, hasta que un paíño ventrinegro no se sumó al albatros viajero en el aire, no fui capaz de apreciar lo gigantesco que era. En comparación, el paíño, con sus cuarenta y cinco centímetros de envergadura, era diminuto. El albatros tenía el cuerpo de un blanco inmaculado, el pico rosa y los extremos de las alas negros. Estuvo revoloteando por la popa y luego siguió la estela del rompehielos desde muy lejos. Se convirtió en un punto que fue desvaneciéndose hasta desaparecer, sin batir las alas ni una sola vez.

Los albatros, que pasan gran parte de su vida volando, solo van a tierra durante la época de apareamiento. Dado que viven más de sesenta años, la cantidad de tiempo que se tiran en el aire es apabullante. Había aparecido otro más, el albatros cabecigrís, surcando los cielos. Me acordé de un dato sorprendente acerca de aquella criatura solitaria: figura en el *Libro Guinness de los Récords* por ser el ave más rápida del mundo en vuelo horizontal, ya que llega a alcanzar ciento veintisiete kilómetros por hora. El periodo más largo que pasan en tierra son los cuatro meses siguientes a la eclosión de los huevos; después, emprenden el vuelo para quedarse más de media década en el mar, hasta que regresan a su colonia original para criar. Pero, al igual que ocurre con los pingüinos rey, su población está disminuyendo.

Con el aumento de las temperaturas en el mar, los bancos de peces tienden a cambiar de sitio, y lo que antes eran fuentes seguras de alimento desaparecen. Si un animal se ve obligado a andar quince o treinta kilómetros más para encontrar comida, significa que está más tiempo a campo abierto, expuesto no solo al agotamiento, sino también a múltiples peligros. Esta ausencia prolongada y este aumento de la vigilancia son tan agotadores que los polluelos quedan desatendidos. Las especies tardan mucho en adaptarse a nuevos lugares de cría y alimentación, y, si a un animal ya le cuesta encontrar comida, cualquier gasto calórico añadido puede empujar a una especie al borde de la extinción.

Además de sufrir escasez de alimento debido al cambio climático, estos albatros son también víctimas de la pesca con palangre, pues se lanzan al agua en busca del cebo de los anzuelos, creyendo que es comida fácil, y acaban atrapados bajo la superficie y ahogándose. Qué muerte más triste e ignominiosa para un ave tan magnífica.

Mientras papá me relataba esta triste realidad en la cubierta del rompehielos, con el sol bien alto en el cielo, pensé en la «libertad», el rasgo que, como la gran mayoría de aficionados al pajareo, considero una de las características más cautivadoras de la vida de las aves: su capacidad de ir adonde les plazca. Cada vez era más consciente de que esa libertad es condicional: depende de los seres humanos, la destrucción de los hábitats y el calentamiento global. Mientras se queden en el aire, los albatros están a salvo, pero esa opción no es ni realista ni natural, pues deben alimentarse y aparearse. Aunque fue duro enterarme de que quizá, en el futuro, por culpa de la extinción de las especies, las listas mundiales no reflejen la abundancia de la que disfrutamos hoy, se me encendió una chispa. Al observar esas aves gigantescas montadas sobre las corrientes térmicas, indiferentes a las preocupaciones humanas, me di cuenta de que gente como yo, papá y mamá debíamos denunciar la destrucción que causan las acciones humanas. El privilegio de visitar la Antártida traía aparejado el deber de defender y proteger los polos.

Estuve dándole vueltas a esta idea mientras los pato-petreles picofino daban paso a los pato-petreles antárticos, hacia el final de la travesía por el paso de Drake. Eran unas aves minúsculas de color gris plata, con una uve doble negra invertida estampada en las alas y espalda. Me pregunté cómo era posible que una especie tan diminuta sobreviviera en un entorno así de hostil.

Hubo un último saludo, de un albatros real, casi tan grande como su primo, el albatros viajero, antes de que llegáramos a las aguas de la Antártida, más frías, y de atisbar las primeras y enormes masas de hielo: icebergs. Me sentí como en una película.

Aunque en las aguas del paso de Drake viven, por supuesto, ballenas y otras criaturas marinas, no fue hasta que salimos del estrecho cuando el mar se convirtió en un hervidero de peces. Las aguas eran menos profundas y estaban repletas de comida; ballenas jorobadas, rorcuales y cachalotes daban vueltas en torno al barco, encantados de acompañarnos, olvidados los días en los que la caza los llevó casi a la extinción.

Desde el paso de Drake, navegamos hacia el paisaje de rocas y montañas de la isla Elefante, aún a unos doscientos cincuenta kilómetros de la península Antártica. Esta isla es el lugar donde, en 1916, se refugiaron el explorador polar Ernest Shackleton y los veintisiete miembros de su tripulación, tras perder su barco, el *Endurance*, que se quedó atrapado en el hielo, en mitad del mar de Weddell. Desde allí, Shackleton hizo una travesía de dieciséis días a bordo de un bote salvavidas hasta las Georgias del Sur para enviar una expedición de rescate a sus hombres.

Contemplando la claustrofóbica bahía de la isla Elefante, donde los náufragos se fabricaron un refugio con los dos botes salvavidas restantes, me imaginé las vidas de aquellos pioneros, varados durante cuatro meses y medio, luchando por sobrevivir en un entorno desalentador con poca comida (los pingüinos habían migrado hacia el norte el día en que ellos llegaron a tierra) mientras esperaban el regreso de Shackleton. Día tras día, se preparaban para un rescate que no llegaba. Casi sentía ese desengaño, y lo desesperado de su situación, al mirar hacia los kilómetros de mar abierto, callado y vacío.

Avanzamos más al sur y vivimos otro momento Attenborough cuando, al rodear un saliente rocoso, nos rodearon unos icebergs tan altos como los rascacielos de Nueva York. Casi oía la voz del naturalista, maravillado ante el tamaño de los glaciares. Y también oía el canto del hielo conforme nos acercábamos a aquellas imponentes montañas blancas. Horrorizada y fascinada, vi a una manada de orcas separar a un ballenato de su madre, perseguirlo y terminar arrastrándolo y ahogándolo en las profundidades del océano Antártico. Una foca leopardo atrapó a un pingüino que huía de ella y lo golpeó, de lado a lado, contra la superficie del mar, para arrancarle, aún con vida, la dura piel cubierta de plumas antes de engullir la carne y grasa que había debajo. Cada vez que visitábamos las inmensas colonias de pingüinos, allí estaban siempre los págalos subantárticos, que patrullaban amenazantes desde el cielo, preparados para sustraer los polluelos más bonitos y esponjosos de los nidos sin vigilancia. Aquello era la naturaleza en su más cruda expresión. Era hostil, pero, al mismo tiempo, mucho más honesta que la hilera tras hilera de carne envasada que vendían en el supermercado de mi barrio. Esos depredadores también tenían crías a las que alimentar.

Tras sobrevivir al paso de Drake, papá y yo estábamos a punto de arriesgar otra vez la vida. Cuando mamá reservó el viaje, nos anunció que pasaríamos una noche acampados en el hielo. Ella imaginaba algo sofisticado: tiendas, colchones y un montón de mantas. Al enterarnos de que no, no tendríamos tiendas ni camas hinchables, sino que dormiríamos sobre el mismísimo hielo, en sacos de dormir de vivac (en esencia, un saco impermeable), se negó en rotundo. «¡Lo haría por un pingüino emperador —me dijo—, pero no por diversión!».

El día de Nochebuena nos despertamos con el cielo despejado y el sempiterno panorama blanco. Hay un montón de descripciones, poéticas y emocionantes, del paisaje antártico, desde *Endurance: el legendario viaje de Shackleton al polo Sur*, de Alfred Lansing, hasta *The Birthday Boys*, de Beryl Bainbridge, así que no voy a añadir mucho a esos apasionados relatos. En cualquier caso, para mí aquel se había convertido en un viaje de los sentidos, al que mis palabras no hacían justicia. La belleza callada del entorno se introducía, serpenteante, en el cuerpo; notaba el sabor del blanco puro de los imponentes glaciares, olía los kilómetros de cielos sin nubes. El color más vívido de la Antártida es el azul del hielo. Es un tono especial, espectacular, que solo he visto en los polos, escondido como una joya luminiscente en las profundidades de los icebergs. Desde el agua, en las zódiacs, rodeada por las inmensas rocas cubiertas de nieve de las islas, me sentía como una exploradora en un paisaje en el que los extraños eran los humanos.

Pero, una y otra vez, lo que atraía mi mirada era el azul. Cuando la cáscara gris del hielo se resquebrajaba, revelaba un color iluminado desde el interior, tan intenso, tan único, que costaba creer que existiera en la naturaleza.

Aquel mismo año, en primavera, estaba en el plató del programa de televisión *Springwatch*, charlando con Chris Packham, presentador y naturalista, sobre las aves más emblemáticas del mundo. Yo había visto todas las que me iba soltando hasta que, al fin, dijo:

—¿A que no has visto un petrel níveo?

Tuve que reconocer mi derrota. Esa hermosísima ave solo se encuentra en la Antártida.

—Seguro que veo alguno cuando vaya, a finales de diciembre —respondí.

—¿En serio? —exclamó—. ¡Yo voy a principios de diciembre! Igual tenemos suerte...

El juego había comenzado.

La tarde del 24 de diciembre, estábamos sorteando los témpanos de hielo en las zódiacs, en dirección a los icebergs; eran muy altos, y eso sin contar que el noventa por ciento de su volumen se oculta por debajo del nivel del mar. Un punto negro que bajaba la ladera de una montaña blanca me llamó la atención. Me quedé mirándolo; era el ojo de un ave, pero ¿de cuál? Camuflado por el fondo de hielo blanquísimo, lo único visible del petrel níveo eran el pico y los ojos; luego echó a volar hacia el cielo azul. Estas aves angelicales, no más grandes que una paloma londinense, se alimentan sobre todo de peces, ¡pero no le hacen ascos a una placenta de foca ni a un pollo de pingüino muerto!

Mi intención era mandarle un correo electrónico a Chris en cuanto hubiera cobertura en el barco, pero, cuando tuvimos internet, me enteré de que él había visto su petrel níveo dos semanas antes que yo... ¡y en el mismo barco en el que íbamos nosotros!

No me importó mucho que me hubiera ganado ese asalto. El petrel níveo había sido mi regalo de Navidad anticipado, aunque todavía quedaban más por venir, cuando me dieron el mejor que he recibido jamás. Por la megafonía del rompehielos sonó un mensaje urgente que nos convocaba a la cubierta. Lo que no sabíamos era que el barco hermano del nuestro había pasado junto a una base antártica chilena dos días antes y había avistado un ave extraordinaria. Avisaron a nuestro capitán, que se había desviado hacia la base sin decirnos nada. ¿Sería mi último avistamiento? Allí, sobre el hielo, delante de nosotros, había un ejemplar joven de pingüino emperador.

La noticia había llegado justo cuando nos sentábamos a almorzar. Mamá, papá y yo dejamos de inmediato la comida y fuimos los primeros en llegar a cubierta; nuestra precipitación tomó incluso por sorpresa al guía de aves residente. Para la mayoría de quienes había a bordo, no era más que otro pingüino, pero nosotros habíamos enloquecido.

Los pingüinos emperadores crían muy tierra adentro, en las profundidades del interior de la Antártida, y la única forma segura de verlos es acercarse en helicóptero hasta una colonia de cría. Pero allí estaba, con su más de un metro de altura. Aquel ejemplar, un poco desaliñado, era, en términos pingüinos, un adolescente: mayor para haberse separado de sus padres, aunque no lo bastante para criar. Quizá estuviera de año sabático pingüino, visitando las distintas bases antárticas, reuniendo anécdotas que contarles a sus hijos en el futuro. Podría haberme pasado la vida entera contemplándolo, pero teníamos que marcharnos para nuestra acampada sobre el hielo.

El segundo asalto era mío, Chris Packham.

Después de una «última cena» a bordo del barco, los temerarios que nos atrevíamos a pernoctar en la nieve antártica en Nochebuena fuimos en zódiac hasta Leith Cove, una ensenada en la que, al desembarcar, nos dieron una pala a cada uno y nos indicaron que caváramos los lechos en los que íbamos a dormir. Menos mal que mamá se había echado atrás. Dormir en el hielo, vale, ¡pero aquello daba un poco la impresión de estar cavando tu propia tumba!

Ansiosos por posponer la hora de acostarnos, los campistas nos apiñamos para disfrutar de la puesta de sol. En verano, la Antártida goza de seis meses de luz y el sol no llega nunca a desaparecer por completo; aunque sin duda más oscuro, tras las montañas glaciales un naranja cobrizo refulgía en el horizonte.

Más tarde, envuelta en varias capas de ropa térmica y jerséis, me embutí en mi saco de dormir a prueba de inclemencias meteorológicas y dormí como casi nunca había dormido en mis trece años de vida. Tan bien, de hecho, que papá tuvo que despertarme a la mañana siguiente. Mientras recogíamos nuestras cosas, volví a pensar en la tripulación varada del *Endurance*. Pronto estaría de nuevo a bordo del rompehielos, con un desayuno caliente y unos compañeros de viaje agradables; los hombres de Shackleton habían tenido que repetir mi «aventura» nocturna una y otra y otra vez, hasta que, seguramente, unos cuantos empezaron a creer que su escala en tierra inhóspita no era sino un cementerio.

A pesar de mi entusiasta descripción de una noche calentita y cómoda, mamá seguía en sus trece y repetía que estaba encantada de no haber acampado en el hielo. No habría podido «aguantar a adolescentes de cháchara toda la noche» mientras se pelaba de frío.

¿Y qué se hace el día de Navidad en la Antártida? A esas alturas, ya en el sexto día del viaje, había hecho buenas migas con los estadounidenses; lo que nos había unido al principio eran los juegos de cartas, pero la actividad que selló el trato fue una subversiva tradición antártica. Los participantes, sin más ropa que un bañador, saltan a las gélidas aguas del mar y se quedan dentro hasta que aguanten. Como desde el barco lo teníamos prohibido, repetimos el desafío tirándonos a la piscina, llena de la misma agua. ¿Quién saltaba más veces? ¿Quién se quedaba más tiempo dentro?

Nadie podría conmigo. Mi tozudez de empollona hizo su aparición y, a pesar del miedo a morir cuando me vi de golpe a temperaturas bajo cero, con la carne asaeteada al instante por agujitas de hielo, no salí. Diez segundos, veinte, treinta; con una única cosa en mente: seguir allí todo lo que pudiera, sin desmayarme. Saltamos una y otra vez hasta que quedamos otro chico y yo. La hipotermia no me detendría. Ni a él, por lo visto. Quedamos empatados en primera posición.

Habíamos cruzado el círculo polar antártico, surcado la banquisa en zódiacs, atracado en las islas, hasta acampado en un témpano de hielo, pero, para los puristas, aún quedaba una última cosa por hacer: poner el pie en la península Antártica propiamente dicha. Esto no se garantiza nunca: «Todas las actividades dependen de las condiciones climatológicas», como suelen advertir los folletos. Cuando el 27 de diciembre, nuestro día de la verdad, nos despertamos, descubrimos que el mar estaba agitado; no era buen augurio. El barco se quedó frente a la costa mientras desayunábamos, nerviosos; de nuevo, todo el mundo en tensión. Y entonces llegó el aviso: el capitán había dado luz verde. Nos embutimos en la ropa para el frío y las zódiacs se bajaron al agua.

Desembarcamos en la playa de guijarros grises de Brown Bluff, con sus enormes peñascos dispersos y sus pendientes de rocas sueltas cubiertas de nieve, y rodeada por unos impresionantes acantilados de arenisca marrón, en cuyas cumbres neblinosas crían los petreles níveos. ¡Menudo paisaje! Las tres especies más comunes de pingüino, el juanito, el barbijo y el de Adelia, estaban celebrando una animada fiesta en la playa. Lo primero que percibí de aquellas nutridas colonias fue el olor (un pestazo impresionante a pescado podrido), y lo segundo, el ruido. Les encanta charlar, y supuse que aquella era su fiesta navideña.

Sin depredadores terrestres de los que preocuparse, permanecían ajenos a cualquier peligro que pudiéramos suponer. En el mar eran mucho más precavidos y, cuando se acercaban a tierra, parecían peces voladores gigantes: en un momento dado estaban bajo el agua y, al siguiente, impulsándose por el aire. Vimos colonias inquietas dejándose caer en tierra; cientos y miles de pingüinos hasta donde alcanzaba la vista. Empezaron a marchar, siguiendo caminos invisibles, como si se dirigieran hacia una manifestación multitudinaria.

Nos montamos en las zódiacs y regresamos al barco a toda velocidad. Me di la vuelta para contemplar una última panorámica de la masa negra y ondulante de pingüinos e intentar fijarla en mi memoria. Sería una estampa en la que recrearme, una última instantánea de la Antártida, cuando comenzáramos el largo camino a casa.

Me costaba hacerme a la idea de volver al valle del Chew y al colegio. Había sido un viaje corto, pero, en cierto sentido, me había convencido de que nunca terminaría, o de que siempre había vivido en el rompehielos y viajado en zódiac. Supuso una breve cata de cómo se siente mamá cuando está fuera, como si el mundo exterior dejara de existir cuando hay aves que buscar y aventuras que correr. Su capacidad para vivir el momento es su gran superpoder y, dado que sus otros poderes no son tan fiables, es un milagro para mi familia que logremos aprovechar al máximo el tiempo que pasamos viajando.

Me pregunto ahora si la baguete de queso de cabra que se comió mamá una hora antes del vuelo de regreso fue un deseo subconsciente de quedarse en la Antártida. Teniendo en cuenta que el queso está contraindicado para una de sus medicinas diarias y que uno de los posibles efectos secundarios es un infarto cerebral, la elección no fue muy acertada. Un minuto después de despegar, cuando aún estábamos cogiendo altura, mamá se quejó del calor. Papá le tomó el pulso y sacudió la cabeza:

—Tienes el pulso acelerado. Intenta respirar despacio.

Aunque era un ataque de pánico y no un infarto cerebral, se encontraba fatal. Papá hizo lo que pudo para tratar de calmarla con técnicas de relajación; solo una vez hubo de recurrir a agarrarla.

—No, no puedes levantarte, ¡todavía estamos ascendiendo y la señal del cinturón está encendida!

Llegamos a casa de una pieza y ya no le permitimos acercarse al queso. Nunca más.

Había visitado mi último continente, la Antártida. Había acampado en el hielo, nadado en sus aguas gélidas y visto el ave de mis sueños, un petrel níveo. Como siempre, en casa no había cambiado nada. En mi pueblecito, el colegio, las clases y lo demás me resultaron un poco... decepcionantes.

Estaba cambiando y empezaba a comprender que, aunque mis dos mundos me parecían incompatibles y se cruzaban en raras ocasiones, tendrían que adaptarse el uno al otro porque los dos formaban parte de mí. Por primera vez, apreciaba la estabilidad de la rutina. Disfrutaba de mis amigos y de las clases. El Campamento Avalon me había dado la oportunidad de hacer algo significativo, aunque fuera pequeño, y estaba dispuesta a más, a hacer campaña de forma más activa contra la pérdida de diversidad y el cambio climático, al tiempo que defendía la justicia climática global y un acceso equitativo a la naturaleza para todos. También comenzaba a considerar nuestros viajes no solo un descanso para mamá, sino también un periodo durante el que cada uno de nosotros construía un poquito de resistencia ante lo que la vida decidiera ponernos por delante.

CAPÍTULO 10
«California dreamin'»

CÓNDOR CALIFORNIANO
El cóndor californiano, el ave terrestre más grande de Norteamérica, es un buitre del nuevo mundo en grave peligro de extinción. Es muy longevo, aunque de reproducción muy lenta: puede vivir sesenta años, pero no empieza a reproducirse hasta los seis y, a partir de esa edad, cría un único pollo cada año.

En 1987, las veintidós aves que quedaban en libertad se capturaron para incorporarlas a un programa de reproducción, con la intención de devolverlas a la naturaleza cuando las condiciones fueran más favorables. Por culpa de las distintas amenazas que penden sobre la población en libertad, había una probabilidad muy alta de que, sin intervención, la especie se extinguiera. El programa salió bien y la población actual supera los quinientos ejemplares. Esta emblemática especie tiene un significado muy especial para muchos grupos de nativos americanos y desempeña un papel fundamental en sus historias tradicionales.

En lugar de fotos de albatros y petreles níveos, en mi Instagram personal publiqué fotos de pingüinos, y mis amigos respondieron con comentarios como «¡¡¡¡Qué guaaaaaaaay!!!!» y «¡Madre mía, increíble! ¡Qué envidia!».

Cada vez me resultaba más fácil hablar de esos viajes, porque evitaba mencionar a las aves. Acercarse a los pingüinos no era una frikada, y, en el verano de 2016, emprendí uno que a mis compañeros les interesó bastante.

California, pero, lo que era más importante, Estados Unidos. Habíamos crecido con la televisión estadounidense, desde *El show de los teleñecos* hasta *Desayuno con diamantes*, desde *Buffy* hasta *Gossip Girl*. Yo quería ver un taxi amarillo, comer en un *diner* y perderme en las calles de una ciudad, a la sombra de edificios altísimos. No haríamos senderismo por bosques húmedos ni recorreríamos en todoterreno un parque nacional polvoriento con un ojo puesto en el entorno por si había leones merodeando; aquello era Estados Unidos. Sin embargo, cuando se lo conté a mis amigos, les noté tan poco interesados como siempre. ¡Claro! No me juzgaban por los lugares a los que iba ni lo que hacía en ellos; sencillamente, no les importaba gran cosa lo que cualquiera de nosotros hiciera durante el verano.

Mi reticencia a reconocer en público y por completo la «anorak» que llevaba dentro no era lo único que me agobiaba en 2016; también estaba sufriendo ataques racistas en Twitter. Por entonces, tenía treinta mil seguidores en Facebook y diez mil en Twitter. Mi blog *Birdgirl* iba de maravilla, había recibido alrededor de dos millones de visitas. Donald Trump era candidato a la Casa Blanca y el Brexit estaba en el horizonte, unos hechos que abrieron las compuertas a un ambiente general en redes mucho más hostil. De pronto, quienes discrepaban con tus posturas políticas no se cortaban a la hora de insultarte o amenazarte de muerte. Cada vez más estadounidenses habían empezado a responder a mis tuits cuando hablaba de racismo o, en concreto, cuando mencionaba que el sector de la naturaleza no conseguía ser más inclusivo. No había nada extremo en mi contenido, pero las respuestas eran aterradoras.

Ahora me doy cuenta de que era el objetivo perfecto: una estudiante de catorce años, relativamente nueva en la plataforma, con pocos seguidores que me defendieran. Por lo general, me costaba ignorar los comentarios islamófobos, sexistas e injuriosos. Al principio, todo ese odio me hacía daño; aunque conocía las actitudes racistas que se manifiestan de vez en cuando en el aula, aquello era diferente, tóxico.

Había dos formas de abordar el acoso, y las sopesé con cuidado. Podía cerrar mis cuentas en las redes sociales, algo que resultaba tentador; desde luego, me ayudaría de inmediato a dormir mejor, pero, al mismo tiempo, Twitter me encantaba. Me permitía relacionarme no solo con pajareros de ideas parecidas a las mías, sino con una masa cada vez mayor de activistas por el clima y contra el racismo, con quienes intercambiaba ideas e información. Era una plataforma inmediata y muy estimulante. ¿Por qué soportar el acoso de gente a la que no conocía y a la que nunca iba a conocer? La segunda opción era hacerle frente, y ese es el camino que elegí. Empecé a silenciar o bloquear a acosadores, y las publicaciones que incluían palabras incendiarias quedaban ocultas de manera automática. No tenía que ser la persona madura en esa situación. Aprendí una lección muy valiosa cuando, en cierta ocasión, me enfrenté a un racista en mi muro, y enseguida me percaté de que servía de muy poco, por no decir nada; no estaba allí para hablarme a mí, sino para acosar a cualquiera que cuestionara su estrecha visión del mundo. No merecía la pena, y punto. A mí no me hacía falta que los demás estuvieran de acuerdo con lo que publicaba. Aunque me encantaba debatir cuestiones sobre inclusividad en el sector de la naturaleza, no pensaba tolerar que ningún fulano intolerante, británico o estadounidense, me dijera «vuélvete a Bangladés» y arregla antes los problemas de allí, ni que «había que matar» a los musulmanes.

El «estado dorado» de Estados Unidos es un paraíso para los pajareros, gracias a la diversidad de sus hábitats y al gran interés en su conservación. Desconectaría durante una temporada del pajarito de Twitter para escuchar, en cambio, el trino de las seiscientas cincuenta especies de aves registradas en California.

Me hacía ilusión por las aves, cómo no, pero estábamos hablando de Estados Unidos, un país mucho mayor que su tamaño geográfico, mucho más poderoso e influyente que cualquier otra masa de tierra del planeta. Me pregunté, no por primera vez, si estaría a la altura de lo que me imaginaba. Aunque, antes, me quedaban cosas por hacer: un trabajo acuciante, una ambición que planteaba tantos retos y consumía tanta energía como la observación de aves.

El año anterior, tras el primer Campamento Avalon, había escrito a varias organizaciones dedicadas a la naturaleza con la esperanza de hablar con ellas sobre diversidad e inclusión en el entorno natural y, en concreto, para conocer sus iniciativas en ese ámbito.

Ya tenía una edad en la que el concepto de fallo sistémico empezaba a cobrar sentido. Iba quedándome claro que, para combatir la desigualdad, debía contactar con los jefes, aquellos al cargo del sector de la naturaleza, porque, fuera lo que fuera lo que estaban haciendo, no era suficiente para fomentar la participación de las minorías. Mi campamento era una iniciativa estupenda, sí, pero no se iba a producir ningún cambio a nivel nacional si las organizaciones y entidades benéficas que trabajaban en el área de la naturaleza y la conservación no invertían en la diversidad ni se comprometían con ella.

Todas las organizaciones respondieron positivamente a mi campamento; muchas me pidieron que nos reuniéramos para comentar mis ideas. ¿Mis ideas? Tenía catorce años y ninguna idea sobre cómo debían desarrollar sus estrategias para fomentar la implicación… ¿No había ya expertos en la materia?

Conocí la campiña a una edad muy temprana, gracias a unos padres que creían en las bondades de recorrer a pie las montañas, valles y lagos del valle del Chew: una suerte. Para mi familia, el campo no era solo un lugar que había más allá de nuestro barrio, ni un tramo de terreno vacío que se atraviesa en coche de camino a otro lugar. También sabía que la acampada, la observación de aves y el senderismo no son para todo el mundo, pero me niego a aceptar que a las personas de VME, en concreto, se les niegue la posibilidad de decidir por sí mismas. Y en algún momento se les debía de haber negado, porque ¿dónde estaban? Esa era la base de mi razonamiento; incorpora a todo el mundo y algunos querrán quedarse.

Sin embargo, la gente del sector estaba dispuesta a sentarse a hablar (¡bien por ellos!) y, si yo disfrutaba esas conversaciones, aquellos jefazos sentirían el mismo tipo de motivación que le daba ímpetu a mi campamento. No podría explicarles qué hacer, necesitaba ayuda. Le enseñé a mamá las respuestas que había recibido; ¿no sería mejor que hablara con todos a la vez? Mamá, desde su época de abogada, le tenía el pulso tomado al activismo local. Si alguien podía echarme una mano con los siguientes pasos, era ella.

«¿Qué tal un encuentro? Tendrías que buscar ponentes y algún sitio para celebrarlo».

Y así fue como nació Race Equality in Nature: un encuentro para miembros del sector de la naturaleza, con conferenciantes que sabían más que yo sobre la aplicación de políticas.

Era una gran idea y, sin la ayuda de mi madre, se habría quedado en eso, una idea.

Mamá se puso en contacto con activistas locales contra el racismo para pedirles asesoramiento. Después de haber soportado durante muchos años —desde antes de que yo naciera— ser la única mujer bangladesí en el mundillo de pajareros de nuestra zona, se implicó tanto como yo en el tema de la igualdad en la naturaleza. Quería que el encuentro motivara a los dirigentes a pensar en los excluidos, que los ayudara a visualizar un planteamiento nuevo. En su juventud, mi madre y sus hermanas, bien versadas en la jerga de la exclusión, la diversidad y, sobre todo, la acción, se habían comprometido mucho en la lucha contra el racismo.

Mamá señaló que quienes dirigían esas empresas eran personas muy parecidas a aquellas con las que había tratado en sus primeros tiempos de abogada: de izquierda, progresistas, que evitaban el racismo. Las conocía muy bien y, a pesar de lo bienintencionado de sus medidas, no serían de mucha ayuda.

Aunque todos creíamos que no existía una campaña activa para dejar a las personas de VME al margen de la naturaleza, también era cierto que había mucho trabajo por hacer para convencer a los dirigentes de que no podían quedarse sentados sin hacer nada.

La hermana mayor de mi madre, mi *khala* (tía) Monira, es un referente en el ámbito de la etnia y la diversidad. Ahora es responsable de diversidad dentro de un gran consorcio de la sanidad pública. Su discurso pondría el énfasis en que una actitud excluyente dentro del sector de la naturaleza, aunque no sea intencionada, puede coartar las opciones, ambición y salud de los niños.

Mi *khala* Lily también intervendría; había fundado el Bristol Multi-Faith Forum y trabaja con organizaciones tales como la unidad de donación de órganos del Sistema Público de Salud, para facilitarles el contacto con minorías étnicas marginadas. Entendía que, para muchas minorías étnicas, existía un estrecho vínculo entre la etnia y la religión; yo veía muchas similitudes entre su trabajo y mis ideas, porque, para mí, la naturaleza es una fuerza unificadora, independientemente de las convicciones religiosas o políticas.

Y mamá, por supuesto, había sido abogada y socia de su bufete. Cuando se sacó el título, estaba en el comité de igualdad, diversidad e inclusión del Colegio de Abogados de Bristol.

Las tres hermanas, juntas, eran una fuerza imparable.

El año anterior, había coincidido en el Festival de la Naturaleza de Bristol con Bill Oddie, conservacionista, presentador y guionista de televisión y, además, pajarero desde niño, y me puse en contacto con él. ¿Querría intervenir en el encuentro? Sí, respondió. Desde que leí su autobiografía, *One Flew into the Cuckoo's Egg*, supe que tenía algo más en común con él que la observación de aves. Como mamá, él sufría episodios incapacitantes de depresión y manía. A su madre también la habían internado siendo él niño, y estuvo nueve años en un sanatorio mental. Al igual que nuestra familia, Bill había encontrado un cierto alivio en la naturaleza. Pero a mamá, además, le reconfortaba tener una misión, y ahora su misión era el encuentro. Recaudó dinero de patrocinadores, pidió asesoramiento a desconocidos, elaboró listas de asistentes. Le pregunté a papá si aquello era un brote maniaco. Pero no, él pensaba que no era más que el entusiasmo de los viejos tiempos.

Papá se encargó de que el evento transcurriera sin sobresaltos: dejó atados los cabos sueltos, se aseguró de que todo el mundo estuviera donde tenía que estar. Se le daban bien esas cosas porque no podía ser de otra manera; sus dotes organizativas reflejaban muy bien cómo gestionaba la vida familiar. El día del encuentro, además, lo grabó entero: era el único método infalible, dijo, para no salir él.

A mí, por supuesto, me aterrorizaba que fuera un desastre. Me imaginaba esperando en una sala inmensa, sentada en un escenario junto a los ponentes (gente ocupada que había sacado tiempo de su jornada laboral para acudir), y que al final no apareciera nadie. Mis invitaciones habían terminado, por error, en la carpeta de correo no deseado de muchos participantes, lo que explicaba la desalentadora falta inicial de respuestas, pero mamá se dedicó a hacer una ronda de llamadas para pedir confirmación y eso nos salvó de presentarnos ante una sala de conferencias vacía.

Asistió casi un centenar de personas, entre las que había representantes de la BBC, de National Trust y de National Heritage Lottery Fund, pero no vino ningún alto directivo, o sea, nadie con capacidad de tomar decisiones ni influir en cuestiones políticas. No obstante, había que dar un discurso inaugural; la sala se quedó en silencio cuando me acerqué al estrado, carraspeé y empecé a hablar acerca de la observación de aves en una comunidad compuesta, sobre todo, por hombres blancos, en la que rara vez me cruzaba con alguien que se pareciera a mí. Hablé de mis campamentos, en los que los adolescentes de VME no solo entraban en contacto con la naturaleza, sino que la disfrutaban de manera activa y se marchaban deseando volver. Era necesario mejorar las iniciativas por parte del sector de la naturaleza, y juntos debíamos detectar y superar las barreras para las personas de VME que salían a disfrutar de la campiña. Barreras tales como la pobreza, la sensación de exclusión y el miedo a los delitos de odio. La invitación genérica que hacía el sector, «todo el mundo es bienvenido», no les pondría fin. Había que acercarse a las personas de VME en sus propios espacios y lugares.

Sentados en torno a una hoguera, al final de un fantástico fin de semana de campamento, charlábamos sobre cómo nos sentíamos al estar al aire libre, en plena naturaleza, tanto física como emocionalmente. Mientras las llamas parpadeaban en la oscuridad, debatíamos sobre racismo, pobreza, cuestiones de identidad, sobre que ninguno de esos obstáculos desaparecería de la noche a la mañana, pero que, relacionándonos con nuestro entorno, disfrutando del aire puro, estábamos consiguiendo herramientas para ayudarnos a lidiar con lo que la vida nos pusiera por delante. Eso es lo que le faltaba al sector de la naturaleza: el sencillo mensaje de que esta es buena para cualquier persona, pero, más que para ninguno, para quienes pasan necesidades.

A lo largo del día, los temas variaron desde el miedo a los delitos de odio hasta la desigualdad económica, desde el racismo general de la sociedad hasta la conciencia de la enfermedad mental. El público estaba animado e interactuaba con los conferenciantes. Fue, sin duda, una jornada motivadora. El cambio flotaba en el aire, y yo empecé a albergar cierta esperanza de que, al cabo de un par de años, quizá ya no fuera la única cara bangladesí en un grupo de observadores de aves compuesto mayoritariamente por hombres blancos.

Viajé a San Francisco sintiéndome más ligera. La cosa parecía ir bien; habíamos iniciado el diálogo. El encuentro fue un atisbo fugaz de lo que era posible con solo dar un paso en la dirección adecuada: alguien, antes o después, caminará hacia ti.

Los incendios de California estaban aún en su apogeo cuando recogimos el todoterreno, de modo que descartamos nuestros planes de viajar más al sur. A finales de 2016, unos siete mil incendios habían consumido más de dos mil quinientos kilómetros cuadrados de bosque y acabado con más de sesenta y dos millones de árboles. La tragedia evidente para las aves es la pérdida de hábitat. Esos incendios estaban descontrolados, pero, en sí mismos, los incendios forestales no son inherentemente malos.

En el pasado, la gente sabía gestionarlos de otro modo. Los incendios controlados suelen formar parte del ciclo natural de la vida de un bosque: eliminan árboles muertos y preparan la tierra para la vegetación nueva. Está cada vez más prohibido recurrir a ellos, pero de todas formas se desatan, solo que ahora no hay control sobre ellos. La falta de lluvias y el aumento de temperaturas en los meses estivales eran garantía casi absoluta de que solo hacía falta una chispa para desencadenar el efecto dominó de la devastación de los bosques californianos. Nunca antes las repercusiones del cambio climático habían sido tan inmediatas o visibles para mí. Fue una experiencia incómoda; yo estaba allí de vacaciones mientras ardían casas, bosques y hábitats enteros.

Alejándonos de San Francisco, nuestra primera parada fue el Parque Regional Anthony Chabot, que alberga un lago, praderas y bosques de eucaliptos y robles. Era como si hubiera salido de un apocalipsis en llamas para entrar en un paraíso ornitológico. En realidad, fue una transición algo desagradable.

Íbamos en el coche bajo un sol ardiente, siguiendo ríos y atravesando pinares y bosques de secuoyas gigantes en los que nos sentíamos liliputienses; era cierto que, en Estados Unidos, todo es más grande. Había carteles pidiendo a los turistas que no dieran de comer a las ardillas, debido a los casos de peste bubónica entre la población de roedores de la zona. No estamos en el siglo XIV, pensé, y, si al final resultaba que pillábamos la peste por accidente, lo arreglaríamos enseguida con antibióticos. Aun así, cuando vimos una ardilla solitaria en un tronco, a los pies de un eucalipto, dando zarpazos al aire y rechinando los dientes, papá aceleró; no estábamos dispuestos a arriesgarnos, a pesar de los grandes avances de la medicina occidental.

Entre nuestra primera oleada de aves estuvo el colibrí calíope, nuevo para mí y una rareza para mi lista de colibrís. Esta criatura diminuta, el ave reproductora más pequeña de América, no viste la misma paleta completa de colores vivos que sus primos ecuatorianos, pero era igual de bonita. Mide solo siete centímetros de largo y es asombroso que sea capaz de migrar hasta latitudes tan meridionales como las de Guatemala y Belice para pasar el invierno. El macho, minúsculo, tiene un suave vientre gris claro y una barba de rayos magenta que van desde el pico hasta la garganta. Lo descubrimos al lado de la carretera, donde habíamos aparcado para comernos el bocadillo. ¡De nuevo, las maravillas de las cunetas!

Una bandada de mitos sastrecillos nos siguió por el parque; rechonchos y muy parlanchines, bien podrían haber sido mullidas pelotas de tenis de color marrón volando por el aire. Pero lo que realmente nos impresionó fue el macho adulto de camachuelo mexicano. Con su plumaje a manchas marrones y blancas, parece como si alguien, pensándoselo mejor, lo hubiera visto un poco soso y le hubiera salpicado de polvos rojos-rosáceos, para darle rubor a su cabeza, cuello y pecho. La coloración encarnada proviene del pigmento de las bayas y frutos de los que se alimenta; cuanto más alta es la concentración de pigmentos, más rojo es el macho y mayores son sus posibilidades de que una hembra lo seleccione para aparearse y ayudarla a alimentar a los pollos. Los machos con menos pigmentos parecen más naranjas o incluso amarillos. Proceden originariamente del oeste de Estados Unidos y un intento fallido de venderlos en el mercado de aves de compañía de Nueva York como «pinzones de Hollywood», en la década de 1940, hizo que al final acabaran sueltos en la ciudad, tras lo cual empezaron a reproducirse en libertad. Cincuenta años después, se habían extendido por todo el este del país y el sur de Canadá.

Habíamos olvidado llevar música, así que, al salir del parque, hicimos una parada rápida para comprar algún CD. Después de la discusión habitual entre mis padres sobre nuestros gustos particulares (a mamá le encanta el *country*; a papá no), se decidió cuál sería la banda sonora del resto del *tour* californiano: Nirvana y Loretta Lynn, en un bucle continuo y exasperante.

Debi Shearwater es famosa por tres motivos. El primero son sus vastísimos e impresionantes conocimientos sobre aves marinas, y el segundo es que es la fundadora de Shearwater Journeys, empresa que ofrece expediciones de observación de aves marinas desde la costa de California, en sus famosas excursiones en barco pelágico desde la bahía de Monterrey. El tercer motivo es que, en la película sobre pajareo *El gran año*, el personaje de Anjelica Huston, Annie Auklet, está inspirado en ella.

Llegamos con retraso; el barco estaba listo para zarpar justo antes del alba, pero nosotros aún estábamos aparcando, a kilómetros del muelle. Papá se adelantó, gritándonos a mamá y a mí que dejáramos de entretenernos y nos diéramos prisa. «¡Esto no es un paseo por el puto parque, hay que correr! No nos van a esperar». Se equivocaba: nos estaban esperando y no parecían muy contentos.

Es deprimente estar metida en un barco bajo una lluvia torrencial. Al menos, aunque el pronóstico era bueno, yo sabía que no había que confiar en los cielos despejados y había tenido la previsión de ponerme un par de capas extra. La idea de pasar frío y marearme era demasiado. E hice bien en ser precavida.

En cuanto salimos de la bahía y nos adentramos en las revueltas aguas del amanecer, el mareo nos llevó a mamá y a mí, de forma inmediata y violenta, a la borda. Entre arcada y arcada, eché una ojeada a las olas grises... había algo acechando bajo la superficie. Pero no era el momento (ni, la verdad, tampoco había ganas) de investigar más.

Se acabó la soleada California; aquel día, con aquel tiempo horrible, el cielo era un pesado dosel gris sobre el violento oleaje. Las nubes, exhaustas de tanto volar a la deriva, se abrieron y dejaron caer una cortina de lluvia. Había unas treinta personas a bordo: el espacio era justo, pero ningún pajarero merecedor de ese nombre se habría refugiado en la escueta cabina del barco. Formábamos un cargamento de pajareros obsesivos y haríamos lo que hiciera falta para ver el máximo número de aves.

Al mirar a mi alrededor y fichar al resto de pasajeros, me di cuenta de que bien podría haber estado a bordo de un barco británico; no había ni un solo rostro de VME aparte del mío y el de mamá, solo los sospechosos habituales con cara adusta y mojada. Aun así, ese tintineo de esperanza que sentí tras el encuentro se me encendió brevemente dentro de la caja torácica; el cambio se acercaba.

Una hora después, el tiempo se había calmado, como mis náuseas. Se acabó la pesadumbre. Ya no llovía, y varias flechas azules atravesaron los cielos grises, igual que un albatros patinegro. Levanté los prismáticos, con el viento azotándome el pelo. Aunque es grande en comparación con otras aves marinas, el patinegro es el más compacto de la familia de los albatros. Con las alas abiertas y extendidas en sus dos metros de envergadura, lanzándose en picado sobre las olas para atrapar peces voladores, recordaba a un avión espía.

Unos instantes después, un cormorán sargento surgió de entre las olas y desapareció en las profundidades de las aguas de la bahía para buscar comida.

Las pardelas tienen unas alas rígidas con las que parecen ir cortando la superficie de las olas al volar. Aquel día vimos tres especies: la pardela patirrosa, la culinegra y la sombría. Esta última ostenta el récord de la migración más larga jamás documentada, de sesenta y cuatro mil kilómetros en un año. Aunque no son las aves más coloridas, la suavidad con que se deslizan sobre el agua compensa su aburrido plumaje. Esta especie fue la primera que vio Debi en su excursión pelágica inaugural, y quedó tan encandilada por las aves que se cambió el apellido para llamarse como ellas[6].

Y la propia Debi era una presencia imponente, que recorría a zancadas las cubiertas mojadas gritando «¡A la izquierda!» o «¡Saliendo de las nubes!» mientras señalaba manchas gris oscuro en el cielo. Una o dos veces desvió el rumbo del barco, para gran enfado de los pasajeros más inflexibles, insistiendo en que apartáramos la vista del cielo y la fijáramos en las olas que chapaleaban el casco, donde había ballenas acechando. Yo estaba encantada. Siempre he disfrutado mucho con las ballenas.

Las nubes acabaron abriéndose al fin para revelar un sol precioso, y la masa oscura que había distinguido antes bajo las olas

---

[6] Las pardelas se conocen, en inglés, como *shearwaters*, denominación que, en su sentido literal, alude al hecho de «cortar el agua» que se menciona al inicio del párrafo.

reapareció. Una ballena azul, titánica e inquietante, avanzaba al mismo ritmo que el barco. Estaba segura de que aquel mamífero descomunal podría habernos volteado con un solo golpe rápido de la cola. Su lomo inmenso, que planeaba a ras de la superficie, parecía una islita en medio del mar; irradiaba su azul a través del agua. No había forma de saber lo grande que era. Igual que ocurre con los icebergs, alcanzas a ver una parte, pero también sabes que la más grande queda por debajo de la superficie.

Cuando volvíamos a los muelles, había una pareja de ostreros negros norteamericanos, en equilibrio sobre las rocas, observando el barco. Estas llamativas aves, de color negro amarronado salvo por los ojos, amarillos con un círculo exterior rojo, el pico rojo y las patas rosas, empezaron a machacar los cangrejos que acababan de capturar en la orilla. Cuando vi la carne pálida de los crustáceos, que les colgaba del pico durante un instante, antes de caerles garganta abajo, me dio una breve arcada. Me alegré de tocar tierra firme, aunque me sintiera un poco inestable.

Quizá parezca que mantener la vista clavada en el cielo no es una actividad que canse mucho, pero la lluvia torrencial, las sacudidas y golpeteos de las olas y el mareo habían sido agotadores. «¿Quién quiere un bocadillo?», preguntó papá, sacando de su bolsa unos paquetes envueltos en papel de aluminio.

Mamá y yo sacudimos la cabeza; apenas éramos capaces de andar en línea recta, mucho menos de comer.

Lo que más ilusión le hacía a papá por su cumpleaños era ver el cóndor californiano, el ave terrestre más grande de Norteamérica, en grave peligro de desaparición. El cóndor estaba casi extinto antes de 1987, cuando California puso en marcha un plan de recuperación que consistió en capturar los veintidós ejemplares que quedaban en libertad para incorporarlos a un programa de cría en cautividad. El descenso de población se debía a los efectos del DDT, un pesticida que adelgazaba los cascarones de los huevos de las grandes aves de presa haciendo que se malograran. Este hecho se hizo tristemente célebre con la publicación, en 1962, de *Primavera silenciosa*, de Rachel Carson, un libro que hoy muchos consideran la chispa que prendió el movimiento ecologista actual. El declive se intensificó con el envenenamiento de aves que se alimentaban de cadáveres de animales a los que se había matado con munición de plomo, la caza furtiva y la degradación de los hábitats. El plan salió bien y, a principios de la década de 1990, se soltaron varios cóndores cautivos en dos poblaciones separadas, en California y Arizona. Hoy, la población mundial de cóndor californiano está por encima de los quinientos ejemplares, aunque la especie sigue en grave peligro de extinción.

Desde principios de los 2000, los pueblos indígenas de la tribu yurok participan de forma activa en la restauración de los ríos, bosques y praderas de sus territorios ancestrales en el Parque Nacional de las Secuoyas, en el norte de California, para preparar el regreso del cóndor a sus tierras. Para los yurok, el cóndor ostenta un papel fundamental en sus creencias espirituales y culturales: es un animal sagrado e intrínseco para su obligación de curar el cosmos y, durante su ceremonia de renovación del mundo, utilizan sus plumas y repiten su canto. La tribu, además, considera al cóndor una parte crucial del ecosistema. Al utilizar sus fuertes garras para romper la dura piel de los osos grizzly, el cóndor invita a otros carroñeros, como mapaches, cuervos y mofetas, a comer.

Este tipo de proyectos tan motivadores, impulsados por comunidades indígenas locales, y que combinan personas, naturaleza, espiritualidad, ciencia y cultura para restablecer una armonía natural en el mundo, representan, para mí, la conservación en su máxima expresión.

Hace veintitrés millones de años, la erupción de numerosos volcanes dio forma al paisaje único de lo que después sería el

Parque Nacional Pinnacles. Está situado al este del valle de Salinas, en el centro de California, y se trata de diez mil quinientas hectáreas de formaciones rocosas que parecen salidas de una obra de ciencia ficción, además de espectaculares bosques y chaparrales, unas extensiones de matorral que configuran el hábitat perfecto para aves merodeadoras. El parque es también lugar de anidamiento del cóndor. Estábamos en el día más tórrido del viaje y la temperatura (cuarenta grados) creaba una contundente combinación de calor y aridez.

Si yo fuera un ave, en ese momento estaría cobijada, con las alas plegadas, rendida, entre las ramas de un roble gigante. Por suerte, las aves no piensan como yo, porque, si lo hicieran, jamás habríamos visto al cóndor. Tras un lento ascenso por una empinada ladera rocosa, empapados en sudor y maldiciendo, llegamos hasta la cumbre. «Va a merecer la pena —prometió papá—. Nos alegraremos de haber hecho el esfuerzo». Solía acertar en estas cosas; al fin y al cabo, ¿no me había animado él a hacer el gran año y a dormir tendida en el hielo en la Antártida?

El aire empezó a hervir y las ondas de calor dispersaban el horizonte en todas direcciones. Yo quería arrancarme la piel y rememoraba con añoranza mi «cama» en el hielo, pero todo pensamiento de escapar se esfumó en el instante en que papá, que había instalado el telescopio mientras mamá y yo nos quejábamos, nos hizo un gesto para que nos acercáramos. Cuatro cóndores adultos macho volaban en círculos sobre nuestras cabezas.

Las aves llenaban el cielo, ni más ni menos. Eran asombrosas, magníficas, pero también aterradoras como ellas solas. La cabeza del cóndor es carnosa, sin plumas, con una espesa gorguera negra en torno al cuello. Parecían una pintura al óleo de un grupo de viejos hombres isabelinos, criaturas góticas de cabo a rabo. Su negrísimo plumaje contrasta con una gran mancha triangular blanca en la parte inferior de las alas, que se extienden hasta los tres metros y terminan con unos largos «dedos» cubiertos de plumas en las puntas. Me estremecí al recordar que su comida favorita consiste en cadáveres de cerdos, reses y ciervos.

—¡Gracias! —exclamó papá sin otro destinatario que el universo—. Esto es lo que yo llamo un regalo de cumpleaños.

—Y compartir es amar —añadió mamá, dándole un empujoncito para reclamar su turno ante el telescopio.

A pesar del calor, nos quedamos allí hasta que los cóndores se marcharon, planeando con las inmensas capas negras que eran sus alas.

Hubo una época, no hace tanto, en la que no se veían cóndores sobrevolando. Hoy están ya de vuelta y, a partir de 2019, cuando se prohibió el uso de munición de plomo, poco se interpone en el camino de la plena recuperación del cóndor en los paisajes.

Yosemite es uno de los parques nacionales más emblemáticos de Estados Unidos. Alberga cascadas, vastas praderas y antiguos bosques de secuoyas; además, es famoso por los inmensos monolitos de granito de Half Dome y El Capitán. Son impresionantes, desde luego, pero a mí no me apetecía subir a ninguno de ellos. Una de nuestras especies objetivo era el azulejo claro, así que empezamos una campaña de tres días, escrutando montañas y valles, en busca de aquella criatura huraña.

Nos quedaban pocas horas en Yosemite (nuestros permisos de estancia en el parque estaban a punto de caducar) y, en nuestra parada final, nos cruzamos con una pareja de guardas. Mi madre, que no se corta nunca, preguntó por el azulejo. Ellos sonrieron y señalaron como si tal cosa hacia la cresta de un monte de poca altura. Echamos a andar hacia el árbol que se alzaba, muerto y solitario, a los pies de la ladera y, cuando apenas habíamos avanzado, bajo la luz cruda del final de la tarde, divisamos dos azulejos revoloteando entre las ramas secas. Eran compactos y rechonchos, con la cabeza y las alas cubiertas de plumas azul intenso, y el pecho regordete espolvoreado de un plumaje azul claro que me recordó al hielo antártico. Contemplando su danza en el aire, me sentí la niña más afortunada del mundo. Aunque habíamos visto muchísimas otras aves durante nuestra estancia en el parque, no había podido quitarme de la cabeza al misterioso azulejo; siempre ocurre lo mismo cuando vas tras un ave objetivo: el ansia no se aplaca hasta que se aplaca. El cielo era de color rosa oscuro cuando nos marchamos de Yosemite.

El pueblecito de Lone Pine está situado en el inmenso valle de Owens, con Sierra Nevada al oeste. Nuestra aplicación de pajareo, eBird, nos había advertido del avistamiento de un busardo aura entre las bandadas de buitres. El busardo era un tipo listo: imitaba la apariencia de los buitres y así, camuflado entre ellos, podía atacar por sorpresa a lagartos y pequeños mamíferos, a los que pillaba desprevenidos. También se habían visto por la zona colibrís gorginegros y rufos, además de mosqueros llaneros, capulineros y turpiales de Bullock. Sin embargo, las indicaciones eran poco precisas y no teníamos mucha idea de dónde se encontraban los puntos de referencia que se mencionaban. Las aplicaciones de este tipo son indispensables si vas a pajarear sin guía y no hay más aficionados por la zona. Los pajareros se conectan y comparten sus avistamientos, no solo de especies raras y endémicas, sino también de aves del día a día, lo que dibuja un panorama fantástico de los sitios importantes de cada zona y las aves que hay más probabilidad de ver en ellos.

Nos encontrábamos a las afueras del pueblo, en el lindero de un pequeño claro, esperando, mirando los móviles como si fueran a traernos a las aves por arte de magia.

Cuando estábamos a punto de rendirnos y volver al coche, se nos acercó Russell, un pajarero de la zona, que nos informó de que en su jardín había unas cuantas aves estupendas y nos preguntó si nos apetecía verlas. ¡Desde luego que nos apetecía!

Los colibrís revoloteaban en torno a los comederos que Russell había colgado en su porche, y yo sentí un ramalazo de envidia al contemplar los centenares de pajarillos minúsculos que se lanzaban de un comedero a otro. Si vives en el lugar adecuado, no te hace falta recorrer montes y valles en busca de lo milagroso: basta con poner un poco de comida fuera y lo milagroso vendrá a ti.

Nos quedamos un rato observando los colibrís, deleitándonos con la preciosa estampa que nos regalaban el rufo y el gorginegro, mientras Russell nos contaba que se había criado en la reserva india de los paiutes-shoshones, en la falda oriental de las montañas de Sierra Nevada.

En aquel momento de mi vida, no era consciente de lo devastadora que había sido la colonización de América para los pueblos indígenas, que los condenó a la esclavitud y a ceder sus tierras. Russell había tenido una infancia difícil; su reserva estaba desatendida y sufría cortes de agua habituales. Había pocas infraestructuras para una escolarización formal. En los primeros años de la adolescencia, buscó consuelo en la naturaleza. Mientras recorría a pie los bosques y las montañas de Lone Pine, su deseo de trabajar en el sector del medio ambiente fue en aumento. Consiguió salir del círculo de la pobreza gracias a los estudios.

Al ser nativo americano, su vínculo con la tierra era importante, parte de su herencia, y en la actualidad, como biólogo, se valía de la naturaleza para ayudar a que otros encontraran su camino de regreso a esa conexión y a que los adolescentes marginados de la zona hallaran sus propias aspiraciones.

En los años siguientes, reflexioné muchas veces sobre ese encuentro, sobre que Russell, sin más ayuda que su aspiración, se hubiera marchado de la reserva y hubiera regresado al cabo del tiempo con un planteamiento beneficioso tanto para su herencia como para su trayectoria profesional.

Aquella noche, pensé a qué aspiraba: lo de llevar a personas de VME a la naturaleza era una cosa, pero lo más importante era la cuestión de la implicación. Caminar, hacer senderismo, observar aves eran actividades que a mí me hacían sentir bien, pero yo me había criado practicándolas, me sentía mejor al aire libre que bajo techo. Si el campo tenía que resultarle atractivo a un público más amplio, algo alejado del tema, debía aportarle a ese público el mismo bienestar. Decidí entonces apuntar más lejos y hacer más cosas. Lo que no sabía era que, pocos meses después, el encuentro con Russell me llevaría a embarcarme en iniciativas que supondrían cambios fundamentales en el sector del medio ambiente.

En general, mamá estaba disfrutando, pero, de nuevo, las reservas de alojamientos no le habían salido muy bien. Más de un par de veces llegamos tarde a alguna población en la que no quedaban habitaciones libres en moteles, hoteles ni casas de huéspedes, por lo que nos veíamos obligados a marcharnos, buscar otra población y cruzar los dedos.

Mamá, además, también estaba cayendo preocupantemente en la manía, como parte de los altibajos de su trastorno bipolar. En dos o tres ocasiones, desorientada por completo, había insistido a papá para que siguiera conduciendo en busca de una u otra ave rara, pues estaba convencida de que, si avanzábamos un poco más, encontraríamos el ave de nuestros sueños. Y papá obedecía.

Más de una vez, terminamos en carreteras poco seguras, en mitad de ninguna parte, por culpa de sus indicaciones equivocadas. «Ya que me paso todo el día conduciendo, quiero saber que al final me esperan comida y una cama». Papá había dicho esa frase infinitas veces durante el viaje, y tenía razón, claro que mamá y yo queríamos también eso mismo. Ella no pretendía que nos quedáramos varados en las autopistas de Estados Unidos. Para bien o para mal, así discurrían las cosas en nuestras vacaciones familiares, y suponía que seguirían igual mientras viajáramos los tres juntos.

La isla Santa Cruz, nuestra última parada importante, es la mayor de las islas del Canal, frente a la costa del sur de California. En ella conviven montañas, profundos cañones, manantiales, arroyos y más de ciento diez kilómetros de un litoral espectacular, además de nuestra ave objetivo, la chara de Santa Cruz, endémica de la isla.

Desembarcamos en una playa de arena blanquísima, ante una panorámica de abruptos acantilados que se precipitaban en el mar. Si alguna vez ha habido una imagen perfecta del típico paraíso californiano, era esa. Los demás turistas se dispusieron a dar un paseo tranquilo por la isla. A nosotros, claro, nos esperaba una misión.

Mientras recorríamos la playa por un sendero litoral, siguiendo una hilera de arbustos atrofiados, la chara hizo su aparición, y no solo una, sino tres, posadas en las ramas del chaparral. Su plumaje azul intenso brillaba a la luz del sol. Me parecieron perfectas para la isla, pues tenían el vientre del color de la arena y su plumaje celeste era un eco del azul del mar.

Una vez cumplida nuestra misión, nos acercamos a los demás turistas, preparados para embarcar y volver a tierra firme. ¿Tocaba descansar? Por supuesto que no. Estuvimos escrutando el mar con los prismáticos, siempre en busca de la siguiente ave. Dos pardelas culinegras rozaban la cresta de las olas, se sumergían y giraban sin mover las alas, y nos saludaron al pasar.

El viaje a Estados Unidos había superado mis expectativas en cuanto a la observación de aves. Gracias a la moderna tecnología de la información y a la amabilidad y ayuda de los pajareros de la zona (una combinación perfecta de lo viejo y lo nuevo), había podido sumar casi doscientas especies nuevas a mi lista mundial.

Antes de llegar, tenía claro qué esperaba encontrarme en el país. Me hacían mucha ilusión los taxis amarillos, las pizzas gigantescas, los *diners* y los edificios más famosos, pero, en las semanas y los meses que siguieron al viaje, esas cosas eran las que más costaba recordar. Al final, lo que se me quedó grabado en la memoria fueron los espacios naturales: los bosques de secuoyas gigantes, las imponentes formaciones rocosas, las cascadas, los amplios cielos despejados.

Mientras me adaptaba otra vez al ritmo de un nuevo curso escolar, continuaba esperando respuesta de las organizaciones que habían acudido a mi encuentro. Yo pensaba que allí habían obtenido un atajo para resolver los problemas en cuestión; lo único que tenían que hacer era buscar soluciones para esos problemas y luego contarme cómo iban tomando forma las ideas que, como ellas mismas afirmaban, tanto les habían motivado.

Pero la espera no sirvió de nada. Las organizaciones se habían ido del encuentro con un plan de acción para combatir la falta de diversidad en la naturaleza y, aunque parecían entusiasmadas, receptivas y agradecidas con los ponentes, no se pusieron en marcha. Quizá el único esfuerzo que pensaban hacer era asistir al encuentro. Ante la absoluta falta de respuesta, me sentí cínica y un poco ingenua. ¿Habría sido un derroche descomunal de tiempo, energía y esfuerzo? Sabía que, si no hacía un seguimiento del asunto, nada cambiaría.

Parte del problema, como ya he dicho, fue que al encuentro no vino ningún directivo; mandaron a gente con puestos de menos responsabilidad. Así que debía ponerme en contacto con quienes tenían capacidad para impulsar verdaderos cambios si aspirábamos a crear un sector de la naturaleza más diverso. No había ningún organismo independiente que llamara la atención sobre la falta de diversidad en la naturaleza; antes bien, la mía era una voz solitaria luchando por que la escucharan en mitad del ensordecedor silencio de la inercia.

En septiembre de 2016, fundé Black2Nature, una organización benéfica cuyo único objetivo es aumentar la implicación de las personas de VME en la naturaleza. Black2Nature sería el organismo oficial y el recurso para ayudar a incentivar las ambiciones del sector de la naturaleza, si es que su voluntad de buscar soluciones iba en serio. Era la plataforma que necesitaba si pretendía obligar a esas organizaciones a convertirse en defensoras del cambio.

Papá propuso que mi primera tarea fuera elaborar una lista de «valores primordiales». Por ejemplo, la salud y la seguridad son un valor primordial para cualquier modelo de negocio, lo que implica que el bienestar de sus empleados está en la primera línea de la visión de una empresa y, por lo tanto, es una consideración universal. La diversidad tendría que ser un valor primordial, una cuestión que debería abordarse cada vez que se pone en marcha un nuevo plan o proyecto, cada vez que se van a distribuir fondos, cada vez que se abre una nueva reserva. De ningún modo puede dejarse a un lado, ha de ser una parte fundamental de los valores de la organización.

A esas alturas, yo ya había entendido que tenía que ser más enérgica y, cuando fuera necesario, abrirme paso a codazos por los pasillos del poder. Escribí una vez más a los máximos responsables de las organizaciones y, con claridad, firmeza y convicción, les expliqué lo que yo misma había hecho para poner en marcha el debate y les pregunté qué estaban haciendo ellos. Comenzaba un trayecto que me llevaría hacia la campaña activa y que implicaría, para mi consternación, conversaciones incómodas con directivos reticentes. A esa aplastante mayoría de hombres blancos de cierta edad no le gustó que se le preguntara si había racismo dentro de sus organizaciones.

Lo que te lleva a hacer campaña es la frustración, y el proceso tiene su propio impulso; cuanto más hacía, cuanto más me implicaba, más impelida me sentía a insistir con fuerza para estimular el debate. Mi activismo era algo instintivo y poderoso. Empecé a asistir con más frecuencia a foros del sector de la naturaleza sobre la falta de diversidad y a intervenir en ellos.

En 2016, me reuní con los profesores en los congresos de la Association of Science Educators y la Association of Geographers para hablar sobre la formación de los futuros ecologistas. Traté la imprescindible implicación del alumnado de VME en el cambio climático haciendo que los problemas derivados de él les resultasen pertinentes. Por ejemplo, si se le habla a una niña somalí de la sequía y las inundaciones en Somalia y de las perspectivas para el país dentro de diez años si no se toman medidas, la crisis se vuelve, de inmediato, relevante, urgente e interesante; sobre todo, si los familiares de esa niña somalí están sufriendo esa crisis.

Por aquella época, yo adquiría una conciencia mayor de la cámara de resonancia que era internet con respecto al cambio climático: había mucho ruido y un montón de grupos de personas contándose las mismas cosas de siempre unas a otras. Entre ellas, celebridades, directivos de organizaciones en defensa de la naturaleza y destacados activistas. Al ampliar la perspectiva, me di cuenta de que, dentro de este sector de la naturaleza, solo el 0,6 por ciento de los puestos de trabajo está ocupado por personas de VME, y suele corresponderse con las labores de limpieza y conserjería de las organizaciones. El sector es predominantemente blanco y predominantemente masculino; así es fácil entender la uniformidad de opinión, las mismas voces que se dicen las mismas cosas unas a otras, en las redes sociales y en la prensa. Si los personajes más influyentes proceden de un grupo homogéneo que repite los mismos temas, ¿dónde está la diversidad de pensamiento? ¿Qué piensan los que están fuera de ese grupo homogéneo? ¿Quién representa sus ideas y sus experiencias?

En 2016, me dediqué a criticar en las redes sociales una propuesta de introducir una nueva asignatura de Historia Natural en la educación secundaria. A primera vista, suena fantástico, ¿no? ¿Qué tiene de malo una asignatura dedicada a estudiar el entorno natural, la fauna salvaje y sus hábitats? Pero ¿quién la elegirá? Ya tenemos tres de ciencias, una de las cuales es obligatoria. Ese es justo el tipo de asignatura que se ofrece en las escuelas privadas, que suelen disponer de recursos para contratar a docentes especializados en ciencias naturales. En todo caso, será una asignatura que elijan quienes muestran interés por la naturaleza de antemano. Las escuelas públicas, al contar con recursos más limitados, ya ofrecen un número reducido de asignaturas y no es muy probable que incorporen una nueva. Esto me llevó a una conclusión: el sector de la naturaleza se volvería aún más minoritario y elitista si los pocos elegidos que pudieran presentarse al examen para sacarse ese título decidieran dedicarse a los estudios medioambientales. Yo planteaba, en cambio, que la opción mejor, la preferible y, con mucho, la más sensata sería introducir la formación sobre naturaleza, clima y medio ambiente en todas las asignaturas. Por ejemplo, en Lengua se podría ofrecer la opción de estudiar la literatura de naturaleza; en Historia y Geografía se podría prestar especial atención a los estragos del cambio climático y al activismo por el clima a través de los siglos, etc.

Utilizo este ejemplo para ilustrar cómo fui encontrando mi propia voz y que no me daba miedo nadar a contracorriente. Al hacer campaña, debatir y hablar desde la experiencia, adquirí confianza para hablar, en el congreso de New Networks for Nature de 2017, en contra de la introducción de una asignatura de ciencias naturales en secundaria. El *statu quo* no me detendría.

En octubre, compartí escenario con George Monbiot, escritor y activista político y medioambiental, y con Caroline Lucas, política del Partido Verde, en el Festival of the Future City, donde defendí que, para crear una ciudad sostenible (en la que la gente colabore para minimizar nuestros efectos nocivos sobre el medio ambiente), sus habitantes deben comprometerse a trabajar codo con codo. No hay solución posible sin un consenso mayoritario, y, si las personas de VME no participan en la conversación desde el principio, tenemos pocas esperanzas de conseguir nuestros objetivos medioambientales.

Pertenecía a un grupo étnico minoritario y no me mordía la lengua, iba pisándole los talones a la cámara de resonancia y, por fin, mi voz empezaba a oírse.

CAPÍTULO II
Aquí hay dragones

AVE DEL PARAÍSO DE WALLACE
El ave del paraíso de Wallace vive únicamente en las islas de Halmahera y Bacan, en Indonesia. Debe su nombre a Alfred Russel Wallace, la primera persona europea que describió la especie, y cuyos estudios biológicos de las islas del archipiélago malayo lo llevaron a elaborar, de manera independiente, los conceptos de selección natural y especiación al mismo tiempo que Darwin desarrollaba su teoría de la evolución. Los dos científicos mantuvieron una correspondencia regular antes de la publicación de El origen de las especies *de Darwin.*

Los machos de ave del paraíso de Wallace son polígamos, y se reúnen en grupos de cortejo o «lek» para ejecutar sus espectaculares demostraciones aéreas. Acompañados por ruidosos graznidos, primero vuelan hacia arriba y luego se dejan caer como si se lanzaran en «paracaídas», con las alas desplegadas, entre el denso ramaje de los árboles de la jungla. Enseñan sus corazas de plumas verde iridiscente y agitan sus estandartes: unas plumas largas y blancas, como banderines, sujetas a las alas. Toda esta exhibición está destinada, sobre todo, a reivindicar su superioridad dentro del lek, pero las hembras que observan la puesta en escena elegirán para aparearse al macho dominante o a los machos que estén más próximos al centro del espectáculo.

Con el corazón en la boca y la vista en el cielo, subía con cautela por una tambaleante torre de bambú que daba la impresión estar a un centenar de metros sobre un bosque del Parque Nacional de Bali. (Obviamente, no era así; ¿he mencionado ya que tengo miedo a las alturas?). Estaba a punto de cumplir un sueño de infancia. Por debajo, el suelo era seco y polvoriento; el bosque, escaso: idóneo para descubrir al estornino de Bali, un ave que había visto por primera vez a miles de kilómetros de allí, en cautividad.

No recuerdo la primera vez que fui al zoo de Bristol, pero es un elemento de mi infancia tan inamovible como montar en bici y la hora de dormir. Yo insistía en estar un ratito con cada uno de los animales, así que, por lo general, eran visitas muy largas. Por supuesto, con el paso de los años, mi interés se fue centrando en las aves. A los cinco años, me obsesioné con el lori arcoíris. Pertrechada con un recipiente pequeñito lleno de agua azucarada, me metía en su recinto y los loritos multicolores se me posaban en los dedos para meter la cabeza y beber.

Sin embargo, el que de verdad me atraía era el estornino de Bali. Para cuando fui capaz de leer el panel informativo que había fuera de su recinto, ya me había enamorado de aquellas radiantes aves blancas. Con las puntas de las alas y la cola de color negro y la cresta de plumas blancas, tienen cierto aire regio; a mí me hacían pensar en un grupo de jueces deliberando para dictar sentencia sobre un caso macabro, con las cabezas inclinadas, listos para señalar con el ala y declarar: «¡Culpable!».

Esa especie estaba amenazada, solo sobrevivían unos pocos ejemplares en la isla de Bali. La caza ilegal con trampas y la obsesión mundial por los pájaros enjaulados habían llevado a la drástica disminución de la única especie endémica de la provincia. Y, de pronto, me encaminaba a verlas en su hábitat natural. Un sueño hecho realidad, podría pensarse; yo también lo pensaba, hasta que me tocó trepar por la escalera de bambú hasta una plataforma a muchos metros por encima del suelo.

En aquella torre indonesia para observar aves no había más que hacer aparte de observar aves. El sol caía con fuerza y la fresca sombra de los árboles de la jungla, más abajo, resultaba tentadora, pero yo no tenía intención alguna de moverme de allí mientras hubiera una posibilidad, por remota que fuera, de avistar los estorninos.

Tras esperar, observar, colocar y recolocar el telescopio para escrutar las copas de los árboles, al final divisamos un trío de aves borrosas a través de las ondas de calor sobre el horizonte. Podían ser estorninos o cualquier otra cosa, como minás alinegros, igualmente raros; era difícil saberlo. Las especies raras tienen su aquel: debes identificarlas con un cien por cien de certeza. Las ondas de calor no ayudaban, así que esperamos un poco más. Las aves echaron a volar, se dieron la vuelta en el cielo y, junto con otras nueve que se les sumaron, vinieron directas hacia nosotros.

Nuestro guía, con los ojos pegados a los prismáticos, dejó escapar un grito: «¡Aquí vienen!».

Ante mí, se desplegaba una panorámica perfecta del bosque, del arenal de la bahía, a lo lejos, y que llegaba hasta el mar. Me quedé quieta, sin alterar la respiración, esperando a que se acercaran los estorninos. La selva desapareció, el mar se esfumó, solo estábamos aquellas aves, minúsculas y espectaculares, y yo.

En 2005, había menos de diez preciosidades como esas en todo el parque, y ese día, en 2017, yo estaba contemplando doce. El enorme contraste entre las aves cautivas en el zoo y las solemnes criaturas que sobrevolaban la torre me hizo contener el aliento hasta que las perdí de vista. Estaban en el lugar que les correspondía: el cielo.

Fue mamá quien se empeñó en que nuestro siguiente viaje fuera a Indonesia, donde nunca había estado. Papá sí había pasado bastante tiempo observando aves en aquel país de islas, pero aún quedaban muchas por ver. El enorme número de especies endémicas y raras era impresionante y, para mamá y para mí, todas serían «primeras veces». Aunque se tardarían años en recorrer cada una de las islas de Indonesia, albergábamos la esperanza de que seis semanas fueran suficientes para lograr nuestros principales objetivos. Mi familia es peculiar en el sentido de que preferimos ir solos a pajarear, y nosotros mismos nos encargamos de reservar el transporte, el alojamiento y los guías locales. En general, los pajareros van por el mundo con viajes en grupo organizados. Mamá y papá siempre han disfrutado de la libertad de ir «fuera de pista», sin las exigencias de un programa inflexible interponiéndose en su camino, y tampoco nos faltaban razones para viajar solos. Cuando yo era muy pequeña, a mis padres les preocupaba que un circuito guiado completo fuera demasiado para mí. La otra preocupación era mamá, claro; a ella le encantaba nuestra manera caótica de andar a trompicones por el mundo, que lo hiciéramos todo juntos, y papá no quería que se sintiera limitada por un horario o los caprichos de otros pajareros. Sin embargo, yo ya no era una niña, y mamá parecía conforme con la idea de viajar en grupo.

Por mucho que nos encantara viajar solos, quizá había llegado el momento de abrir las alas y tratar de pajarear con otra gente. Organizamos el viaje en torno a varias especies objetivo clave y luego buscamos a otros pajareros con intereses similares que quisieran acompañarnos; no más de tres, para que no superaran nuestro triunvirato.

Mientras tanto, conforme pasaban las semanas y se acercaba la fecha de partida, los estados de ánimo de mamá volvían a oscilar. Meter a terceros en lo que ya de por sí es una situación estresante empezó a parecer arriesgado. Viajar con otra gente, convivir en lugares reducidos, observar aves juntos… Todo eso puede resultar intenso, en ocasiones, con poco espacio para aliviar posibles frustraciones. ¿Haría o diría cosas «de loca» o, peor aún (yo tenía quince años), embarazosas? ¿Podría malinterpretar por completo una situación social, un comentario inocente? ¿Cómo reaccionaría conmigo y con papá si tratábamos de reconducir su comportamiento? En mi familia, es todo un clásico que mamá pregunte «¿Por qué me estás dando patuditas por debajo de la mesa?» cuando intentamos apartarla de un tema y llevarla a otro menos conflictivo.

Por aquel entonces ya teníamos cierta idea de qué suele desatar el mal genio de mamá: no ver un ave, saltarse la medicación, perder cosas y no dormir lo suficiente. Obviamente, existían muchísimas oportunidades de que todo esto ocurriera en el viaje, pero no había forma de saber cómo reaccionarían otras personas si terminaban siendo el objeto de uno de sus arrebatos.

Antes de que nos diera tiempo a reconsiderarlo, habíamos recibido respuestas entusiastas y ya teníamos a nuestros compañeros. Mamá, hay que decirlo, no compartía las reservas de papá y estaba deseando viajar en compañía.

La verdad es que a ella le encanta estar por ahí. Le encanta viajar, los trayectos en coche, las caminatas ladera arriba en busca de un ave, comer juntos, moverse de un sitio a otro, el trajín de la persecución y la emoción del avistamiento. En el fondo, yo sabía que, mientras mamá se sintiera así, aunque pudiera haber algunos traspiés por el camino, no dejaría que nada diera al traste ni con su aventura ni con la mía ni con la de papá.

Y, de momento, el viaje estaba siendo un éxito. Nos acompañaban otros tres aficionados, con quienes habíamos coincidido varias veces en el transcurso de los años en distintas observaciones por el Reino Unido. Eran unos apasionados de los buenos; antes de la puesta de sol ya estaban dormidos y se levantaban antes del amanecer, algo perfecto para nosotros. Lo más fastidioso de algunos pajareros es que se entretengan; es muy frustrante esperar a los demás. ¡Pero hay más cosas que molestan! Hablar en voz muy alta cuando por fin aparece tu ave, alegrarse de ver el objetivo cuando tú aún no lo has visto, etc. La lista es larga, pero son cosas menores si piensas en las inmensas ventajas: la camaradería, la buena voluntad dentro del grupo, la alegría compartida cuando aparece una rareza y la delicia de saber que todo el mundo siente lo mismo.

Por suerte, nuestros compañeros estaban tan entregados como nosotros, y evitaban comportamientos como los que acabo de señalar. Por primera vez, me parecía estar pajareando con gente tan intensa como mi familia.

Nuestro viaje a Indonesia había comenzado por la isla de Célebes, en el Parque Nacional Lore Lindu, donde nuestros objetivos eran las especies endémicas, como el cálao chico de Célebes, el cuervo de Célebes o el miná cuelliblanco. Se nos acercaban sin mucha dificultad, ya estuviéramos en lo profundo del bosque o en el lindero.

La primera mañana, nos levantamos a las tres de la mañana para poner rumbo al parque en coche. Aún estaba oscuro cuando entramos en la selva, con las linternas encendidas durante la primera hora de la caminata, intentando identificar las multitudes de aves que cantaban su coro matutino a voz en grito. El sol estaba saliendo cuando emergimos de entre los árboles en la cima de una colina empinada para acometer el sendero de montaña.

El parque es un vasto paisaje de tierras bajas y bosques de montaña, ríos, lagos e incluso megalitos. Con un calor creciente, caminábamos en busca de nuestro objetivo, el chotacabras diabólico, un ave que volvió a descubrirse oficialmente en 1996, después de que, en 1931, se recogiera un solo ejemplar, una hembra.

En aquella vereda pedregosa y nada fotogénica, no me daba la impresión de que estuviéramos en Indonesia, con sus típicas imágenes de playas de arena blanca y aguas azules cristalinas o selvas exuberantes.

Los chotacabras, en general, sea en el Reino Unido o en una isla del sudeste asiático, prefieren dormir durante el día, asentados en el mismo suelo. Aunque no son una familia rara, su plumaje de tonos marrones los hace casi invisibles en su hábitat. Además, son muy pequeños. Llegó la tarde y seguíamos andando. Sí vimos otras aves, como un alción real, un abejaruco de Célebes y, mucho después, un silbador flanquiamarillo, que es endémico de Célebes y nunca se ha visto en otro lugar que no sea ese sendero de montaña. Al final, en un claro salpicado de rocas, en una franja de bosque cualquiera y con un montón de rasguños por los arbustos, fuimos recompensados con una pareja de chotacabras cómodamente instalados en el sotobosque, esperándonos. No los habríamos descubierto si hubieran estado dormidos, pero sus ojos, unos globos de color negro líquido abiertos de par en par, los traicionaban.

—Son preciosos —observé—, ¿por qué lo de diabólicos?

No tenían ojos rojos ni cuernos, ni olían a azufre; eran unos pajarillos pequeños y achaparrados.

—Parece ser que, cuando cantan, suena como si se estuviera arrancando un ojo humano —dijo papá, solícito.

En ese momento, el chotacabras abrió el pico, reveló su amplio interior rosado y dejó escapar un rítmico pío-pío: era un sonido dulce, en absoluto macabro.

Al cabo de una semana de viaje, empecé a sentirme un poco incómoda en el grupo. Antes de partir, llevaba varias semanas sin salir a pajarear; con los exámenes finales de secundaria en el horizonte, me había dedicado a estudiar a tope, a la vez que ponía en marcha Black2Nature. Cuando llegamos a Indonesia, nos reunimos con los demás y empecé a observar aves de nuevo, fue la cosa más natural y espontánea que había hecho en varios meses. Y aun así sufría un caso leve de síndrome de la impostora. Considerando que acababa de alcanzar el hito de las cuatro mil especies, debería haber sentido cualquier cosa menos paranoia, pero, entre aquel grupo de pajareros expertos, mi nivel de confianza bajó mucho. Yo era solo una chica de VME, una anomalía en un territorio habitado sobre todo por hombres blancos, y me sentí, por primera vez, un poco fuera de lugar.

Al adoptar el nombre de Birdgirl, me parecía que, en cierto modo, me estaba presentando como experta absoluta en lo relativo a las aves, la fuente de todo conocimiento ornitológico, pero esa nunca había sido mi intención: a mí me gustaba observar aves, nada más. Sin pretenderlo, había situado mi afición en el punto de mira y me había expuesto al escrutinio en redes sociales y en la comunidad pajarera en general. No competía con la lista de nadie, salvo la mía propia (y quizá, a veces, la de papá).

Dado que la comunidad de pajareros está dominada por hombres de cierta edad, siempre había tenido la ligera sospecha de que estaba en un grupo que no me correspondía. La observación se había convertido en mi refugio al hacerme mayor, un espacio en el que perderme mirando el cielo, anotara o no mis avistamientos. La verdad es que no quería que el aspecto competitivo se infiltrara allí.

¿Era una farsante? A veces me sentía como si hubiera urdido un sofisticado engaño en internet, aunque sin quererlo. Y ahora me dominaba por la paranoia, preocupada de que, en cualquier momento, alguien de nuestro grupo les dijera a los demás que no pensaban dejarse engañar más por aquella jovencita, ¡que ya estaba bien!

Si las aves se mueven, es fácil detectarlas; si se quedan quietas es cuando son más difíciles de ver. Yo tengo una vista buenísima y se me da mejor que a nadie distinguir aves inmóviles y, además, indicar su posición exacta. En los días que siguieron, reconocí que esas dos «destrezas», de algún modo, me hicieron ganarme el cariño de los pajareros del grupo. Mi confianza fue volviendo muy poco a poco. Me di cuenta de que a nadie le importaba un pepino si yo era buena o mala pajarera, cosa que me parecía estupenda, porque a mí me pasaba igual. Tardé un poco en no hacer caso de la vida de pueblo y en dejar de analizarme todo el rato, pero, al cabo de unos días, ya me encontraba otra vez cómoda, con los prismáticos pegados a los ojos, captando aves nuevas y raras; había derrotado al síndrome de la impostora.

Una de las aves más bonitas de todo el viaje fue el ave del paraíso de Wallace. Esta especie es endémica de Indonesia y deberíamos haber ido a la isla volcánica de Halmahera para tener alguna posibilidad de verla. Las aves del paraíso son conocidas por el espectacular plumaje que lucen los machos de la especie, y yo quería ver al menos a un ejemplar exhibiendo sus plumas en una danza de cortejo o en su propio espacio de demostración, también llamado «lek».

De nuevo estábamos en la jungla de montaña. Pese a que aún no había despuntado el alba, el ambiente era húmedo y una espesa niebla lo cubría todo. Habíamos bajado por un sendero forestal bastante resbaladizo, con las linternas alumbrando los obstáculos que surgían a nuestro paso, hasta que llegamos al claro. Al no estar acostumbrados, no percibíamos en aquel lugar grandes diferencias con el resto de la jungla, aunque, para el ave del paraíso, era un teatro que aguardaba su actuación más elegante, y nosotros, su público, expectante y silencioso, a la espera de que el amanecer iluminara el escenario.

El ave de paraíso de Wallace recibe su nombre del naturalista británico Alfred Russel Wallace, el primer europeo que describió la especie, en 1858. La isla de Halmahera fue el lugar desde el que Russel envió a Darwin sus célebres apuntes, en los que plasmaba sus ideas sobre la evolución, y que luego Darwin consultaría para reforzar su propia teoría de la selección natural.

Wallace regresó al Reino Unido con el cuerpo de un ave del paraíso macho para examinarlo más a fondo, pero no llegó a presenciar su ritual de apareamiento. Me imaginé a los científicos con sus trajes desabridos, manipulando las extremidades articuladas y diversos apéndices del ave, sin dejar de rascarse la cabeza ni preguntarse por el fin de aquellos rasgos tan curiosos. Si el explorador hubiera aguardado a que el ave bailara antes de dispararle, habría estado todo claro.

Yo quería ver el ave del paraíso, pero, más aún, me moría por admirar sus movimientos.

Nos agazapamos tras los arbustos, quietos como estatuas, con los ojos clavados en el claro polvoriento. Es cierto que esta ave del paraíso no ostenta unos colores tan llamativos como otros miembros de su especie; es pequeña, del tamaño de un tordo y, en su mayoría, de color marrón. Eso era lo único que sabía, así que, cuando se plantó de un salto en su *lek*, me quedé asombrada. Ninguna foto que hubiera visto antes reflejaba su belleza.

Guardamos silencio, sin apenas atrevernos a respirar, mientras el ave del paraíso se pavoneaba por la circunferencia de su escenario. Una protuberancia naranja chillón por encima del pico reflejaba la luz del sol naciente. De sus hombros se desplegó lo que parecía un par añadido de alas de un verde intenso y entonces sucedió algo increíble: le surgieron de las alas unas largas plumas blancas, como de polilla, antes de comenzar a bailar. El ave cantaba, y sus chillidos, bien audibles, resonaron entre los árboles. Era como si hubiera cuadruplicado su tamaño delante de mis ojos mientras hinchaba el pecho, y sus «alas» color esmeralda iridiscente se abrían para atrapar la luz del sol. «¡Elígeme a mí!», parecía decir mientras saltaba entre las ramas como si llevara un paracaídas. ¿Y quién sería capaz de resistirse? Aquello era espectáculo puro, daba igual el paraíso. Recordé de inmediato el documental de David Attenborough sobre aves del paraíso, *Attenborough's Paradise Birds*, en el que una criatura igual de fascinante lo interrumpía una y otra vez con su baile, su canto y sus insistencia en que los ojos se centraran en ella, y no en aquel tío que hablaba sin parar.

En el camino de regreso, una vez terminado el espectáculo, y con las caras arreboladas por haber conseguido nuestro objetivo, papá explotó mi burbuja de felicidad al preguntarme hasta cuándo me veía viajando con ellos. ¿No prefería ir con mis amigos? Pronto cumpliría dieciséis años, luego diecisiete…

Fue la primera vez que pensé en no pasar los veranos con mamá y papá. ¿Cómo sería aquello? Me imaginé haciendo salidas de pajareo con mis amigos, pero… ¿qué amigos? ¿Significaba eso que ya no habría más viajes para observar aves? ¿O que tendría que ir sola?

—No lo sé —respondí, al fin—. ¿Tengo que decidirlo ahora?

Papá se echó a reír y me dio un abrazo.

—Puedes venir con nosotros hasta que deje de apetecerte pasar tiempo con tus padres.

Desde entonces, no ha dejado de preguntármelo; es su forma de asegurarse de que todavía quiero viajar con ellos, de recordarme que puedo elegir. Pero allí, en esa isla volcánica, caí en la cuenta de que no podía pasarme la vida haciendo aquello. Vendrían los exámenes finales de secundaria, luego los de bachillerato y después, con suerte, iría a la universidad. La gente de dieciocho, diecinueve y veinte años no se tira el verano entero con sus padres, ¿verdad?

Nos pusimos en marcha antes del amanecer. Cuando llevábamos diez minutos en carretera, mamá cayó en que se había dejado los prismáticos. El conductor dio la vuelta sin decir palabra, acostumbrado ya a esos lapsus.

Nuestra ave objetivo de aquella mañana era la pita de Halmahera, endémica de la isla homónima y sus satélites, aunque en ese momento retrocedíamos sobre nuestros pasos en medio de un silencio tenso, alejándonos del punto de observación, no acercándonos. Aquello se había convertido en una situación familiar: mamá se dejaba algo en un restaurante o en el hotel o refugio. No era la primera vez que sucedía en ese mismo viaje. Mamá, como siempre, pagó su frustración con papá y lo acusó de no recordárselo. Nuestros tres compañeros iban acostumbrándose a sus descuidos y, aunque papá y ella intercambiaron unas cuantas palabras cortantes, no se enzarzaron en una bronca más fuerte, lo cual fue un alivio. Así, concluía que venía bien que hubiera gente cerca.

Una vez recuperados los prismáticos, nos dirigimos de nuevo hacia el lindero. Desde allí, seguimos a pie por la carretera que partía en dos el bosque, asomándonos bajo los matorrales en busca de la pita merodeadora. A diferencia de muchas aves de comportamiento esquivo, la pita es preciosa, y bien vale las horas que haya que esperar para verla.

A quienes no son pajareros les sorprende que los márgenes de las carreteras puedan proporcionar tal cantidad de avistamientos, pero, en lugares remotos, son el mejor sitio para detectar el máximo número de especies. En los países tropicales, no abundan los senderos despejados que recorran la espesura, y la visibilidad, una vez dentro, es escasa, por lo que solemos quedarnos en las cunetas, incluso cuando hay ruido de tráfico.

Llamar a la pita entre el estruendo de los cláxones y el traqueteo en el asfalto no es que sea la situación más agradable para un observador de aves, y su canto quedaba ahogado, con frecuencia, por el tráfico. «Tenemos que meternos en la selva —dijo papá, por fin, a lo Indiana Jones—. No oigo el reclamo, menos aún a la pita».

Seguimos los seis al guía bosque adentro, donde de pronto el ambiente era mucho más oscuro y húmedo; la espesura no dejaba entrar el sol de la mañana, pero sí un poco de calor. Aún no había rastro de la pita. Ya estábamos todos un poco desesperados, aunque también hay que decir que los pájaros más emocionantes (por su belleza, rareza y comportamiento peculiar) suelen ser los más difíciles de ver.

El guía empezó a silbar, intentando atraer a la pita. De su boca salía un trino mucho mejor que cualquier grabación. Cantaba y esperaba, cantaba y esperaba, hasta que, por fin, con sus patas larguísimas, la pita de Halmahera hizo su aparición. A pesar de lo umbrío del bosque, destacaba como un faro. Me quedé contemplándola, sin respirar, absorbiendo su belleza, sus manchas verdes y azul plateado en las alas, en contraste con el lomo negro, y allí, candente como un carbón encendido sobre su vientre, estaba la llama roja que le consumía la blancura del pecho. Y entonces, al percatarse de nuestra presencia, volvió a los arbustos. Nunca deja de asombrarme que un ave de colores tan llamativos pueda esfumarse sin más y desaparecer bajo el sotobosque.

Entre las sonrisas y los abrazos, me olvidé del calor y la pegajosa humedad y sentí como si aquel pajarillo me hubiera recargado las pilas. A pesar de su pequeño tamaño y de haberse quedado con nosotros tan poco tiempo, la impresión fue para nosotros inmensa y duradera. El valle del Chew bien podría haber sido otro planeta en esos momentos; mi vida real se me antojaba lejanísima, como un sueño que apenas pudiera recordar.

A veces se producen episodios como ese (cuando hemos tenido que trabajárnoslo mucho para encontrar un ave, caminar, esperar, observar y llamar) en los que mi familia empieza a actuar como un solo organismo: nos sincronizamos, nos miramos sin hablar y nos damos indicaciones con la cabeza para seguir un rastro o un sendero o para asomarnos a los árboles, entendiendo de manera intuitiva lo que queremos hacer. La persecución nos convierte en un equipo. Igual que en todas las familias, nos tiramos los trastos a la cabeza muchas veces, pero no hay nada comparable a ver un ave especial, una que exija un esfuerzo añadido:

eso hace que todo merezca la pena. La furia de mamá y el enfado de papá por el olvido de los prismáticos desaparecieron. Ellos se olvidaron de sí mismos, como hicimos los demás, arrastrados por el desafío de detectar un ave rara y muy bonita. Siguiendo los mismos pasos esperanzados de la pita, volvimos al coche, con el índice de armonía de los Craig otra vez equilibrado.

Según mi experiencia, es difícil que los otros animales les hagan sombra a las aves, pero hasta yo he de admitir que el dragón de Komodo era una de esas criaturas. El último día del viaje, tras despedirnos cariñosamente de nuestros compañeros de aventuras, fuimos a la isla de Komodo. Al amanecer, estos enormes lagartos están fríos e inmóviles; conforme avanza el día y el sol empieza a golpear con fuerza, se mueven rápido y comen cualquier cosa, hasta otros dragones de Komodo más pequeños. Era temprano, cuando aún es seguro pasear entre ellos sin miedo a que te ataquen. Con el calor, esos poderosos saurios ocupan su rinconcito en la playa para regodearse al sol y recargar energías, lo que les da la vitalidad suficiente para deslizarse a gran velocidad pegándoles bocados en los talones a los turistas que no han hecho caso de la advertencia de evitar la playa. El potente cóctel de bacterias que vive en su boca aturde a sus presas cuando las muerden; luego, el dragón de Komodo se pasea buscando otras y vuelve cuando sus víctimas, paralizadas, ya no pueden defenderse ni huir.

La isla era un extenso arenal de árboles retorcidos y hierba seca, un paraje apocalíptico, achicharrado, a orillas de un mar verde y luminiscente. Los únicos seres vivos parecían ser los gigantescos lagartos. Nuestro guía llevaba un largo palo con pinchos en el extremo que tendría que blandir si alguno se despertaba antes de hora. Caminábamos con cuidado. Estaban por todas partes, dormitando tranquilos, y costaba imaginarlos en otra actitud… hasta que nos fuimos. Hacía ya calor cuando regresamos al barco, y los dragones, sacando y metiendo la lengua, abarrotaban la playa como veraneantes dispuestos a disfrutar de un día de sol. Estaban más cercanos a los dinosaurios que a los gecos, y resultaban terroríficos a la vez que emocionantes. Y, en ese momento, empezaban a pulular en busca de comida. Era hora de marcharnos de la isla y de Indonesia.

El índice de armonía estaba en su punto álgido. Habíamos disfrutado del tipo de viaje que llevábamos años persiguiendo. Los estados de ánimo de mamá estaban bastante equilibrados, papá había descansado y las aves habían sido espectaculares. Uno de los motivos era haber compartido la experiencia. Nos sirvió para comprobar que nos venía bien tener más personas cerca, lo que le proporcionaba a mamá otras válvulas de escape y distracciones, y esto, a su vez, nos permitía a papá y a mí disfrutar relajados de la aventura. Mi madre suele ser una tirana en temas de pajareo; ansiosa por ver todo lo que hay en su lista y más, hasta nos prohíbe descansar. Pero, en Bali, ¡nos dejó incluso ir a bucear!

Mamá también había disfrutado del viaje, pero, ya en casa, aparecieron los primeros síntomas de la manía. Empezó a acostarse tarde, incapaz de levantarse del ordenador, inmersa en investigar aquello por lo que le hubiera dado ese día, esa semana o ese mes. A papá no le iba mucho mejor. No se quedaba tranquilo hasta que ella se acostaba. Lo que sentía no era solo agotamiento, sino también frustración, porque mamá no le hacía caso. Cualquier cosa en la que estuviera enfrascada era más importante que nosotros. Cuando por fin se metía en la cama, caía rendida al instante, pero papá se quedaba allí echado, desesperado por dormir, y demasiado alterado para lograrlo.

Conforme pasaban las semanas y se acercaba el invierno, mamá se volvía más beligerante y hacía menos caso a las súplicas de papá de que fuera al médico. Fue la primera vez que me preocupé de verdad por la salud mental de él. Éramos un trío de viajeros, una pandilla de «nosotros contra el mundo». Por muy difíciles que se hubieran puesto a veces las cosas, siempre habíamos resistido los problemas juntos. Habíamos usado los viajes y la observación de aves como estrategias de afrontamiento, y ahora papá plantaba la semilla de que todo eso podría acabarse. ¿Cómo íbamos a salir adelante si dejábamos de viajar en familia?

En ciertos aspectos, yo era el pegamento que nos unía. Mientras hubiera uno de ellos preocupado por las consecuencias que la enfermedad de mamá pudiera tener en mí, abordarían la situación con ímpetu. Si yo no estaba con ellos, ¿qué le pasaría a mamá? ¿Cómo lo sobrellevaría papá?

Quiero muchísimo a mi madre, pero vivir con una persona con trastorno bipolar es agotador y frustrante. Todo cambia constantemente y, cuando crees que algo se ha arreglado, aparece otro problema inesperado. Es fácil entender por qué sus periodos de depresión son tan tristes: se encuentra distraída y desconectada de la familia. Para nosotros es algo muy agobiante, pues no sabemos qué está pensando. Pero, una y otra vez, lo que me sacaba de quicio eran los episodios maniacos, sobre todo cuando era más pequeña y se quedaba hasta tarde delante del ordenador, escarbando cada vez más hondo en lo que hubiera captado su interés. O se entregaba a ayudar a un vecino, o a las cuestiones de pareja de una prima, y les dedicaba todo su tiempo. Yo lo veía como un rechazo activo hacia mí, en favor de otra cosa o persona. Tras las broncas, papá o yo le señalábamos cómo nos hacía sentir su comportamiento. Aunque era raro que las cosas cambiaran cuando era presa de la manía.

La omnipotente Helena cree que puede solucionarlo todo. Sea cual sea el objeto de su obcecación, se imbuye en él y pierde el tiempo por culpa de su cortedad de miras. Estos asuntos suelen ir sobre conservación y diversidad, pero ella sabe profundizar.

E, igual de rápido que apareció, mamá deja una obsesión y pasa a la siguiente.

La manía de mamá tiene otra cara: las cosas suelen suceder porque ella hace que sucedan. Black2Nature, por ejemplo. En mi trabajo, su impulso para crear una plataforma fue indispensable.

Hoy soy consciente de que hay una brecha entre su comprensión y reconocimiento de sus acciones y su capacidad de hacer algo al respecto. Puedo racionalizarlo, podía racionalizarlo incluso cuando era más pequeña, pero fue y sigue siendo triste porque la impresión es que lo hace adrede.

Por aquella época, papá mencionó que se sentía como si estuviera tapando agujeros en una presa; arreglaba uno y se abría otro. Es organizado por naturaleza, el tipo de persona a la que le gusta hacer planes y cumplirlos; es su forma de salir adelante. Pero también es sensible, y las burlas de mamá le hacen daño. Y es difícil no tomárselas a pecho, incluso siendo capaz de racionalizar los momentos de confrontación como un síntoma de la enfermedad. Los mecanismos de afrontamiento de papá, y los míos, ante sus hirientes palabras estaban al límite.

El final de aquel año quedó marcado por mi primer ataque de pánico; mejor dicho, fue la primera vez que reconocí que lo que me estaba pasando era un ataque de pánico. En el pasado, había tenido episodios de ansiedad; por lo general, antes de una entrevista en los medios, o incluso durante algo tan simple como una discusión entre mis padres.

Hacia finales de 2017, un par de meses después de las mejores vacaciones de nuestra vida, vi a mis padres gritarse desde lo alto de la escalera. Papá insistía en que era necesario ajustarle la medicación a mamá, en que debía ir sin falta al médico de cabecera, en que él no podía más. Pero ella, ni caso. Se sentía mejor que bien, de hecho. ¿O no acababa de pasárselo como nunca en Indonesia? ¿Por qué papá no se alegraba, por una vez, de que ella estuviera feliz?

Me atenazó un miedo atroz. A mamá le brillaban los ojos, bullía de energía, nada indicaba que estuviera pensando en suicidarse, pero papá parecía seco, exhausto y triste. Cogió el abrigo y salió de la casa, dando un portazo, a la oscura noche de noviembre. El pecho empezó a palpitarme y me derrumbé sobre el escalón superior, con la cabeza en las rodillas, sin parar de temblar. Mamá subió las escaleras en cuestión de segundos, me rodeó los hombros con fuerza y me dijo que respirara despacio y profundo. Nos quedamos allí sentadas quince minutos mientras yo intentaba recuperar el control de mis pulmones, y mamá no dejó de tranquilizarme con palabras que a ella le habrían venido igual de bien.

Papá, a pesar del estrés de cuidarla, siempre ha insistido en que no se va a ir a ningún sitio, en que sería incapaz de abandonarnos. Y mamá no pensó ni por un instante que él fuera a alejarse de la familia. Yo, aunque lo creía, no estaba segura de que no fuera a quebrarse bajo la presión y sufriera algún tipo de colapso mental él también.

—Tienes que portarte mejor con papá —le pedí llorando, entre hipidos—. ¡Hazle caso!

—Vale, Mya, tranquila...

—¿Qué pasará contigo cuando yo no esté?

No supo qué responderme, algo que no era nada habitual, y menos cuando estaba en fase maniaca. Se limitó a seguir abrazándome y acunándome mientras yo hablaba de papá, de que él y yo habíamos conseguido cosas juntos, de que él me necesitaba. ¿Cómo iba a salir adelante si yo no estaba para darle mi apoyo? Formábamos los tres un rompecabezas fantástico; si faltaba una pieza, la imagen se estropeaba.

—Todo irá bien —dijo mamá—. Y tú no tienes la culpa de nada.

Mi ataque de pánico fue una especie de llamada de atención para ella. Había durado quince minutos en total, que a mí me parecieron treinta segundos. Quizá perdiera el conocimiento parte del tiempo.

Cuando papá volvió, mamá le dijo que iría al médico al día siguiente por la mañana.

Le aumentaron la dosis de antipsicóticos y los síntomas maniacos remitieron. También señaló que, aunque esa noche había sido una de las peores que habíamos vivido como familia, le había dado una cierta perspectiva. Intentaría estar más pendiente de cómo afectaba su comportamiento a los demás y tomaría medidas antes de que las cosas fueran demasiado lejos. Verme tan afectada la había dejado preocupada; papá y yo teníamos la esperanza de que aprendiera a reconocer mejor los síntomas de que la cosa se estaba desmadrando, pero ya había hecho esa promesa muchas veces antes. Mi madre está enferma, y por tanto hay asuntos que se le escapan o que no puede ver con la suficiente objetividad para cambiar sus reacciones, sus ideas o sus convicciones. Por eso es fundamental ajustarle bien la medicación y encontrar el cóctel perfecto, que le dé un poco más de perspectiva y el espacio en el que sea capaz detectar lo que le hace daño no solo a ella, sino a todos nosotros.

CAPÍTULO 12
La isla continente

VANGA DE CASCO
El vanga de casco, con su enorme pico azul en forma de gancho, es quizá el miembro más emblemático del grupo de los vangas de Madagascar. Solo puede verse en bosques húmedos vírgenes de las tierras bajas del noreste de Madagascar, y se enfrenta a la posibilidad, muy cercana, de que su nicho ecológico desaparezca por completo antes de 2050, debido a la doble amenaza que suponen la destrucción de su hábitat y el cambio climático. Al no poder sobrevivir fuera de estos bosques, tal vez el vanga de casco acabe extinguiéndose. En 2050, yo tendré cuarenta y ocho años.

En 2018, recibí los resultados de mis exámenes finales de secundaria en medio del el calor sofocante de un árido desierto malgache.

«¡Qué dices! ¡No me jodas!», grité al teléfono. En casa, en el valle del Chew, Ayesha estaba en mi colegio y, tras conseguir por fin localizarnos, me leía las notas en voz alta; de fondo se oían gritos entusiasmados de adolescentes. Yo estaba nerviosa; era el primer curso en el que nos evaluaban con cifras, del 1 al 9, en lugar de con las letras habituales, A, B, C, D o E. Mis padres se habían acercado para escuchar. Hasta nuestro guía parecía interesado, pero quizá lo que le intrigó fue verme pegar saltos y soltar tacos. Hasta ese momento, muy obediente, lo había seguido sin rechistar por un paisaje yermo y arenoso. Pero había sacado buenas notas, a pesar de los problemas en casa, y eso bien merecía uno o dos tacos.

Íbamos en coche desde la capital, Antananarivo, en dirección al extremo norte de Madagascar, y estábamos desesperados por una rayita o dos de cobertura en el móvil. Ya llegábamos cuarenta y cinco minutos tarde a nuestra cita telefónica con Ayesha. En cuanto conseguimos cobertura en aquella carretera desierta, saltamos del coche.

Nos dirigíamos al Parque Nacional Ankarafantsika, en la novena semana de un viaje de diez, y pocos días antes de volver a casa. Era la primera vez que pensaba en el colegio desde que cerré la cremallera del estuche al terminar mi examen final. Y, justo cuando le estaba dando las gracias a Ayesha por alegrarme el día, nuestro guía se apartó del corrillo, agitando los brazos en el aire y apuntando con los índices al cielo.

—¡Aguilucho lagunero! —gritó.

Papá, mamá y yo nos llevamos los prismáticos a los ojos. Me olvidé al instante de los exámenes y enfoqué y volví a enfocar el objetivo, desesperada por confirmar que el ave que estábamos buscando era, en efecto, el aguilucho lagunero de Madagascar.

—No me lo puedo creer —dijo papá, con la voz entrecortada y sacudiendo la cabeza.

—¡Es uno de los mejores días de mi vida! —exclamó mamá.

La miré; pocos segundos antes, poco le había faltado para partirme en dos de un abrazo, por lo orgullosa que estaba de su aplicada hija menor. Pero, la verdad, ¿qué importancia tenían ahora los resultados de un examen para cualquiera de nosotros, en presencia del poderoso aguilucho?

El aguilucho lagunero de Madagascar es un ave de presa amenazada y extremadamente rara; está en la categoría «una vez en la vida». Era una pura encarnación de fuerza, con unas alas largas y delgadas que cortaban el aire, pero también había delicadeza en sus giros. Como si hubiera percibido nuestro embeleso, siguió trazando círculos sobre nuestras cabezas y regalándonos, con generosidad, su tiempo y su imagen. No había nadie más por la zona, y sentí un repentino ramalazo de pena por todos los observadores de aves que no estaban allí para disfrutar el espectáculo magnífico de aquel ejemplar mientras su pálido vientre, un trazo de color blanco contra el azul intenso del cielo, nos sobrevolaba. Volvió a girar y, con un último aleteo, mientras se alejaba, se lanzó en picado hacia el suelo, sin duda para atrapar a algún desafortunado lagarto, antes de elevarse y desaparecer.

—Ha venido para felicitarte por tus notas —dijo papá—. Pero, si hubieras sacado todo nueves, seguro que habríamos visto también a su pareja.

«Todo nueves», había dicho con una sonrisa, aunque no hablaba en serio; mis padres no son de esos superexigentes. Quieren que me esfuerce, pero también saben que hay cosas más importantes que estudiar, como los aguiluchos lagunero de Madagascar. Aun así, es cierto que el ave fue como un premio; mi decimosexto año había sido difícil.

Me había imaginado que, justo después de los exámenes, vendría un periodo como de exhalación, un alivio repentino de la tensión que me había atenazado con fuerza durante un año. Estudiar mucho, encajar salidas para observar aves, proseguir con mi campaña por un sector de la naturaleza inclusivo: todo aquello exigía un nivel de compromiso y organización que me costaba mantener. En julio, con diez semanas por África Oriental en el horizonte, andaba muy necesitada de tiempo para mí.

Desde luego, me había quitado un peso de encima al terminar el curso, pero, en el fondo, todavía quedaban muchas cosas sin resolver. El anhelo habitual de salir de mi propia vida y adentrarme en un entorno tan desconocido que bien podría ser otro planeta se me hizo irresistible.

La adolescencia me había vuelto más cohibida; como mucha gente de mi edad, me sentía rara con otras personas, sin saber qué decir ni cómo actuar en situaciones sociales. Me daba menos miedo hablar ante miles de personas por internet sobre el racismo sistémico que reprobar por su islamofobia al chico que se sentaba a mi lado en Matemáticas.

Estaba ocupada, muy ocupada. Mi blog iba de maravilla: más de cuatro millones de visitas. Iba camino de los quince mil seguidores en Twitter y estaba contactando con más gente que nunca para hablar sobre aves y, cada vez más, sobre la falta de diversidad en la naturaleza. Los periódicos y los programas de naturaleza querían hablar con la adolescente bangladesí sobre aves y Black2Nature. La escuela era una cosa y lo demás era otra. Empecé a sentirme como si tuviera un trabajo a jornada completa además del colegio.

Me parecía que nadie entendía todo lo que estaba haciendo y, a la vez, me costaba rechazar cualquier propuesta que me permitiera hablar sobre observación de aves, ecologismo o antirracismo. Quería ir al programa *Countryfile* y relatar mi último avistamiento y escribir una columna para *Chew Valley Gazette*, y para cumplir con todo estaba dispuesta a renunciar a salir con mis amigos, a las fiestas de pijamas e incluso a hacer senderismo por la montaña.

Black2Nature iba cobrando fuerza y ocupando el poco tiempo que me quedaba. Estábamos organizando más actos para difundir nuestro mensaje y centrándonos en la recaudación de fondos, para continuar en la rueda. Me invitaron a encuentros sobre conservación para hablar de nuestros objetivos y para asesorar al sector sobre las iniciativas existentes en torno a la diversidad y sobre cómo poner otras en marcha. Normalmente estaba hecha un manojo de nervios antes de esos discursos y no dejaba de darle vueltas a la misma pregunta, que siempre me hacía antes de un acto de ese tipo: ¿qué podía explicarles una chica de dieciséis años a esos profesionales que no supieran ya? Pero, en cuanto comenzaba, las preocupaciones se disipaban; sí que tenía algo que decir y era importante, así que les convenía escucharme. Sin embargo, me consumía el vaivén de mis emociones (la ansiedad y las dudas, los subidones de confianza y más dudas).

La adolescencia es difícil y yo estaba sometida a su narcisismo: había optado por creer que todo el mundo tenía una opinión y, en lo que a mí se refería, una opinión negativa. A los once años, había hecho del doblepensar un auténtico arte; si no hablaba con mis amigos de mi trabajo en los medios, nadie se enteraba. Podía fingir que era como los demás, que hacía las mismas cosas, que iba a los mismos sitios después de clase y que quedaba los fines de semana. Era una especie de niña que se cree invisible porque se tapa los ojos jugando al escondite. Pero la ansiedad estaba ahí, acechando bajo la superficie, y yo me preparaba para el momento en que me arrancaran mi capa de invisibilidad.

¿Qué dejaría ver?

Ni más ni menos, me aterrorizaba que me juzgaran. Sin pararme a pensarlo mucho, había dado por sentadas ciertas cosas sobre mis compañeros del colegio, y creía que los de ciudad se reirían más de mí por observar aves, escribir en un blog y juntarme con Chris Packham que los que vivían en el campo. Eran mucho más «guays», estaban más al tanto de los matices de la adolescencia y, suponía, tardaban menos en juzgar a quienes no lograban clasificar.

Fue después de la publicación de un artículo en la prensa nacional, en el que hablaba sobre el acoso que había sufrido en Twitter por parte de islamófobos, cuando me di cuenta no de que estaba equivocada, sino de que no tenía razón en cuanto a mis amigos. Me presenté un poco cortada en el colegio el día después de que saliera el artículo, temerosa de que alguien lo hubiera leído y quisiera hablar del tema; no era el tipo de interés que buscaba. Al final, como no parecía que nadie lo hubiera leído, mi preocupación quedó en nada. Aunque… alguien sí lo leyó. Una chica que vivía en Bristol, mayor que yo y mucho más guay, se me acercó mientras hacía la cola del almuerzo.

—He leído ese artículo en el que hablan de ti. No me cabe en la cabeza que haya gente tan mala, ¡si eres una niña! —dijo—. Me da mucha pena que tengas que aguantar eso. No te lo mereces, la verdad. Estás haciendo un trabajo fantástico con esas charlas.

Casi ni escuché sus palabras, por el mero hecho de que esa «chica mala de ciudad» estuviera hablándome de algo que yo había dicho en un periódico, de los temas que trataba en mi blog. Dentro del colegio, la jerarquía puede ser brutal; era cierto que había un cierto tufillo de superioridad entre los chavales de Bristol que solía hacernos sentir a los demás un poco rústicos, pero quizá era más cosa nuestra que una hostilidad real. Aunque siempre había creído que, si alguien se burlaba de mí por «andar por ahí fuera», sería alguien de ciudad, en ese momento era justo lo contrario; ninguno de mis amigos del entorno cercano había venido a darme su apoyo.

—Gracias —murmuré, boquiabierta. Y lo repetí, en serio—: Gracias.

La chica sonrió y me dio un puñetazo flojito en el brazo, y entonces caí en que no era más que una adolescente, como yo; nuestros puntos en común: Twitter, los troleos, las redes sociales… Lo importante no era en qué lugar del condado viviéramos; compartíamos el mismo idioma, instintivo en muchos aspectos. Entendía el acoso en redes, como los demás. Estaba pasando lo suyo y había tenido la empatía suficiente para mostrarme cierta solidaridad mientras yo pasaba lo mío. La línea que trazaba entre mis mundos me había resguardado, sí, pero también me había apartado de muestras de cariño como aquella.

Fue la primera vez que alguien del colegio hablaba en términos positivos de mi trabajo. El mero hecho de que una compañera alabara mis ideas, mi personaje público (ese mismo que me cohibía tanto que apenas mencionaba lo que estaba haciendo a nadie que no fuera mi familia), me dio que pensar.

Aunque no fue una revelación, después de aquello me sentí un poco menos sola, menos juzgada y más consciente de la compleja composición de los demás chavales; nuestra adolescencia nos unía más de lo que nos separaba.

La islamofobia que había en el colegio era más difícil de sortear. Había muchos chicos racistas, pero casi ninguno la tomaba conmigo igual que discriminaban a compañeros negros o a chicas con velo. Yo no llevaba la cabeza cubierta, así que no entraba del todo en la categoría racista de «los otros» a la que sí pertenecían otros musulmanes asiáticos.

La realidad es que fui consciente de actitudes islamófobas desde octavo curso. Desde que el ISIS decapitó al periodista estadounidense James Foley en Siria, algunos chicos, obsesionados con la idea de «matar a tiros a los musulmanes», manifestaban esas opiniones en clase sin problemas. Yo no dije nunca ni una palabra. Intuía que, si empezaba una discusión, no la ganaría. Los sentimientos antiislámicos me parecían demasiado cercanos y mucho más difíciles de afrontar que las cuestiones sociales y medioambientales.

En undécimo curso, el racismo había aumentado fuera del aula; ya no eran tanto bravuconadas de machitos como una intención más específica de sembrar odio. Con los chicos que querían matar a tiros a los musulmanes podía haber tenido cierto trato en octavo curso, pero ya éramos mayores y yo me había dado cuenta de que, al ser musulmana, formaba parte de su grupo objetivo, aunque nunca fueran directamente a por mí.

Algunos chavales empezaron a alardear de sus tendencias de extrema derecha en un grupo de Snapchat con gente del colegio. En esencia, eran unos imbéciles, no unos racistas activos, pero les encantaba compartir fotos suyas con fundas de almohada en la cabeza, además de hacer bromas sobre horcas, y publicaban unos dibujos horribles de crucifijos ardiendo. Poco después de aquello, el chat empezó a llenarse de chistes contra musulmanes y negros, hasta que, al final, un par de amigos y yo los denunciamos a la dirección.

La escuela no respondió de forma directa, sino que nos invitó a los tres a dar una charla al profesorado sobre por qué estaba mal odiar a la gente de color y sobre lo mal que se pasaba en nuestro colegio si no eras blanco. No estábamos enseñándoles nada que no supieran; sin duda, los chavales racistas eran muy conscientes de que habían cruzado una línea, y los profesores también sabían dónde estaba trazada. Era el año 2018, no la década de 1960.

Me preguntaba cuánto había cambiado, en realidad, desde la época de mi abuelo. Hoy en día, los negros (y los irlandeses) pueden ir a trabajar en autobús, alojarse en pensiones y tomarse algo en cualquier pub del país, pero, al mismo tiempo, tampoco pasa nada por compartir una foto tuya con capucha blanca mientras reproduces el discurso de fanáticos nacionalistas blancos, y esa actitud no merece más reprimenda que una charla ofrecida por tres alumnos de VME que, la verdad, tenían un poquito de miedo a las posibles reacciones.

Después de la presentación, se pidió a los profesores que atajaran los insultos racistas con una amonestación menor; era lo máximo que podían hacer, un sistema ineficaz de castigo que, por algún motivo, se sentían obligados a comunicarme cada vez que pillaban a un racista en pleno acto de esparcir odio.

En la asignatura de Estudios Sociales, abordaron el lenguaje racista. «¿El término "paki", referido a una tienda, es aceptable?», preguntaron. A algunos de la clase así se lo parecía. Al fin y al cabo, los dueños de la tienda eran de Pakistán, ¿no? Y a las personas blancas que nacen en el Reino Unido se les llama «brits», ¿no? Ese era el nivel de argumentación. El profesor estuvo de acuerdo, y añadió que «chino», en frases como «comprar en el chino», también era aceptable cuando lo usaban generaciones mayores, cuya intención era diferenciar esa tienda del resto. No había ninguna intención racista. Mientras tanto, lo irónico era que nuestra escuela acababa de recibir un premio por su labor pionera contra la homofobia y en favor de los derechos LGBTQ, por lo que estaban al tanto de la discriminación, pero no les parecía necesario aplicar el mismo rigor al racismo.

Me salí del grupo de Snapchat después de que entrara el Ku Klux Klan; ellos eran bastante fáciles de esquivar, pero a mi *feed* de Twitter era más difícil no hacerle caso. Los tuits sobre mi último avistamiento solo despertaban entusiasmo genuino, emoción y un amor compartido por las aves. Mis publicaciones sobre diversidad en la naturaleza (y la falta de ella) o cambio climático atraían a las hordas de guerreros del teclado que acechan en los rincones oscuros de internet, deseosos de explicarle a una adolescente que no sabe lo que dice y que, en cualquier caso, debería abstenerse de criticar un país que no es el suyo. Esos mensajes malintencionados me hacían daño, a pesar de que no conocía a los abusadores que los proferían, parecía poco probable que los conociera en el futuro y sus comentarios eran, en el mejor de los casos, pueriles. No lograba entender que un tuit que alertaba sobre el aumento de la temperatura del planeta los enfadara tanto; y regresó ese viejo impulso de cerrar mis cuentas. Dudaba entre la reticencia a provocar más insultos y decidir con empatía que escribiría lo que me diera la gana.

Cuando se acercaban los exámenes finales, me aparté de las redes sociales y me concentré en estudiar. Extrañamente, fue para mí como una vía de escape.

Después, tomé la decisión de prolongar el descanso y olvidarme de Twitter, el colegio y el Ku Klux Klan, y dedicar todo el tiempo que estuviera despierta a observar aves. En otoño, volvería a la lucha, pero, de momento, la primera parada en África, Tanzania, nos llamaba.

El viaje por África Oriental estaba lleno de objetivos, cada cual más interesante que el anterior. Era una especie de caza del tesoro, cuyas reglas consistían en aguardar, observar y escuchar, más que buscar pistas, y el premio valía mucho más (al menos, para esta chica de dieciséis años) que el oro. ¿Acaso los colores de la oropéndola cabeciverde no eran más resplandecientes que aquel metal frío y brillante? La oropéndola, adornada con un plumaje amarillo vivo, era luz del sol en estado líquido; el carmesí de sus ojos y pico brillaban más que cualquier rubí.

Y el suimanga de Usambara, cuyos machos son un derroche de plumas rojas y verdes. Es un pájaro regordete con un largo pico curvo que, mientras revoloteaba por las ramas de un árbol tropical en una exuberante jungla, me dejó sin aliento. No sé qué tesoros había en el cofre, pero el suimanga los llevaba todos encima.

En Tanzania, empezamos nuestro periplo en los bosques de montaña del Parque Nacional de Usambara. Allí encontramos tantas maravillas que prolongamos nuestra visita, desesperados por llevarnos aunque fuera un atisbo del búho de Usambara, endémico del paraje montañoso.

En nuestro primer refugio, una noche, tarde ya, estábamos sentados en torno a una hoguera con la gente del pueblo. Mamá, especialmente concienciada con la pobreza que había en el entorno rural, había traído la maleta repleta de ropa para regalar a lo largo del viaje. Pero había una prenda que aún tenía que encontrar un hogar: una camiseta nueva, sin estrenar, del Liverpool Football Club. No habíamos encontrado a nadie que fuera fan del equipo. Hasta esa noche, cuando, junto a las llamas, mamá soltó:

—¿Alguien de aquí sigue al Liverpool?

—¡Mo Salah! —gritó un joven, que, cómo no, recibió la camiseta.

Los grandes momentos del viaje habían venido marcados por algo más que las aves; era 2018, el año del mundial de fútbol, y hacíamos lo posible para ver los partidos de Inglaterra. Allá donde fuéramos, en todas las cafeterías, refugios de montaña y restaurantes, estaba puesto el fútbol. Por muy remoto que fuera el sitio, la tele atronaba y la gente quería hablar del mundial. En esas conversaciones, las fronteras se disolvían; tomabas partido por un equipo y, si perdía, lo tomabas por otro, con independencia de dónde vivieras. (*Love Island* también me preocupaba más de lo que debería, y, más avanzado el viaje, hice una expedición especial a un pueblo para enterarme de quién había ganado).

De la hoguera solo quedaban rescoldos y a mí me podía la fatiga, así que me retiré a descansar. Estaba quedándome dormida, acunada por el suave ulular de un búho, cuando papá saltó de la cama, seguido de mamá.

—¡Mya! —me susurraron—. Levántate.

El guía estaba en la puerta, a punto de tocar.

—¡Búho de Usambara, quizá!

—¡Vamos! —apremió papá mientras yo me vestía.

Rapidísimos y a la luz de las linternas, seguimos al guía hasta el lindero del bosque que rodeaba al refugio. Los búhos son fáciles de oír, pero, por desgracia, difíciles de ver. Y aquel podría ser no un búho cualquiera, sino el que andábamos buscando. El guía levantó una mano cuando nos metimos entre los árboles. El búho ululó, el guía ululó; siguieron así un rato, llamando y respondiendo, mientras papá alumbraba las ramas altas con la linterna. Y de pronto aparecieron otras luces. Un grupo de chavales también estaba apuntando las linternas hacia los árboles. Aquello prometía, el ave era tan rara que suponía un «acontecimiento» hasta para los lugareños; si se encontraba allí, descubriríamos algo grande.

Y entonces oímos el crujir sordo de unas alas. El guía ululó y papá hizo unos destellos con la linterna. Sonó un suave aleteo; los ojos ámbar del búho de Usambara nos observaban en la oscuridad. El ave se posó en una rama baja y giró la cabeza, fantasmagórica y felina, para contemplar a su público. Se quedó allí largos minutos, indiferente a la luz de la linterna, nuestros rostros arrobados y el asombro silencioso.

Conforme nos acercábamos al ecuador de nuestra aventura, empezaron a surgir problemas con los medicamentos de mamá. Con el calor y los largos trayectos, nos costaba mantenerlos en frío. Hasta hacía muy poco, ella había disfrutado mucho; cuando se le escapaba un ave, no pasaba nada. Esto era un alivio por dos motivos. El primero era que no había forma de conseguir más medicamentos si los suyos se estropeaban; el segundo era el evidente: si mamá estaba contenta, los demás también.

Pero últimamente tomaba la medicación de forma cada vez más irregular, hasta el punto de que a veces alucinaba.

En los países cálidos, mamá prefiere dormir a temperaturas polares con un montón de mantas y el aire acondicionado a toda potencia, absorbiendo hasta el último ápice de calor de la habitación. Si no, no era capaz de conciliar el sueño. Papá y yo estábamos acostumbrados. La última noche en el refugio de Usambara, mamá se despertó después de medianoche, muy acalorada, convencida de que íbamos a asfixiarnos. Medio dormida, me abrió la mosquitera y me quitó todas las mantas de encima, hizo lo mismo con papá y volvió a meterse en la cama. Yo duermo como un tronco, así que no me despertó con su trajín. Pero, por la mañana, no me sentía los dedos de los pies. Encima, no me había cerrado bien la mosquitera, así que tenía las piernas llenas de picaduras. Ella no recordó lo que había hecho hasta que papá y yo nos quejamos. «¡Es que hacía calor! —protestó—. Tendríais que estarme agradecidos».

Nos encontrábamos en las «llanuras de la alondra» de Engikaret, en Tanzania, famosas, claro está, por sus alondras.

El paisaje era marrón, monocromático y cubierto de maleza, donde lo único vivo eran los rebaños de vacas y los pastores masáis que los cuidaban. A pesar de tratarse de un terreno baldío, también es el hábitat perfecto para la alondra. Las túnicas tradicionales de nuestros guías masáis, de un tono rojo oscuro, eran los únicos puntos de color en aquel paraje polvoriento. Aparcamos y nos adentramos tras ellos en los matorrales, mientras varias bandadas de pájaros revoloteaban al viento.

La mañana avanzaba y la tierra estaba recalentada. Seguimos adelante, escrutando el cielo neblinoso en busca de alguna señal de la alondra. Así pasaron varias horas y el calor empezó a aturdirme. ¿Qué pintábamos allí, dando tumbos bajo un sol abrasador con la vana esperanza de avistar un pájaro muy pequeñito? Recordé con anhelo nuestra gélida habitación.

«¡Por aquí!», susurró un guía, y el aviso me sacó de mis divagaciones. Me di la vuelta justo a tiempo de ver un ave que salía volando desde la tierra cuarteada. ¡Era la alondra! Pero se marchó antes de que pudiéramos examinarla bien; nos llevó más de una hora seguirle el rastro. Por fin, entre unos matojos, nos encontramos a la alondra de Beesley. «¡Llegáis tarde!», parecía cantar, balanceándose impaciente de una pata a otra. Es un ave muy rara, de la que quizá haya cien ejemplares repartidos por un hábitat de cincuenta kilómetros cuadrados. Antes se creía que esta población aislada era una subespecie de la alondra espolada, que vive dos mil kilómetros más al sur, pero los estudios recientes han demostrado que es una especie independiente. Con el árido microhábitat en el que vive ahora, quedó aislada del resto del hábitat de la alondra espolada hace cinco millones de años por el surgimiento del monte Kilimanjaro y el monte Meru y el consiguiente cambio de los patrones meteorológicos. Son unas aves muy difíciles de ver; en parte, porque se les da muy bien advertir tu presencia antes de que tú las descubras a ellas, y también por lo remoto de su hábitat. Avistarlas supone todo un acontecimiento y es motivo de celebración entre pajareros y no pajareros por igual. Me dieron ganas de acariciarle las plumitas suaves del pecho, cuya textura aterciopelada era tan incongruente en aquel entorno reseco que había que tocarla para creerla. Por supuesto, me quedé muy quieta, como los buenos observadores de aves, y me limité a contemplarla.

Durante el gran año, papá me había enseñado la técnica del *digiscoping* (un método para hacer fotos con el iPhone y un telescopio), pero yo aún no le había pillado el tranquillo. En cualquier caso, no somos grandes fotógrafos, y las ondas de calor y las huellas de dedos en el objetivo de la cámara tampoco ayudaban mucho. Pero sí que sacamos una serie de instantáneas bastante buenas que demostraban que habíamos visto a la alondra de Beesley.

Madagascar se separó del territorio africano hace más de cien millones de años, y casi toda su fauna y su flora son endémicas. Por este motivo, hay quien la llama «la isla continente».

Bajo el calor sofocante del mediodía, en la sabana arenosa del Parque Nacional de Ankarafantsika, en mitad de la nada, conseguí hablar con Ayesha para que me dijera mis notas, pero quien se llevó el protagonismo fue el aguilucho lagunero de Madagascar.

Del desierto fuimos al mar, al Parque Nacional de Masoala, en la península nororiental de la isla. Acababa de recibir un correo electrónico de Chris Packham, en el que me invitaba a ser su ministra para la Diversidad en la Naturaleza y la Conservación, y a escribir un artículo para su *People's Manifesto for Wildlife*, destinado a ser un encendido grito de guerra. Junto con otras diecisiete voces fuertes e independientes, como las de Robert Macfarlane y George Monbiot, nuestro «parlamento de ministros» señalaría los principales problemas a los que se enfrentaban el paisaje del Reino Unido y sus especies. Era una idea fantástica, un manifiesto orientado a las soluciones, y estaba deseando participar en él.

La jungla que lindaba con la playa era un lugar tumultuoso, las voces de aves y demás animales atronaban durante el día y, por la noche, el aire se llenaba de los aullidos de los lémures y el canturreo de los insectos. Debido a la fobia a las ratas de mamá, papá pasó los días en un constante estado de alerta, y a mí, por otro lado, me aterrorizaban las enormes arañas que se posaban sin problema en mi almohada cuando me disponía a apoyar la cabeza. Antes de meterse en la cama, a papá le tocaba repasar al milímetro la cabaña en busca de ratas, murciélagos y arañas antes de que nosotras entráramos en la habitación. Ahora que lo pienso, era una mala idea: cuanto más buscaba, más arañas encontraba. Las paredes no encajaban bien con el suelo, así que a cada una que echaba le seguían otras. «¡Pues os aguantáis!», gritaba cuando estaba harto. La cabaña tenía un pequeño altillo donde había aún más arañas; ahí es donde dormía papá, mientras mamá y yo nos acurrucábamos en una cama en el piso de abajo, a salvo tras una mosquitera doble tan remetida que resultaba inaccesible para cualquier bicho que anduviera por allí. Es probable que papá agradeciera ese descanso.

El entorno no podía ser más idóneo para redactar un artículo sobre el medio ambiente. Escribí sobre la falta de diversidad dentro del sector, la causa de que este fuera incapaz de despertar el interés de las personas VME por la naturaleza. Para tener alguna posibilidad real de salvar nuestro mundo, debemos incorporar a todos los grupos étnicos, y con urgencia. Unos meses más tarde, Chris Packham organizó la iniciativa People's Walk for Life. Frente a una multitud de diez mil personas, el joven naturalista Dara McAnulty leyó un poema y yo di un discurso, antes de marchar todos hasta Downing Street para sensibilizar a la ciudadanía sobre la situación catastrófica de la vida salvaje en el Reino Unido.

La selva circundante nos daba la única oportunidad realista de que saliera bien nuestra expedición tras las dos últimas especies de vanga del viaje. La primera tarde, caminando por el bosque húmedo, abierto y ondulante, resultó bastante fácil avistar al vanga de casco, con su pico azul intenso en forma de gancho y su plumaje negro y rufo. Primero uno solo, luego un par y después un grupo de seis que picoteaban entre las hojas y ramas de los viejos árboles en busca de insectos grandes. El vanga de Bernier fue más difícil de encontrar. Al final conseguimos espiar a una pareja en compañía de una bandada de primos, de mayor tamaño, que estaban comiendo. La hembra, de plumaje rubicundo, surcado de delicadas franjas negras, eclipsaba a los machos, con su negro integral. Se detuvieron un instante, levantaron algunas cortezas podridas y musgo de los árboles, en su incesante búsqueda de alimento, y desaparecieron. Las dos especies están en peligro por culpa de las dos amenazas que sufre su hábitat: la agricultura de roza y quema y el cambio climático. Los modelos informáticos predicen que su nicho ecológico habrá desaparecido por completo antes de 2050.

Llevábamos casi diez semanas de viaje; los tres acusábamos ya la fatiga. El descanso llegó en forma de lluvia torrencial, que nos obligaba a quedarnos bajo techo un par de horas al día. Por supuesto, ese tiempo era idóneo para que las arañas (y las ratas) buscaran cobijo, así que papá seguía atareado.

Cuando llegamos a Madagascar, mamá estaba pletórica, no maniaca, pero ahora estaba empezando a venirse un poco abajo. Algunos de sus medicamentos habían empezado a oler raro y tuvimos que tirarlos.

Por suerte, el final del viaje estaba cerca y ¿qué mejor conclusión que un pájaro verdaderamente especial? Una tarde, dos o tres días antes de que pusiéramos rumbo a la capital para volver al Reino Unido, papá y yo dejamos a mamá en la cabaña repasando su correo electrónico, mientras nosotros nos aventurábamos en la selva. No era la densa jungla de Indonesia; las lluvias habían dejado en el bosque una sensación de ligereza, claridad y frescor. Yo tenía la esperanza de ver alguna otra ave especial antes de marcharnos.

—Allí arriba —murmuró él, dándome un toque con el codo y señalando a los árboles.

El corazón pareció parárseme en el pecho; por un instante pensé que estaba contemplando la majestuosa arpía mayor, una de mis «aves favoritas» de nuestro viaje a Ecuador, cuando tenía ocho años, y que, a pesar de su posición destacada en mi lista (corta, pero elaborada con pericia), se nos había escapado… dos veces. «No estamos en Sudamérica —me recordé—. Por supuesto que no es la arpía mayor». Lo que estábamos mirando, en cambio, era una culebrera azor. Se la consideraba extinta y se «redescubrió» en 1993. A pesar de ser una rapaz de tamaño mediano, su presencia era imponente. Tenía el lomo y las alas adornados de un plumaje aterciopelado gris oscuro y marrón, mientras que el vientre, el cuello y los muslos eran una rejilla de franjas negras y blancas. Hundía las afiladas garras en la rama en la que estaba posada, y no apartaba sus ojos amarillos de nosotros, como si fuera un concurso de aguantarse la mirada.

—Qué maravilla… —susurró papá—. Qué puta maravilla.

No hizo falta decir nada para saber que uno de los dos tenía que salir corriendo de allí enseguida.

—Voy yo —dijo él—. A no ser que quieras...

—Vale —respondí, volviéndome hacia la culebrera—. Tardarás menos.

—¿Seguro? A ver, tú eres más joven... —empezó a decir.

Pero le di un empujoncito y él salió corriendo hacia la playa, rumbo a la cabaña, para buscar a mamá y traérsela a toda prisa. Si mamá se perdía aquel ave, lo pagaríamos muy caro (el índice de armonía de los Craig se desplomaría, quizá para siempre).

Cuando mamá y papá regresaron, quince minutos después, la culebrera seguía allí y mamá estaba fuera de sí. Para papá y para mí fue un alivio que no se hubiera movido del sitio. La regla no escrita entre los observadores de aves es compartir tus avistamientos, incluso aunque alguien del grupo haya preferido quedarse atrás poniéndose al día con el correo electrónico. La ira de mamá y, en realidad, la de cualquier pajarero, habría estado justificada si no hubiéramos hecho el esfuerzo.

El viaje había terminado por todo lo alto; estábamos listos para volver, listos para la siguiente etapa de las vacaciones, la de repasar con atención las listas, compartir las fotos con amigos y aficionados por igual y rememorar los mejores momentos de una fantástica aventura ornitológica.

Por aquella misma época, una voz nueva y cautivadora se sumó a la conversación sobre el cambio climático. Greta Thunberg, un año más joven que yo, había empezado a manifestarse ante el Parlamento sueco con una simple pancarta, HUELGA ESTUDIANTIL POR EL CLIMA. Su planteamiento, sencillo y directo, empezó a hallar eco entre la juventud de todo el mundo y, en 2019, millones de estudiantes nos habíamos sumado a su llamamiento y faltábamos a clase los viernes para manifestarnos.

Un año después, en febrero de 2020, compartí escenario con Greta en Bristol Youth Strike 4 Climate, el encuentro estudiantil por el clima que se celebró en College Green, en el centro de Bristol. Fue un acontecimiento emocionante, cargado de un ansia desesperada de cambio, en el que hablé, ante miles de estudiantes y alumnos, sobre la situación general, sobre el plan oculto que había tras el discurso del cambio climático, sobre justicia climática global. Planteé el ejemplo de la moda rápida para subrayar el dilema. Cuando en el norte global se nos pide que dejemos de comprar la ropa barata que se fabrica en Bangladés, para reducir nuestra huella de carbono, hídrica y de residuos, debemos tener en cuenta que Bangladés es uno de los países que menos responsabilidad tienen sobre el cambio climático. ¿Qué pasará con esos obreros cuando les demos la espalda a sus productos? ¿No deberíamos los países del próspero norte global, dado que con nuestras acciones sí que somos los máximos responsables del cambio climático, echar una mano a esos obreros para reconvertir sus fábricas con iniciativas que los ayuden a diversificar sus destrezas y dejar atrás los bajos salarios y las condiciones infrahumanas?

Estaba consolidando el futuro de mi activismo sobre un gran escenario; lo viví como un momento muy importante.

Cuando mamá está maniaca, se aferra a una idea, y, desde que volvimos de África, esa idea era yo. Su productividad no tenía límites y estaba orgullosísima de mí; yo bromeaba con que era más una mánager que una madre.

Desde la fundación de Black2Nature, había redoblado mi activismo en favor de la inclusión, sin dejar a un lado la observación de aves ni la lucha contra el cambio climático. A la gente parecía interesarle lo que yo tuviera que decir, y me invitaban con frecuencia a dar charlas en congresos sobre naturaleza, sumadas a alguna que otra intervención en los programas *Springwatch* o *Countryfile*. La prensa local y nacional me pedía artículos sobre alguna de las dos cuestiones (o ambas) y me llegaba un aluvión de peticiones de entrevistas.

Mamá se encargaba de organizarme la agenda y solía meter eventos sin comprobar que tuviera tiempo, ganas o energía para llevarlos a cabo. Al menos no estaba deprimida y, seguramente solo por ese motivo, aceptaba todo lo que aparecía en mi agenda. Desde que era muy pequeña, mamá me había metido en la cabeza la idea de que no había nada que no pudiera hacer, siempre que no me faltara el empuje para intentarlo en serio. Pero también decía que, cuando dejaba de disfrutar con algo, debía preguntarme si había llegado el momento de abandonarlo. Por aquel entonces no estaba disfrutando con todo el trabajo que me abrumaba, y ella no había notado las señales de que se me hacía cuesta arriba. Mis ganas de complacer habían hecho que la situación se volviera más estresante de lo necesario.

Anochecía más temprano y, cuando llegaba a casa del colegio, estaba demasiado oscuro para alejarme mucho si salía al campo, y ni hablar de ir a observar aves. Como a cualquiera, me gustaba tener algún fin de semana sin nada que hacer, y hubo uno en concreto en el que me apetecía salir a pasear por los montes Mendip, sola. Miré mi aplicación de calendario y se me vino el mundo encima. Mamá me había puesto una entrevista de radio el fin de semana, sin consultarme. Me entraron ganas de llorar.

Tenía una clase de ballet una hora después y había estado deseando estirar el cuerpo después de pasarme varios días encorvada sobre un pupitre. En aquel momento, era lo último que me apetecía hacer, pero también sabía que necesitaba el ejercicio. Eché las zapatillas y la malla dentro una bolsa y bajé las escaleras a la carrera. Se suponía que mamá iba a llevarme, pero no la veía por ningún lado.

—¡Mamá! —grité.

—Ya voy —dijo, bajando las escaleras y apurando un tazón de té.

—¡Que llego tarde!

Una vez en el coche, lo solté todo.

—¡No quiero hacer nada los sábados!

Aquello no era del todo cierto; ya había dado antes entrevistas en fin de semana, pero mi estado de ánimo no era el mejor para razonar conmigo.

—Es que cuentan contigo —respondió ella, con paciencia—. Ahora mismo estás cansada; de todas formas, faltan varios días y quizá cambies de opinión. Además —añadió—, dijiste que sí.

¿En serio? Y entonces me acordé de una conversación rápida con mamá, un par de mañanas antes, mientras salía a toda prisa. Se me había olvidado.

Y entonces me di cuenta de que llegábamos tarde a mi clase, y era la sexta vez seguida que pasaba, por culpa de mamá. Nunca estaba lista cuando yo lo estaba y, por si eso fuera poco, solía ser la última madre a la hora de la recogida. El tiempo no funciona para ella igual que para papá, que es puntual e incluso, a veces, se adelanta, para mi fastidio. Me ganó la ira y empecé a llorar y a insistir en que diera la vuelta y me llevara a casa.

—Échate agua fría en la cara antes de entrar —dijo mamá mientras entrábamos en el aparcamiento del centro cívico—. Te vendrá bien el ejercicio.

Salí de un salto del coche, enfadada porque tenía razón, y me fui directa al baño. Me eché agua fría, como me había dicho, y luego hice mis ejercicios de respiración. No me iba a dar ningún ataque de pánico. Conté hasta siete inhalando por la nariz, conté hasta siete exhalando por la boca. Diez veces. El pulso se me aminoró.

La alegre música del piano y los ejercicios repetitivos sirvieron para tranquilizarme y empecé a sentirme mejor, pero, cuando me vi reflejada en el cristal oscuro de la ventana, mi determinación se vino abajo. Tenía la cara roja y sudorosa. No me había recogido el pelo, que me colgaba en mechones lacios por los hombros. Una pinta lamentable. Sentí que se me cerraba la garganta, pero no quería echarme a llorar allí, así que salí de la clase para recomponerme otra vez en el baño; tal vez lo mejor fuera esperar a que mamá viniera a recogerme.

No me percaté de que, al salir de la clase, alguien me había seguido.

Con catorce años, me invitaron a dar una charla TED sobre el tema «Pasión, prioridades y perseverancia», en la que hablé de conseguir las propias metas, es decir, mis metas, que eran y siempre serán observar aves y fomentar la participación en actividades de la naturaleza, con independencia del color de la piel.

En el frío del cuarto de baño, sentí un brazo cálido que me rodeaba los hombros y apretaba. Liv estaba en mi clase, en el colegio; era una chica de lo más guay y muy popular. Me emocionó que hubiera salido para ver cómo estaba. Supongo que al reparar en que el abrazo no me estaba ayudando, empezó a hablar. Me dijo que había visto mi charla TED y que le había parecido muy motivadora. Para no variar, me dio vergüenza enterarme de que alguien del colegio me había visto «en acción»; hice una broma con mi torpeza. Pero a Liv no le gustó: la conferencia la había conmovido y pensaba que debería estar orgullosa de mí misma.

Cuando me contó que me había «buscado» en YouTube y seguido en Twitter, la vergüenza fue a peor. Liv estaba reconociendo el lado público de mi vida, el lado que yo había elegido creer, voluntariamente, que era invisible para mis amigos. Ese era el punto en el que, casi siempre, intentaba poner fin a la conversación, pero me había echado a llorar otra vez y lo único que me salía era algún «ajá». Ella, por supuesto, ajena a mis inseguridades, no estaba intentando subirme el ego ni tampoco estaba entrometiéndose. Lo único que pretendía era animarme.

Mientras hablaba, algo empezó a cambiar en mi cabeza, muy despacio, como los piñones rígidos de una bici vieja después de engrasarlos. No fue una transformación inmediata, pero sí un comienzo, una cosita pequeña que suponía una diferencia enorme. Esa conversación fue el punto de partida de un viaje personal hacia quererme y cuidarme más de compartimentar mi vida. Y Liv siguió animándome durante todo el sexto curso. A su manera tranquila y sencilla, cada vez que me la topaba por los pasillos del colegio, o por ahí fuera, mencionaba que había leído un artículo mío, que me había oído en la radio o que le había gustado un tuit, y charlábamos un rato.

Ya era hora de salir de mi nido de inseguridad.

Yo era Birdgirl, yo había elegido el nombre, abierto el blog y asumido el trabajo. Muy poco a poco, comencé a abrirme a un círculo de amigos más grande; al final no era tan terrorífico, porque a todos nos interesaban mucho más nuestras propias vidas que las de los demás. Mi presencia en los medios, el activismo y la observación apasionada de aves eran una parte de mi vida; mis amigos ya me conocían y me apreciaban, y no vieron raro que empezara a admitir la otra. De todas formas, sabían de su existencia. Lo único que había cambiado era que, por fin, yo me sentía más cómoda en mi propia piel.

Aquel sábado, hice la entrevista de radio y además salí a andar por el monte, acompañada de mamá. Con los prismáticos apuntando al cielo, contemplamos maravilladas las bandadas de estorninos, esas nubes que cambiaban de forma ante un cielo que se iba oscureciendo. Durante la caminata, le confesé que estaba encantada de hablar de aves, de diversidad en la naturaleza y de medio ambiente con quien quisiera escucharme, pero que, para poder seguir haciéndolo, necesitaba bajar el ritmo y dejarles hueco a días como ese. Mientras paseábamos por el monte y llegaba el crepúsculo, mamá me explicó que el mundo era un lugar increíble; quería que disfrutara todo lo que tenía que ofrecer. Si había algún motivo por el que a veces se lo tomaba con tanto ímpetu, era ese: que no me perdiera ninguna oportunidad para hacer más, aprender más, decir más.

¿Había una cierta tristeza en su voz? ¿Se le había negado un papel tan activo en la «vida» por culpa de su enfermedad? No lo dijo y yo no pregunté; en cualquier caso, habría sido muy duro oír la respuesta. Seguimos caminando y alzando los prismáticos cuando se cruzaba por el cielo algún ave, rumbo a su nido, para pasar la noche.

«Te entiendo, Mya», dijo, cuando nos metimos en el camino sin salida que nos llevaba a casa.

Todavía me siento rara, avergonzada, cuando la gente me dice «¡Hola, Birdgirl!» por la calle o los pasillos del colegio, pero hoy ya entiendo que no puede haber dos personas en un solo cuerpo. No lo pasé especialmente bien durante la adolescencia; estaba bastante obsesionada, preocupada de lo que pensaran de mí los demás, al tiempo que lidiaba con la enfermedad de mamá y la inquietud de papá.

El trastorno bipolar de mamá será siempre una fuente de angustia en nuestras vidas; su enfermedad es parte de ella y, cada vez que está deprimida o maniaca, volvemos a hundirnos en esa congoja que ya conocemos y el miedo de que no regrese nunca.

Pero cuando vamos los tres en busca de un ave rara, ya sea en las Hébridas, en Madagascar o en las planicies de Somerset, el índice de armonía de los Craig vuelve a normalizarse y yo no querría estar con nadie más ni en ningún otro lugar del mundo. El vínculo que nos une siempre ha sido fuerte, y lo es aún más cuando estamos concentrados en nuestra ave objetivo, conscientes los tres, sin necesidad de pronunciar una sola palabra, de que estamos compartiendo, disfrutando y celebrando un momento muy especial.

EPÍLOGO

ARPÍA MAYOR
La arpía mayor no solo es el águila de mayor tamaño dentro de su región neotropical, sino también una de las más grandes del mundo. La hembra puede llegar a pesar hasta el doble que el macho. Con sus descomunales garras, atrapa (y devora) perezosos y monos en los bosques húmedos donde vive. Incluso de día, la luz que consigue atravesar el denso follaje es escasa, y la arpía mayor aprovecha su excelente sentido de la vista, además de su fino oído, para detectar a sus presas. Tiene un disco facial de plumas que levanta para dirigir mejor el aire hacia los canales auditivos, rasgo que comparte con muchas especies de búho.

«Hace tiempo que abandoné la idea de una vida sin tormentas o de un mundo sin estaciones ásperas y severas».
KAY REDFIELD JAMISON, *Bipolar: una mente inquieta* (1995)

Hoy me siento orgullosa de llamarme Birdgirl, pero el camino a la aceptación ha sido tortuoso. Tengo diecinueve años y me encanta hablar sobre la observación de aves, los viajes, la diversidad, el cambio climático y la enfermedad mental con quien quiera escucharme.

Si tuviera que elegir un ave como mascota, sería la arpía mayor: una rapaz imponente, llamada así por las arpías de la mitología griega; en parte mujer, en parte ave y absolutamente aterradora. Estoy de acuerdo en que es una elección rara como mascota, pero esta ave majestuosa también es protectora con sus crías y pelea mucho para sobrevivir. Mi familia ha peleado mucho para sobrevivir.

No conseguí ver a la arpía mayor cuando fui a Ecuador a los ocho años. Era una de mis «aves imprescindibles» y, aun así, se me escapó. Tampoco la vi cuando pasamos seis meses en Sudamérica, pero, en el verano de 2019, antes de que el mundo entero se paralizara durante la pandemia de covid-19, mi sueño de ver esa ave se hizo realidad en Brasil.

Era ya el final de un estupendo viaje de cinco semanas, en el que primero recorrimos los bosques húmedos atlánticos del sureste y, después, la Amazonia. Había visto un número asombroso de aves nuevas, más de trescientas cincuenta en total, pero (y era un gran pero) aún me quedaba un deseo que no había conseguido cumplir. ¿De verdad iba a ser mi tercer viaje sin suerte por Sudamérica?

Aunque un lugar de anidamiento supone, de lejos, la mejor oportunidad de pillar a esta magnífica ave, no había ninguno en nuestra ruta, ni siquiera desviándonos trescientos kilómetros (esa era la distancia que estábamos dispuestos a recorrer). Desde la puesta del huevo hasta que el único pollo se marcha por fin del nido, puede pasar un año. Esto es fantástico si se planea bien la visita, pero los adultos solo crían cada dos o tres años y, de forma muy desconsiderada, pensé, ese verano estaban en medio de dos ciclos de cría.

El día anterior habíamos ido al Bosque de la Ciencia, un centro de investigación situado en las afueras de Manaos, la capital del estado brasileño de Amazonas. Lo que no sabíamos era que había un nido de arpía mayor a menos de media hora a pie del propio centro. Esa era la buena noticia; la mala era que el pollo había echado las plumas y se había marchado hacía más de seis meses; por lo tanto, el nido ya no estaba activo. De nuevo, se trataba de buscar una aguja en un pajar. El ave podía estar en cualquier punto de aquel territorio de casi cuatro mil quinientas hectáreas. Al preguntarles a los investigadores del centro, nos enteramos de que se había visto al águila hacía cinco semanas, cuando hizo una parada rápida en el nido. Ante la posibilidad remota, pero alentadora, de que volviera, nuestro guía nos llevó a la jungla por una pista embarrada que era más un riachuelo disfrazado de camino. A los veinte minutos, seguíamos chapoteando entre los árboles.

Conforme nos acercábamos al nido, el guía nos pidió que esperáramos mientras él iba a investigar. ¿Sucedería al fin? ¿Cómo me sentiría? ¿Me llevaría una decepción?

—Ni rastro del ave —dijo al volver.

Fue un momento triste y sentí el desencanto de las otras veces.

—¿Podemos ver el nido, al menos? —pregunté.

Era un árbol inmenso, alto y además muy ancho. Más tarde, cuando quisimos abarcar el tronco, lo rodeamos entre los tres con los brazos extendidos. El nido, situado en una rama de tamaño también considerable, era enorme, asombrosamente enorme, lo bastante grande para acomodar a una persona adulta con sitio de sobra.

Pero ¿qué era aquello de allí?

Ante mis ojos se hallaba la macabra estampa de un cráneo y varios huesos que colgaban de la malla que rodeaba la base del árbol: el esqueleto de un perezoso. Los restos de un delicioso festín de la arpía, seguro. Era eso o un mono, otro mamífero por el que esta ave de presa siente debilidad. Había pruebas reales de que el águila había estado allí, pero no apareció, y al final tuvimos que marcharnos, chapoteando otra vez.

Quedaba un día para regresar al Reino Unido, así que aún tenía otra oportunidad. A la mañana siguiente, con las botas aún empapadas, salimos a por el último intento. El trayecto me resultaba ya familiar: salir del coche, registrarnos en el centro de investigación, bajar por la pista principal, cortar por un sendero a la izquierda, caminar por el barro y el agua. ¿Se me podían calar más las botas? Pues sí, al parecer sí. El guía volvió a dejarnos solos y fue a reconocer el terreno. Yo, ya algo desencantada, empecé a divagar: la inminente vuelta a casa, el comienzo del nuevo curso...

Un susurro insistente entre los árboles me sacó de mis ensoñaciones y me devolvió a la jungla. «¡Venid! ¡Rápido!», llamó el guía.

Antes de que supiera lo que pasaba, papá estaba empujándome por el sendero, sin duda empujado a su vez por mamá; caminábamos rápido y lento al mismo tiempo, intentando no tropezar, pero no queríamos perdérnoslo. ¿Quién sabía si el águila nos esperaría?

Delante del inmenso árbol, se me escapó un grito ahogado. Había un ejemplar joven de arpía mayor posado en la rama que se encontraba sobre el nido.

¿Cómo describir aquel instante? Euforia, sorpresa, alivio, incredulidad: las emociones llegaban a borbotones. La tensión cayó y el entusiasmo ocupó su sitio. Bajé el ritmo de la respiración y me concentré en el ave, en empaparme de ella. Llevaba nueve años deseando avistar aquel magnífico animal y ahí lo tenía, o, mejor dicho, ahí la tenía. Era mucho mayor que el macho, y sentí un escalofrío de miedo al contemplarla. Me escrutaba con atención, ¿pareceríamos bocados de mono desde su imponente altura?

La arpía mayor es el águila más grande del mundo. Su vista es ocho veces mejor que la del ser humano; sus garras, más largas que las de un oso grizzly y más fuertes que las mandíbulas de un rottweiler. Al ser un ejemplar joven, tenía el plumaje blanco, con una franja gris en el pecho, pero lo más curioso era su expresión, rarísima, muy amenazadora. Parecía un cruce de búho y águila. En la cabeza le crece una cresta de plumas níveas que, cuando se altera, se alzan en vertical para formar una imponente corona.

Quizá debería haberme asustado cuando las plumas se le levantaron, pero lo único que sentía era una emoción infantil apabullante. Quería ponerme a saltar, agitar los puños en el aire y gritar, pero soy una pajarera obediente, así que ni hablé ni me moví. Al cabo de poco rato, casi ni respiraba. Me olvidé de los pies mojados, del barro y de todo lo demás, absorta en la fantástica criatura que tenía ante los ojos.

Pasamos largos minutos inspeccionándonos. Cuando se hartó de nosotros, desplegó las alas y alzó el vuelo.

¿Arpía mayor? Tachado. ¿Más de cinco mil aves vistas hasta la fecha? Tachado. Brasil me había procurado ese número mágico tan significativo; había visto la mitad de las aves del mundo.

En 2020, mientras estudiaba para los exámenes finales de bachillerato, la pandemia de covid-19 estaba asolando el mundo. Un día, a finales de marzo, estábamos en el colegio y nos mandaron a todos para casa. No volví nunca. Pasé de esperar con impaciencia un año sabático para el que tenía planeado un viaje en tren por la ruta del Transmongoliano a la Conferencia de las Naciones Unidas sobre la Diversidad Biológica, en China, a quedarme varios meses encerrada en casa con mis padres.

En agosto, recibí un correo electrónico de Greenpeace con una invitación para ir a su expedición científica al Ártico. ¿Que si me interesaba ser la portavoz en redes sociales para darle visibilidad a su campaña Treinta por Treinta? Sí, claro que sí. La misión consistía en garantizar la protección del treinta por ciento de los océanos antes de 2030. Con el deshielo del Ártico, aparecen nuevos mares; el objetivo de Greenpeace era reunir evidencias de que en esas nuevas aguas existe vida y que, por lo tanto, deben ser protegidas.

En los seis meses anteriores, había dedicado cada vez más tiempo a hacer campaña contra el cambio climático y por la igualdad global dentro del movimiento, por darle una voz a la gente del sur global. Pasé mucho tiempo en Zoom, emitiendo en directos de Instagram y de YouTube, dando entrevistas, escribiendo artículos y usando cualquier plataforma a mi alcance para hablar sobre el cambio climático y, en concreto, sobre justicia climática global.

Ya había dado antes una charla a trabajadores de Greenpeace sobre este tema, en un intento de combatir la ignorancia dentro del sector medioambiental. No fue tarea fácil desafiar a los defensores de la causa a que pensaran sobre sus prejuicios. Ese ámbito de trabajo, junto con la pérdida de biodiversidad, es lo que define ahora mi activismo, dado que los viajes me han proporcionado experiencia de primera mano de ambas cuestiones.

Las restricciones de la pandemia me obligaron a hacer diez días de cuarentena en Alemania antes de embarcarnos rumbo al Ártico. Estaba en Cuxhaven cuando Greta Thunberg anunció un Día Internacional de Acción por el Cambio Climático. Lo primero que se me vino a la cabeza fue Bristol y que echaba de menos manifestarme con mis amigos. Pero enseguida pensé que iba a estar en el lugar preciso.

No estaba preparada para las imágenes que me encontré cuando llegamos al Polo Norte después de cinco días de navegación: todo se estaba derritiendo, había capas de hielo flotando sueltas que se apartaban conforme nos acercábamos.

Durante nuestra visita, no llegamos a alcanzar la capa de hielo principal y casi todo el tiempo nos abrumaba la sensación de estar flotando en un tazón gigante de aguanieve. Resultaba extraño y descorazonador imaginar que ese hielo que tan rápido se estaba derritiendo era capaz de afectar a las vidas de gente que se encontraba al otro lado del mundo, en sitios como Bangladés, donde había unas inundaciones terribles. Hasta un pequeño aumento de la temperatura tiene el potencial de acelerar el calentamiento global. Pensé en lo interconectado que estaba todo y mi tristeza dio paso a la rabia.

La mañana del 25 de septiembre, el Día Mundial de la Acción por el Clima, mientras un periodista de Reuters me hacía una entrevista sobre las consecuencias de la pérdida de hielo en los polos, un ave captó mi atención. Había ido al Ártico con una lista de objetivos, por supuesto, y uno de ellos era el mérgulo atlántico. «¿Me disculpas un momento?», pregunté, llevándome los prismáticos a los ojos. Los mérgulos atlánticos no son aves raras y casi todos los pajareros avezados los han visto, pero a mí, por algún motivo, siempre me habían esquivado, como la arpía mayor. Y allí estaba; no era mucho mayor que un estornino, totalmente negro salvo por el vientre, de un blanco níveo muy apropiado. Pasó a nuestro lado batiendo las alas con furia.

Esa misma mañana, bajo diez capas de ropa y con el hielo derritiéndose a mi alrededor, me coloqué en un témpano de hielo sosteniendo una sencilla pancarta que rezaba HUELGA JUVENIL POR EL CLIMA. El equipo de Reuters hizo fotos y las publicó en plataformas de noticias de todo el mundo. A los pocos minutos, mi teléfono empezó a pitar: la foto se había vuelto viral. La imagen apareció en portadas de periódicos y canales de televisión, en internet y en formatos tradicionales, y llegó hasta personas y lugares remotos con un mensaje global sobre el cambio climático.

No me sorprendió demasiado; llevaba varios años dedicada al activismo y sabía que una imagen espectacular causaba más efecto que una publicación de un blog redactada con esmero. Lo sentí como un momento determinante; me pasé allí cinco horas, sosteniendo una pancarta mientras saltaba de un islote de hielo a otro.

Antes de volver a Alemania y empezar otro par de semanas de cuarentena, me bañé en las aguas glaciales del Ártico y recordé mi baño antártico. ¿Estarían igual de frías? Pues sí.

Me marché del Reino Unido cuando estábamos saliendo del confinamiento; cuando regresé, me encontré otra vez en pleno encierro.

Al adentrarme en la veintena, estoy llena de expectativas respecto al futuro, y también de la esperanza de que mamá disfrute de periodos más largos de tranquilidad y de que papá encuentre el espacio que necesita para disfrutar de las aves, las montañas, el aire libre y los viajes.

La universidad está a la vuelta de la esquina y pronto empezará una nueva etapa de mi vida. Black2Nature sigue siendo mi prioridad, para asegurarme de que los cimientos sean lo bastante sólidos y nuestro mensaje crezca cuando yo dé un pasito atrás. Creé la plataforma siendo adolescente, y ahora es una organización benéfica independiente, con su propio impulso y su propia voz. Nuestro mensaje es tan potente como siempre: exigimos un acceso igualitario a espacios naturales para grupos de minorías étnicas. Seguiremos implicando al sector de VME de la comunidad, mucho menos comprometido con la naturaleza, en cuestiones de cambio climático y medioambientales. Dado que el veinte por ciento de la población procede de un entorno VME, tenemos pocas posibilidades de enfrentarnos por entero a los desafíos del medio ambiente si ese veinte por ciento se queda fuera. Continuaremos hablando, escribiendo, reuniéndonos con el sector de la naturaleza para señalar el racismo que debe cambiar si la naturaleza ha de convertirse en un espacio verdaderamente igualitario, habitado por personas con voz, preocupadas y motivadas.

El mensaje sobre el cambio climático es sencillo: reducir la producción de carbono. Aunque no cabe duda de que esto es cierto, al mismo tiempo es un planteamiento demasiado limitado. Me da igual que me tachen de alborotadora: mi objetivo ha sido siempre cuestionar creencias acomodadas, cuyas graves consecuencias no se han tenido en cuenta. Pretendo seguir abogando por la justicia climática global. Una cosa es la intención de salvar un hábitat, y otra muy distinta cómo se plasma. En la República Democrática del Congo, por ejemplo, el Fondo Mundial para la Naturaleza (WWF) financió y formó a guardias que cometieron delitos contra los derechos humanos en su intento de crear un parque nacional: expulsaron de sus tierras a hombres y mujeres de la tribu baka, y les pegaban y encarcelaban si se resistían. Me replanteé mi postura sobre la caza furtiva cuando me enteré de las denuncias de que, en Camerún y en Nepal, el WWF financiaba a guardas paramilitares para combatir las prácticas de caza furtiva de la población local. Esos «cazadores furtivos» habían vivido y cazado durante generaciones en unas tierras que fueron suyas antes de que se «recuperaran» como parte de un proyecto de conservación.

Los abusos contra los derechos humanos sufridos por los pueblos indígenas a los que se expulsa de sus tierras en nombre de la conservación son racistas. Yo abogo por una «transición justa», igualdad de oportunidades y ayuda para el sur global durante el periodo de cambio radical que ha de acometerse para salvar el planeta. Soy embajadora de Survival International y voy a continuar con mi tarea de portavoz en defensa de los derechos humanos de los pueblos indígenas.

No hace falta decir que valoro cada una de mis experiencias. He viajado a cuarenta países y a todos los continentes de la Tierra, y he visto más de cinco mil aves, incluida mi favorita, la arpía mayor. Renunciaría a todo ello ahora mismo a cambio de que mamá se encontrara bien, de que papá contara con más tiempo para hacer lo que quiere y de que Ayesha, madre soltera de dos hijos, tuviera una vida más equilibrada. Pero mamá sigue muy enferma y mi padre oscila entre el agotamiento y, a veces, la depresión.

Al pensar en aquellos tiempos, siempre me vienen a la mente dos palabras: alivio y regeneración. Los viajes alimentaban nuestra obsesión y a menudo nos sumíamos en un ansia compartida de ver aves; aves raras, las aves del paraíso, preciosas y endémicas, e incluso las marrones y rechonchas que preferían los arbustos a los árboles. Ya estuviéramos sudando en áridas sabanas o en bosques húmedos, caminando por montañas o acampando en la nieve, nos encontrábamos al aire libre, bajo el sol, la luna, respirando aire puro, con una misión. ¿Cómo no iban a ser esos viajes un alivio de la vida en casa y un periodo de regeneración?

Nos marchábamos tres semanas, seis semanas o seis meses y, aunque en esencia seguíamos siendo los mismos, nos hallábamos fuera de contexto. Mamá no estaba recluida en sus investigaciones, con los ojos rojos pegados a una pantalla, ni papá esperando a que se metiera en la cama ni vigilándola como un halcón para que se tomara la medicación cada mañana y cada noche. Y yo podía olvidarme del doble discurso que definió una parte tan grande de mi adolescencia.

Los viajes eran, sin duda, un periodo de sanación, de fortalecimiento del vínculo, pero su efecto duraba mucho más que el tiempo que pasábamos fuera. Todos nos sentíamos más livianos en las semanas que precedían a unas vacaciones, elaborando las listas, investigando hábitats, contratando guías y estudiando rutas por países inmensos. Y luego, vivíamos indirectamente de nuestros recuerdos cuando combinábamos esas listas, publicábamos en nuestros blogs y compartíamos nuestras experiencias de pajareo con la comunidad, y, de ese modo, salvábamos los meses de invierno.

La enfermedad mental nos motivaba para viajar, pero lo que nos llevaba por la buena senda era estar juntos. Mamá mejora cuando estamos en espacios definidos, ya sea un coche, una furgoneta, una tienda, un dormitorio o terreno abierto. Disfruta de pasar todos los minutos de todos los días dentro de nuestra burbuja familiar durante el tiempo que estamos fuera. No importa que papá y ella se griten por culpa de unas indicaciones o un *camping*; ella está distraída, en su elemento.

¿«Una vida sin tormentas...»? La historia de mi familia no concluye con un alentador «y vivieron felices». Hemos compartido muchas experiencias mágicas y a menudo han transcurrido días sin apenas un atisbo de manía en mamá, noches en las que nos quedábamos despiertos para ver a los búhos surcar cielos estrellados. Pero siempre volvíamos a nosotros mismos, a la tensión de vivir con un miembro de la familia que tal vez nunca mejore de verdad y otro que a menudo cede bajo la carga que lleva. Entonces, cuando papá ya no puede más, me quedo yo a cargo uno o dos días, mientras él se va con un amigo a recorrer montañas de otro condado. Duermo con mamá en su cama, me aseguro de que se tome la medicación y, si tiene terrores nocturnos, intento tranquilizarla. Así es como nos las arreglamos, día a día, semana a semana, mes a mes, año a año. Pero siempre habrá tormentas.

El papel de mi padre ha sido de resiliencia y deseo de mantener a la familia unida. A menudo, cuando había alguna crisis, papá se deprimía, pero no desesperaba. Nunca se quedaba inmóvil, y ese impulso suyo nos motivaba para continuar. Sabe detectar los obstáculos de nuestras vidas y nos ayuda a superarlos. Siempre me ha animado a poner las vivencias por encima de las posesiones y me ha enseñado que lo que hacemos en nuestro tiempo libre nos define. Para papá, es un simple intercambio; él también preferiría estar en la montaña con un par de prismáticos, donde el tiempo es la moneda más valiosa. Para mí, cada vez es más importante defender un mundo más justo. Si he aprendido algo de él, es que una situación nunca es tan abrumadora como pueda parecer al principio. Hoy en día, se me da mejor echarme atrás, tomarme un minuto, analizar el problema y esperar a que la respuesta se presente sola; mi voz suena más alta, más confiada, cuando trato de hacer aportaciones a la agenda medioambiental que estén bien preparadas y bien ejecutadas. De mi padre he aprendido la curiosidad, que siempre hay más cosas que ver, más sitios a los que ir, más esfuerzos que hacer si quieres conseguir tus objetivos. Mamá me ha enseñado a pensar, a desmontar ideas y a no dejar de contribuir al debate. También cree que merece la pena alimentar las relaciones y que la mejor manera de lograrlo es hacer algo que les encante a quienes las integran. Y en hacerlo juntos. Ese «algo» ha de ser una actividad en la que a todo el mundo le apetezca participar. En el diagrama de Venn de los intereses, es el trocito que queda en el medio.

Mi vida no sería la que es hoy si no me encantaran las aves. Mamá y papá no estarían juntos si no hubiéramos ido de viaje para avistarlas. Yo no defendería la diversidad en la naturaleza si, de niña, no hubiera recorrido un mundillo tan homogéneo, mientras escrutaba los cielos en su busca.

Las vidas sencillas e instintivas de las aves han sido mi guía, a lo largo de los años, para escuchar, para observar y para ejercer la paciencia. Y esos principios me parecen unas normas bastante buenas por las que guiarse.

AGRADECIMIENTOS

En primer lugar y, sobre todo, gracias a mamá y papá, sin quienes no sería la persona que soy hoy. Por compartir conmigo tantos viajes y experiencias increíbles de observación de aves, por llenarme la cabeza de ideas sobre justicia social y medioambiental, política, derechos de los animales y activismo; por ser mis asistentes personales, secretarios y chóferes a lo largo de los años y hacerme creer que, con trabajo y esfuerzo, conseguiría cualquier cosa que me propusiera. Por apoyarme de adolescente cuando decidí organizar campamentos de naturaleza, dar conferencias y crear mi propia organización benéfica, Black2Nature, y por alimentar mi fascinación por la música, los libros y el cine. Quiero agradecerle a papá su entusiasmo al transmitirme todo lo que sé sobre ornitología, y que, cuando a los nueve años mostré interés por el anillamiento de aves, dedicara sus fines de semana a que aprendiéramos juntos. A mamá, por enseñarme todo lo relacionado con el bengalí, el placer de cantar y bailar al estilo de Bollywood al ritmo de Pakeezah, así como a luchar contra el racismo, por la igualdad y la equidad.

A mi hermana mayor, Ayesha, por ser el modelo *cool* en la observación de aves que nos falta a la mayoría de las mujeres jóvenes, por ser una segunda madre además de una hermana, por estar siempre ahí para dar consejos, tanto si se piden como si no, y por las incontables horas dedicadas a organizar y dirigir mis campamentos de naturaleza para jóvenes de minorías étnicas durante los últimos siete años.

A Laila y Lucas, porque todo niño necesita un sobrino y una sobrina a los que mandar y por su enorme entusiasmo y ayuda en los campamentos.

A mi abuela y a *nanu*, las cariñosas y comprensivas matriarcas de mi familia, y a mi abuelo y a *nanabhai*, que murieron demasiado jóvenes, antes de que pudiera conocerlos. Su legado perdura en mi amor por las aves y mi pasión por el activismo.

A mi interminable revoltijo de tías, tíos y primos; una familia maravillosa, desordenada y compleja, como deberían ser todas. A Boro Khala, Monira Ahmed Chowdhury y Chuto Khala, Lily Khandker, que han dedicado sus vidas a luchar contra el racismo y por la igualdad de las minorías étnicas y las comunidades en los márgenes, y me han inspirado para hacer lo mismo. También a mi tía Penny, dedicada enfermera infantil, que me enseñó el verdadero altruismo y la compasión, a mis tíos, Hasan y Faisal, que me instruyeron en temas como «la historia del imperio» y «el colonialismo en la actualidad», y a todos sus cónyuges, mis primos y otros familiares por darme ánimos.

Mi libro ha sido creado gracias al amor y el cuidado que ha recibido del «equipo *Birdgirl*». No podría haberlo hecho sin vosotros. Gracias a Claire Paterson Conrad, mi agente literaria, por ver en mí, una joven de dieciocho años, algo que aún no había imaginado, creer en mi historia y guiar a una adolescente ingenua y a sus padres por el mundo de la edición; a Arzu Tahsin, editor extraordinario y ahora amigo de la familia para toda la vida, por apoyarme en el viaje de convertir mi propuesta de libro en un libro real, por ayudarme a dar forma y crear *Birdgirl*, y permitirme disfrutar del proceso y divertirme; a Michal Shavit, director editorial de Jonathan Cape por saber observar, a través de la niebla de palabras, el núcleo de lo que quería decir, y por creer en *Birdgirl*. Y, por supuesto, al resto del equipo de Jonathan Cape, Joe Pickering, Rosanna Boscawen, Oliver Grant, Alison Davies, Chloe Healy, Bethan Jones, Shabana Cho, Sarah Davison-Atkins, Bea Hemming, David Milner, Ana Fletcher, Ruth Waldram, Justin Ward-Turner, Christina Usher, Daisy Watt, Cecile Pin y Sasha Cox, junto con mi maravilloso equipo de diseño: la diseñadora de portadas Suzanne Dean, el artista Mick Manning y el fotógrafo Mac Breeden, por tomar mi historia y crear un objeto de belleza, un libro, listo para hacer su propio viaje al mundo.

A Josephine Thurley, Flora Webber y Megan Jones de ITG, la fuerza colectiva del equipo *Birdgirl*, por su apoyo y orientación más allá del deber, y especialmente por sus mensajes de WhatsApp: «M, he puesto el enlace de Zoom en tu agenda»; «M ¿has entrado ya en tu reunión?», y a Preena Gadher y su equipo, Caitlin Allen, Emily Souders y Angel Pearce, de Riot Communications, por asumir el control y organizar a una desordenada Generación Z que no lee correos electrónicos ni mensajes…

A las organizaciones y personas que me han confiado puestos de responsabilidad y me han apoyado y enseñado, como Survival International, Greenpeace, The Wildlife Trusts, RSPB, Froglife, Beaver Trust y Burns Price Foundation, El Bristol Global Goals Centre, Creative UK y The Summer Camps.

Gracias a Bill Oddie, toda una leyenda, por hablar con una joven en una firma de libros y establecer una conexión inmediata a través de nuestras experiencias compartidas de los problemas de salud mental de nuestras madres; por ser el orador principal en mi primera conferencia sobre Igualdad Racial en la Naturaleza en 2016, cuando tenía catorce años (y poca gente había oído hablar de mí) y por estar ahí a lo largo de los años cuando he necesitado a alguien con quien hablar sobre el impacto del trastorno bipolar en la familia. A Chris Packham por creer en mí y apoyarme desde el principio; él confió en que podría hablar frente a 10.000 personas en Hyde Park… ¡encantado con mi «actitud punk rock»! A Liz Bonnin por su continuo apoyo, empatía y comprensión a lo largo de los años; a Steve Backshall por *Deadly 60*, que veía sin parar cuando era niña, y que me contagió su pasión de buscar vida salvaje en todas partes. Y, por supuesto, a David Attenborough, a quien he tenido el placer de conocer, por inspirar a tanta gente durante tantos años a amar y respetar la naturaleza.

A Emma Watson, por amplificar mi voz.

A los dos Richards, Benwell y Pancost, por defender mis puntos de vista y compartir los suyos conmigo a lo largo de los años, ayudando a que mis ideas se desarrollaran y crecieran, y a Rich Pancost por apoyar mi «falsa» concesión del doctorado *honoris causa* por la Universidad de Bristol, que resultó ser real.

Gracias a Mike Bailey, mi formador en anillamiento de aves, por enseñarme con pasión la ciencia que hay detrás del anillamiento, y a todos los que trabajan en la estación de anillamiento de Chew Valley. A los buscadores de aves raras en Reino Unido por compartir la alegría de sus hallazgos, y a los maravillosos guías de aves de todo el mundo por compartir las aves, la historia, las historias y las experiencias de los pueblos indígenas y la cultura de su país. Andrés Vásquez, ¡los pájaros eran «bastante bonitos»!

A mis amigos, gracias por vuestro cariño y apoyo.

Y, por último, a todos los activistas de todas partes con sus propias historias no contadas: seguid creyendo en un mundo mejor y luchando por él.

Birdgirl es el cuadragésimo segundo libro de la colección Libros salvajes. Compuesto en tipos Dante, se terminó de imprimir en los talleres de KADMOS por cuenta de ERRATA NATURAE EDITORES en octubre de 2023, casi cuatrocientos años después del nacimiento de Charles Morton, reconocido por el *Oxford Dictionary of National Biography* como «el más influyente de todos los académicos disidentes» (por sus investigaciones en el ámbito de la religión, la historia, la geografía, las matemáticas, las ciencias naturales, la política y la filología, así como por su sincero interés en la alquimia, la astrología y la brujería) y autor del primer tratado en lengua inglesa sobre la migración de las aves, en el que para muchos de sus contemporáneos resolvió por fin el por entonces milenario misterio de la desaparición de estos animales durante los meses de invierno, postulando y argumentando con todo tipo de cálculos físicos y astrofísicos que hacían un viaje de ida y vuelta a la Luna, y qué quieren que les diga, personalmente no me hubiera importado nada vivir en un mundo donde la Ciencia y la Imaginación aún podían entretejerse de formas tan bellas.